Das Buch

Die Stellung der Frau in Ehe und Gesellschaft und der Kampf um die Freiheit ihrer Persönlichkeit stehen im Mittelpunkt dieser drei nun schon klassischen psychologischen Erzählungen, die sich wie die Tafeln eines Triptychons miteinander verbinden. Wir lesen das Tagebuch einer jungen Frau, deren frisches und klares Urteilsvermögen die vorgetäuschte moralische Überlegenheit ihres Mannes als raffinierten Egoismus entlarvt und die an dieser Erkenntnis zerbricht. In der zweiten Erzählung versucht der Beschuldigte eine Rechtfertigung, in der dritten nimmt, in Form eines Briefes, die Tochter des Ehepaares (inzwischen selbst eine junge Frau) zu den Ereignissen Stellung. Dabei erweist sich, daß die gesellschaftlichen Veränderungen zu einer Befreiung geführt haben: die Tochter nimmt für sich jenes Recht auf die eigene Persönlichkeit ganz selbstverständlich in Anspruch, das der Mutter versagt blieb.

Der Autor

André Gide, am 22. November 1869 in Paris geboren und dort am 19. Februar 1951 gestorben, der seinen Zeitgenossen und vielen seiner konservativen Autorenkollegen als gefährlich, als der große Seelenverderber galt, hat längst seinen Platz in der Weltliteratur. Der Nobelpreisträger zählt zu den wichtigsten französischen Schriftstellern seiner Generation. Er hat das geistige Gesicht des 20. Jahrhunderts entscheidend mitgeprägt. ›École des Femmes‹ erschien 1929 (dt. 1929), ›Robert‹ 1930, ›Geneviève‹ 1936 (dt. zus. 1950).

André Gide:
Die Schule der Frauen
Erzählungen

Deutscher
Taschenbuch
Verlag

dtv

Von André Gide
sind im Deutschen Taschenbuch Verlag erschienen:
Die Falschmünzer (1749)
Die Verliese des Vatikan (1750)
Der Immoralist (10160)
Stirb und werde (10388)

Ungekürzte Ausgabe
1. Auflage Oktober 1966
5. Auflage September 1987: 45. bis 50. Tausend
Deutscher Taschenbuch Verlag GmbH & Co. KG, München
Lizenzausgabe mit freundlicher Genehmigung der Deutschen Verlags-Anstalt GmbH, Stuttgart
Die Originalausgaben dieser Erzählungen erschienen bei Librairie Gallimard, Paris.
›Die Schule der Frauen‹ und ›Robert‹ wurden von Käthe Rosenberg, ›Genoveva‹ von Erich Ploog ins Deutsche übertragen
Umschlaggestaltung: Celestino Piatti
Gesamtherstellung: C. H. Beck'sche Buchdruckerei, Nördlingen
Printed in Germany · ISBN 3-423-01751-1

Die Schule der Frauen

L'École des Femmes

Edmond Jaloux
in freundschaftlichem Gedenken
an unsre Gespräche von 1896

1. August 1928

Sehr geehrter Herr!

Nach vielfachen Bedenken entschließe ich mich, Ihnen diese Blätter zu senden, die Maschinenabschrift eines Tagebuches, das mir meine Mutter hinterlassen hat. Sie ist am 12. Oktober 1916 im Lazarett X. gestorben, wo sie fünf Monate lang infektiöse Kranke gepflegt hat.

Ich habe außer den Eigennamen nichts daran geändert. Ich stelle Ihnen frei, diese Seiten zu veröffentlichen, wenn Sie glauben, daß ihre Lektüre nicht ohne Nutzen für manche junge Frau sein könnte. In diesem Fall würde mir der Titel ›Die Schule der Frauen‹ recht gut gefallen, wenn Sie es nicht unziemlich finden sollten, sich seiner nach Molière zu bedienen. Es versteht sich von selbst, daß die Bezeichnungen ›Erster Teil, Zweiter Teil, Epilog‹ von mir hinzugefügt worden sind.

Suchen Sie nicht zu erfahren, wer ich bin, und gestatten Sie mir, diesen Brief nicht mit meinem wahren Namen zu unterzeichnen.

Genoveva D . . .

7. Oktober 1894

Mein Freund!
Mir ist, als ob ich an Dich schriebe. Ich habe niemals Tagebuch geführt. Ich habe sogar niemals etwas anderes als ein paar Briefe schreiben können. Und ich würde auch Dir sicherlich schreiben, wenn ich Dich nicht täglich sähe. Aber wenn ich als erste von uns beiden sterben sollte (und ich wünsche es mir, denn das Leben ohne Dich scheint mir nur noch eine Wüste zu sein), dann wirst Du diese Zeilen lesen; indem ich sie Dir hinterlasse, wird mir sein, als verließe ich Dich nicht so ganz. Aber warum an den Tod denken, wenn wir doch das ganze Leben vor uns haben? Seit ich Dich kenne, das heißt, seit ich Dich liebe, scheint mir das Leben so schön, so nützlich, so kostbar, daß ich nichts davon verlorengehen lassen will; alle Krümelchen meines Glückes will ich in diesen Blättern bewahren. Und was sollte ich sonst alle Tage, nachdem Du mich verlassen hast, tun, als die zu rasch vergangenen Augenblicke wiederbeleben, als Deine Gegenwart mir zurückrufen. Bevor ich Dir begegnete, litt ich darunter, ich hab es Dir gesagt, daß mein Leben mir so zwecklos vorkam. Nichts schien mir eitler als diese gesellschaftlichen Veranstaltungen, zu denen meine Eltern mich mitschleppten und bei denen meine Freundinnen, wie ich sehe, ihr höchstes Vergnügen finden. Ein Leben ohne Ziel, ohne Hingebung konnte mich nicht befriedigen. Du weißt, daß ich ernsthaft daran gedacht habe, Krankenpflegerin oder Armenschwester zu werden. Meine Eltern zuckten die Achseln, wenn ich mit ihnen davon sprach. Sie hatten recht, zu glauben, daß alle diese Anwandlungen vergehen würden, wenn ich erst dem begegnet sein würde, den ich mit ganzer Seele lieben könnte. Warum will Papa es jetzt nicht zugeben, daß Du eben derjenige bist? Siehst Du, wie schlecht ich schreibe. Dieser Satz, den ich unter Tränen hinschreibe, kommt mir abscheulich vor. Warum habe ich ihn auch noch einmal durchgelesen? Ich weiß nicht, ob ich jemals lernen werde, gut zu schreiben. Auf jeden Fall nicht, indem ich mich darum bemühe.

Ich sagte also, daß ich, ehe ich Dir begegnete, ein Lebensziel für mich suchte, und jetzt bist Du mein Ziel, meine Beschäftigung, mein Leben selbst, und ich suche nur noch Dich. Ich weiß, daß ich durch Dich, mit Deiner Hilfe das Beste von mir erlangen kann, daß Du mich leiten, mich tragen mußt zum Guten, zum Schönen, zu Gott. Und ich bete zu Gott, daß er mir helfen soll, den Widerstand meines Vaters zu besiegen; und als ob es dadurch noch wirksamer würde, will ich hier mein inbrünstiges Gebet niederschreiben: Lieber Gott, zwinge mich nicht, Papa ungehorsam zu sein. Du weißt, daß ich einzig Robert liebe und daß ich keinem andern als ihm je angehören kann. Um die Wahrheit zu sagen, so begreife ich erst seit gestern, was das Ziel meines Lebens sein kann. Ja, erst seit unserer Unterhaltung im Tuileriengarten, wo er mir die Augen über die Rolle der Frau im Leben großer Männer geöffnet hat. Ich bin so unwissend, daß ich leider die Beispiele, die er mir anführte, vergessen habe; aber dieses eine habe ich wenigstens behalten: daß von nun an der Zweck meines ganzen Lebens sein muß, ihm die Erfüllung seiner ruhmvollen Bestimmung zu ermöglichen. Natürlich hat er das nicht so zu mir gesagt, denn er ist bescheiden; das aber dachte ich bei mir, denn ich bin stolz für ihn. Ich glaube übrigens, daß er sich trotz seiner Bescheidenheit seines Wertes sehr klar bewußt ist. Er hat mir nicht verhehlt, daß er sehr ehrgeizig ist.

»Nicht, als ob mir daran gelegen wäre, es weit zu bringen«, hat er mit einem reizenden Lächeln zu mir gesagt, »aber mir liegt daran, den Ideen, dich ich vertrete, zum Erfolg zu verhelfen.«

Ich hätte gewünscht, daß mein Vater ihn hätte hören können. Aber Papa ist in bezug auf Robert so verbohrt, daß er darin vielleicht nur das gesehen hätte, was er ... Nein! Ich will gar nicht hinschreiben, wie er das nennt. Wie kann er nur nicht begreifen, daß er mit solchen Ausdrücken nicht Robert unrecht tut, sondern sich selber. Was ich an Robert liebe, ist ja gerade, daß er nicht selbstgefällig ist, daß er immer im Auge behält, was er sich schuldig ist. Neben ihm scheint mir, daß alle anderen nicht wissen, was wahre Würde ist. Es liegt ganz in seiner Hand, und er würde mich damit erdrücken; aber wenn wir allein sind, achtet er darauf, sie mich nie fühlen zu lassen. Ich finde sogar, daß er manchmal ein wenig übertreibt, wenn er aus Besorgnis, ich könnte mich zu sehr als kleines Mädchen neben ihm fühlen, selbst Vergnügen daran findet, das Kind zu spielen. Als ich ihm das gestern vorwarf, hat er plötzlich ein sehr ernstes Gesicht gemacht und hat mit einer Art bezaubernder Wehmut gemurmelt:

»Der Mann ist nur ein Kind, das älter geworden«, und hat seinen Kopf auf meinen Schoß gelegt, denn er hatte sich zu meinen Füßen niedergesetzt.

Es wäre wirklich jammerschade, wenn so viele reizende Aussprüche, die oft so tief und gedankenreich sind, verlorengehen sollten. Ich gelobe mir, so viele, als nur irgend möglich, hier aufzuzeichnen. Ich bin sicher, es wird ihm Freude machen, sie später wiederzufinden.

Gleich darauf ist uns der Einfall mit dem Tagebuch gekommen. Ich weiß nicht, warum ich sage: uns. Diesen Einfall, wie alle guten, hat er gehabt. Kurz, wir haben einander versprochen, alle beide, das heißt: jeder für sich, das zu schreiben, was er »unsere« Geschichte nennt. Für mich ist das leicht, denn ich existiere ja nur durch ihn. Was aber ihn betrifft, so zweifle ich, daß er dazu kommt, selbst wenn es ihm nicht an der Zeit fehlen sollte. Ich würde es sogar unrecht finden, wenn ich zuviel Raum in seinem Denken einnähme. Ich habe ihm lange auseinandergesetzt, wie ich es begriffe, daß er seinen Beruf, seine Ideen, seine Stellung im öffentlichen Leben habe, denen meine Liebe nicht im Wege sein dürfe, und daß, wenn er auch mein ganzes Leben wäre, ich nicht das seine ganz sein könnte, sein dürfte. Ich wäre neugierig, zu erfahren, was er von alledem in seinem Tagebuch aufgezeichnet hat; aber wir haben einen heiligen Eid geschworen, daß keiner es dem andern zeigen darf.

»Nur um diesen Preis kann ich ganz aufrichtig sein«, hat er zu mir gesagt und mich dabei nicht auf die Stirn, sondern genau zwischen beide Augen geküßt, wie er das so gerne tut.

Dagegen haben wir verabredet, daß derjenige von uns, der zuerst stirbt, sein Tagebuch dem andern vermachen soll.

»Das ist doch ganz natürlich«, habe ich ein wenig albern gesagt.

»Nein, nein«, hat er in sehr ernstem Ton erwidert, »was wir versprechen müssen, das ist, es nicht zu vernichten.«

Du hast gelächelt, als ich sagte, ich würde nicht wissen, was ich hineinschreiben soll in dieses Tagebuch. Und wirklich, da habe ich nun schon vier ganze Seiten angefüllt. Es wird mir sehr schwer, sie nicht noch einmal durchzulesen; aber wenn ich sie noch einmal läse, dann würde es mir noch viel schwerer werden, sie nicht zu zerreißen. Was mich wundert, ist das Vergnügen, das ich bereits daran finde.

12. Oktober 1894

Robert ist ganz plötzlich nach Perpignan zu seiner Mutter gerufen worden, von der er ziemlich schlechte Nachrichten erhalten hat.

»Ich hoffe, daß es nichts sein wird«, habe ich zu ihm gesagt.

»Das sagt man immer«, hat er mit einem ernsten Lächeln erwidert, das durchblicken ließ, wie sehr besorgt er im Grunde war. Und ich habe mich sofort über meine dumme Redensart geärgert.

Wenn ich aus meinem Leben alle trivialen Bewegungen, die ich so mache, und aus meiner Unterhaltung alle abgedroschenen Phrasen, die ich so rede, streichen müßte, was bliebe dann noch übrig? Und zu sagen, daß die Berührung mit einem überlegenen Manne nötig war, damit ich mir dessen bewußt würde! Was ich an Robert bewundere, ist gerade, daß er nichts sagt und nichts tut wie irgendein anderer; und dabei hat er gar nichts Anmaßendes, Gesuchtes. Ich habe lange nach einem passenden Wort gesucht, um sein Äußeres, seine Kleidung, seine Art zu sprechen und sich zu bewegen, zu charakterisieren; »originell« ist zu betont; »eigenartig« . . . »besonders« . . . Nein; ich komme immer wieder auf das Wort »vornehm« zurück, und ich wollte, man hätte dieses Wort noch auf niemanden anderen angewandt. Ich glaube, daß er diese außerordentliche Vornehmheit seines ganzen Wesens und seiner Umgangsformen einzig sich selber zu verdanken hat, denn er hat mir zu verstehen gegeben, daß seine Familie ziemlich gewöhnlich ist. Er sagt, daß er sich seiner Eltern nicht schämt: aber gerade aus dieser Bemerkung kann man heraushören, daß ein weniger aufrechter und weniger edler Charakter sich ihrer schämen könnte. Sein Vater stand, glaube ich, im Geschäftsleben. Robert war noch sehr jung, als er ihn verlor. Er spricht nicht gern davon, und ich wage nicht, ihn auszufragen. Ich glaube, daß er seine Mutter sehr lieb hat.

»Auf sie allein könnten Sie mit Recht eifersüchtig sein«, hat er mir gesagt, als wir uns noch nicht duzten. Er hatte noch eine jüngere Schwester, die gestorben ist.

Ich will seine Abwesenheit und die Zeit, die ich dadurch habe, benutzen, um hier zu erzählen, wie wir uns kennengelernt haben. Mama wollte mich zu den Darblez mitnehmen, die einen Tee geben und wo ein ungarischer Cellist sich hören lassen wird, der etwas ganz Besonderes sein soll, aber ich habe eine heftige Migräne vorgeschützt, damit man mich in Ruhe und allein läßt . . . mit Robert. Ich begreife nicht mehr, wie ich mich so lange von den »geselligen Vergnügungen« habe einfangen lassen, oder vielmehr, ich begreife nur zu gut, daß mir daran gefiel, was meiner Eitelkeit schmeichelte. Jetzt, da ich nur noch Roberts Beifall suche, kümmert es mich wenig, den andern zu gefallen, oder doch nur seinetwegen und um des Vergnügens willen, das er, wie ich wohl merke, dabei empfindet. Aber noch in jüngster Zeit, die mir doch schon so fern scheint, was legte ich da nicht für einen Wert auf Lächeln, auf Beifall, auf Lobeserhebungen, ja sogar auf den Neid und die Eifersucht mancher Gefährtinnen, wenn ich auf dem zweiten Klavier den Orchesterpart des fünften Konzerts von Beethoven durchgehalten hatte (und ziemlich glänzend, wie ich zugeben muß), während Rosita den Solopart spielte. Ich spielte die Bescheidene, aber wie geschmeichelt fühlte ich mich, daß man mir mehr gratulierte als ihr. »Bei Rosita ist das ja nicht erstaunlich, es ist ihr Beruf; aber Eveline!« ... Die am meisten klatschten, waren Leute, die nichts von Musik verstanden. Ich wußte das, nahm aber ihre Lobeserhebungen, über die ich hätte lächeln sollen, entgegen ... Ich dachte sogar: »Sie haben am Ende mehr Geschmack, als ich glaubte.« So gab ich mich zu dieser albernen Parade her ... Doch ja; ich verstehe sehr gut, welches Vergnügen man daran finden kann: das Vergnügen, sich darüber lustig zu machen. Aber in einer Gesellschaft komme ich mir selber immer am lächerlichsten vor. Ich weiß, daß ich weder sehr hübsch noch sehr geistreich bin, und verstehe nicht recht, was Robert an mir hat finden können, das wert gewesen wäre, sich darin zu verlieben. Ich hatte, um in der Gesellschaft zu glänzen, kein anderes Mittel als mein mäßiges Talent zum Klavierspielen, und seit einigen Tagen habe ich es ganz aufgegeben, vermutlich für immer. Wozu auch? Robert mag Musik nicht. Es ist der einzige Fehler, den ich an ihm sehe. Dagegen interessiert er sich jedoch mit so viel Verständnis für Malerei, daß ich mich wundere, warum er selbst nicht malt. Als ich ihm das sagte, lächelte er und erklärte mir, daß, wenn man von allzu verschiedenen Gaben »heimgesucht« wäre (er brauchte diesen Ausdruck), die große Schwierigkeit darin läge, nicht allzuviel Gewicht denjenigen Gaben beizumessen, die es am wenigsten verdienten. Um sich wirklich mit Malerei zu befassen, hätte er zuviel andere Sachen aufgeben müssen, sagte er mir, und nicht durch Malen, glaube er, sich am nützlichsten erweisen zu können. Ich glaube, er will sich mit Politik abgeben, aber er hat es mir nicht geradezu gesagt. Was er übrigens auch immer unternehmen mag, ich bin gewiß, daß es ihm gelingen wird. Und das könnte mich sogar ein bißchen traurig machen, zu fühlen, daß er meine Hilfe so gar nicht braucht, um irgend etwas zu vollbringen. Er ist aber so gut, daß er sich den Anschein gibt, mich nicht entbehren zu können, und dieses Spiel ist für mich so süß, daß ich mich dazu hergebe, ohne daran zu glauben.

Ich lasse mich hinreißen, von mir zu sprechen, und hatte mir doch das Wort gegeben, es nicht zu tun. Wie recht hatte doch der Abbé Bredel, uns vor den Fallstricken des Egoismus zu warnen, der, wie er sagte, sich zuweilen der Maske der Liebe und der Aufopferung zu bedienen versteht. Man opfert sich gern aus Vergnügen an dem Gedanken, daß man nützlich sei, und man läßt sich das auch gerne sagen. Die vollkommene Aufopferung wäre die, die nur Gott allein kennt und die einzig von Gott Beachtung und Belohnung erwartet. Aber ich glaube, nichts lehrt einen besser Bescheidenheit, als wenn man einen wertvollen Menschen liebt. In Roberts Nähe begreife ich am besten, was mir alles fehlt, und das wenige, was ich bin, möchte ich ihm noch hinzufügen ... Allein ich ging davon aus, den Anfang »*unserer*« Geschichte zu erzählen; und vor allem, wie wir uns begegnet sind.

Das war vor sechs Monaten und drei Tagen, am 9. April 1894. Meine Eltern hatten mir eine Reise nach Italien versprochen, um den Preis zu feiern, den ich auf dem Konservatorium bekommen hatte; der Tod meines Onkels und die Schwierigkeiten der Erbfolge wegen der minderjährigen Kinder hatten die Ausführung des Planes verzögert; ich hatte ihn sogar schon aufgegeben, als Papa plötzlich Mama mit ihren kleinen Nichten in Paris zurückließ und mich mitnahm, um die Osterferien in Florenz zu verbringen. Wir waren in der Pension Girard abgestiegen, die Frau T. uns mit vollem Recht empfohlen hatte. Die Pensionsgäste gehörten alle der »guten Gesellschaft« an, so daß es nicht unangenehm war, mit ihnen an einer gemeinsamen Tafel zu sitzen. Drei Schweden, vier Amerikaner, zwei Engländer, fünf Russen und ein Schweizer. Wir und Robert waren die einzigen Franzosen. Es wurde in allen Sprachen gesprochen; aber vorwiegend französisch wegen der Russen und des Schweizers, wegen uns dreien und eines Belgiers, den ich vergaß. Keiner der Gäste war unangenehm; aber Roberts Vornehmheit stellte alle in den Schatten. Er saß meinem Vater gegenüber, der sich immer ein wenig zurückhält und oft zu Menschen, die nicht seinen Kreisen angehören, nicht sehr liebenswürdig ist. Da wir die zuletzt Angekommenen waren, war es ganz natürlich, daß wir uns nicht sogleich in die Unterhaltung mischten. Ich hätte schon gern mitgeredet, aber es schickte sich für mich nicht, mich liebenswürdiger zu benehmen als Papa; ich ahmte also seine Zurückhaltung nach, und da ich neben ihm saß, bildete unser Schweigen inmitten der allgemeinen Angeregtheit eine kleine Kälteinsel. Lustig war, daß wir nirgends hingehen konnten, ohne irgendeinen Gast aus der Pension zu treffen. Papa sah sich immerhin gezwungen, ihre Grüße und ihr Lächeln zu erwidern, und wenn wir uns zu Tisch setzten, wußten alle, daß wir aus Santa-Croce oder aus dem Palazzo Pitti kamen. »Das ist unerträglich«, sagte Papa, aber trotzdem begann sein Eis zu schmelzen. Was Robert angeht, so trafen wir ihn überall wieder. Wenn wir eine Kirche oder ein Museum betraten, das erste, was wir erblickten, war Robert. »Da haben wir's! Schon wieder!« . . . rief Papa aus. Anfangs tat Robert, um uns nicht zu belästigen, so, als ob er uns nicht sähe, denn er war natürlich viel zu feinfühlig, um nicht zu verstehen, daß diese ständigen Begegnungen Papa reizten. Er wartete also, bis Papa geruhte, ihn zu erkennen, und grüßte nie zuerst, indem er sich aus Takt den Anschein gab, in die Betrachtung irgendeines Meisterwerkes vertieft zu sein. Zuweilen ließ Papas Gruß ziemlich auf sich warten, denn gerade Robert gegenüber legte Papa die meiste Zurückhaltung an den Tag. Es war mir sogar ein wenig peinlich, denn diese Zurückhaltung war so groß, daß sie schon an Ungezogenheit grenzte, das kann ich wohl sagen; und es gehörte schon Roberts ganze Gutartigkeit dazu, um es nicht übelzunehmen. Da ich aber immer lächeln mußte, begriff er, daß keine böse Absicht dabei war, wenigstens nicht von meiner Seite. Es wurde mir sogar sehr schwer, nicht um so freundlicher zu lächeln, je kälter sich Papa zeigte; glücklicherweise merkte Papa nichts davon, da dieses sich ein wenig hinter seinem Rücken abspielte. Robert besaß soviel Geschmack, nicht zu verraten, daß er es sah, und auch nie das Wort an mich zu richten, was Papa sehr übel aufgenommen hätte. Ich hatte etwas Gewissensbisse wegen dieser kleinen Komödie, die zwischen Robert und mir ohne Papas Wissen schon eine stumme Verbindung schuf. Aber wie sollte man das vermeiden?

Papa übersah ihn deswegen noch um so mehr, als Robert nicht »seine Ideen teilte«. Ich habe nie so recht begriffen, was eigentlich Papas »Ideen« waren, denn ich verstehe nichts von Politik, aber ich weiß, daß Mama ihm immer seinen »Materialismus« vorwirft, wie sie es nennt, und daß Papa die Geistlichen nicht sehr liebt. Als ich noch jünger war, wunderte ich mich, daß er so gut sein konnte, denn er geht nie zur Messe, und ich halte nicht für sehr richtig, was er sagt, daß »die Religion die Menschen nicht besser mache«. Mama findet, daß er »verstockt« ist; ich glaube aber, daß er ein besseres Herz hat als sie, und wenn sie miteinander streiten, was nur allzu häufig vorkommt, dann spricht Mama in einem solchen Ton mit ihm, daß meine ganze Sympathie sich ihm zuwendet, selbst wenn ich ihm nicht recht geben kann. Er sagt, daß er nicht ans Paradies glaubt; doch der Abbé Bredel versetzt, daß er schon werde daran glauben müssen, wenn er darinnen ist, denn er werde geradewegs hineinkommen und wider seinen Willen gerettet werden. Das glaube ich auch von ganzem Herzen.

Wie traurig solche Zwistigkeiten in Familien sind, die doch so innig zusammengehören wie meine Eltern! und auf Gebieten, wo es mit ein wenig gutem Willen so leicht wäre, sich zu verständigen. Auf jeden Fall steht nichts Derartiges bei Robert zu befürchten, denn ich habe ihn niemals eine Kirche betreten sehen, ohne daß er darin gebetet hätte, und er hat nur großherzige und edle Gedanken. Ich kann nicht glauben, daß die ›Libre Parole‹ eine »schlechte Zeitung« ist, wie Papa sagt, der nur den ›Temps‹ liest; und ich habe schon gefürchtet, daß es schlecht enden würde, als Robert und Papa sich am zweiten Tag in der Pension Girard unter vier Augen allein im Rauchzimmer fanden. Die Tür zum Salon stand weit offen, und ich konnte sie beide sehen, jeder in einem Lehnsessel, eine Zeitung vorm Gesicht. Nachdem Robert die seine durchflogen, hatte er die Unvorsichtigkeit, sie Papa hinüberzureichen und ein paar Worte dabei zu sagen, die ich nicht hören konnte; aber Papa war so wütend, daß er seine Kaffeetasse, die er auf die Seitenlehne seines Sessels gestellt hatte, auf seine helle Hose schüttete. Robert hat sich vielmals entschuldigt, aber er konnte wahrhaftig nichts dafür. Und während Papa sich mit seinem Taschentuch abtupfte, vollführte Robert, der mich im Salon entdeckt hatte, ein kleines Mienenspiel zu mir herüber, ganz zart, jedoch sehr ausdrucksvoll, und drückte darin sein Bedauern so komisch aus, daß ich nicht umhin konnte, zu lachen, und mich rasch abwandte, denn es sah ja aus, als ob ich mich über Papa lustig machte.

Und da nun, am sechsten Tag, bekam Papa einen Gichtanfall . . . Oh, es ist abscheulich, sich darüber zu freuen! . . . Und natürlich hatte ich vorgeschlagen, in der Pension zu bleiben, um ihm Gesellschaft zu leisten und ihm vorzulesen, doch das Wetter war so schön, und er selbst hat mich gezwungen, auszugehen. Darauf habe ich seine Abwesenheit benutzt, um mir die spanische Kapelle anzusehen, denn er mag die Primitiven nicht sehen. Und natürlich traf ich da Robert und konnte nicht anders, als mit ihm zu reden. Aber nachdem er sich gewundert, mich allein zu sehen, und sich sehr höflich nach Papas Befinden erkundigt hatte, haben wir uns nur über Malerei unterhalten. Ich war fast glücklich über meine Unwissenheit, denn das war für ihn eine Gelegenheit, mir alles zu erklären. Er hatte ein dickes Buch mit, brauchte es jedoch gar nicht aufzumachen, weil er die Namen der alten Meister auswendig weiß. Es gelang mir nicht, seine Vorliebe für gewisse Fresken, die mir noch sehr wenig gestaltet vorkamen, gleich zu teilen, aber ich fühlte, daß alles, was er mir darüber sagte, richtig war, und meine Augen öffneten sich für viele Vorzüge, die ich allein gar nicht zu würdigen gewußt hätte. Dann habe ich mich von ihm verlocken lassen, mit ins St.-Markus-Kloster zu gehen, wo es mir schien, als begriffe ich zum erstenmal das Wesen der Malerei. Es war so herrlich, sich in gemeinsamer Bewunderung zu verlieren und zu vergessen, daß ich, ohne mir etwas dabei zu denken, vor dem großen Freskogemälde des Fra Angelico seinen Arm ergriff und es erst merkte, als Leute in die kleine Kapelle kamen, wo wir bis zu diesem Augenblick allein geweilt hatten. Übrigens sagte Robert nichts, was Papa nicht hätte hören können; trotzdem aber habe ich bei meiner Rückkehr in die Pension nicht gewagt, Papa von dieser Begegnung zu erzählen. Sicher war es nicht recht von mir, ihm zu verbergen, was einen solchen Eindruck in mir hinterlassen, daß ich an nichts anderes mehr denken konnte. Als ich mich aber ein wenig später vor dem Abbé dieser »Unterlassungslüge« bezichtigte, hat er mich eher beruhigt; allerdings teilte ich ihm zu gleicher Zeit meine Verlobung mit. Der Abbé weiß, daß Papa sie nicht billigt, allein er weiß auch, daß es Roberts Anschauungen sind, die ihn hindern, sie zu billigen, und gerade diese Anschauungen sind es, die Mama und den Abbé veranlassen, sie gutzuheißen. Papa ist außerdem so gut, daß er nicht lange widerstehen konnte, und das wichtigste ist ihm, wie er sagt, daß ich glücklich sei; an meinem Glück aber kann er nicht zweifeln.

Bevor ich von der Verlobung spreche, hätte ich über die letzten Tage in Italien berichten sollen; aber ich habe meine Feder rasch bis zu diesem Zauberwort laufen lassen, vor dem alle meine anderen Erinnerungen verbleichen. Ehe wir Florenz verließen, hatte Robert Papa um die Erlaubnis gebeten, uns in Paris aufsuchen zu dürfen. Ich hatte solche Angst, daß Papa es abschlagen würde! Es zeigte sich aber, daß Robert unsere Verwandten de Berre sehr gut kennt, sie haben uns zusammen zum Essen eingeladen, was die Sache sehr erleichtert hat. Am nächsten Vormittag hat Robert der Mama seine Aufwartung gemacht, und einige Tage danach kam er wieder, um sie um meine

Hand zu bitten. (Wie dumm mir diese Redensart vorkommt!) Mama war zuerst ein wenig überrascht, und ich war es noch weit mehr, als sie mir davon sprach, weil Robert mir noch gar keine richtige Liebeserklärung gemacht hatte. Er hat sehr gelacht, als ich ihm das gestand, und hat mir »erklärt«, daß er nicht daran gedacht habe, daß er aber durchaus bereit sei, mir diese »Erklärung« zu machen, wenn ich noch nicht begriffen hätte, daß er mich liebe. Dann hat er mich in seine Arme geschlossen, und ich habe gefühlt, daß auch ich nichts zu sagen brauchte, damit er begriffe, daß ich mich ihm mit Leib und Seele gebe.

Eben wurde ein Telegramm gebracht. Ich habe es von Mama öffnen lassen, obwohl es an mich adressiert war, »Roberts Mutter ist gestorben«, sagte sie und reichte mir das Telegramm, wo ich nur eines las: daß er Mittwoch zu mir zurückkehrt.

13. Oktober

Ein Brief von Robert! Aber er schreibt an Mama; und ich glaube, sie ist empfänglich für dieses Zeichen von Ehrerbietung gewesen. Ich verstehe, daß Mama diesen Brief aufbewahren möchte, denn er ist sehr schön; ich möchte ihn aber auch wieder lesen können und schreibe ihn darum ab:

Verehrte gnädige Frau!
Eveline wird mir verzeihen, wenn ich heute an Sie schreibe und nicht ihr. Ich möchte ihrer Heiterkeit den Anblick meiner Trauer ersparen und wende mich Ihnen zu, um zu weinen. Den schönen Namen »Mutter«, seit gestern kann ich ihn nur noch Ihnen geben. Sie werden mir ohne Zweifel erlauben, daß ich künftig auf Sie alle Gefühle der Ehrfurcht und der Zärtlichkeit übertrage, die ich für jene hegte, die ich soeben verloren habe.

Ja, sie, die mir das Leben gegeben, ist gestern gestorben, und ich kann sagen: in meinen Armen. Erst wenige Stunden vor ihrem Ende hat sie das Bewußtsein verloren. Am Morgen hatte sie es noch, als sie die Sterbesakramente aus der Hand des Priesters empfing, den ich hatte rufen lassen. Sie sah dem Tode ruhig entgegen und schien nur unter meinem eigenen Kummer zu leiden. Ihre letzte Freude war, so sagte sie mir, meine Verlobung zu erfahren und zu denken, daß sie mich nicht allein auf der Erde zurücklasse. Wollen Sie das bitte Eveline wiedersagen, und wie ich es ewig bedauern werde, daß Mama sie nicht hat kennenlernen können.

Empfangen Sie, Mutter, die Versicherung meiner stets ehrfurchtsvollen Ergebenheit, die bereits die eines Sohnes ist.

Robert D.

Mein armer Freund, ich möchte an Deiner Trauer teilhaben. Ich habe versucht, Kummer zu fühlen, aber vergeblich. Mein Herz ist ganz in Freude gebadet, und alles, was ich mit Dir mitempfinde, selbst das Leid, ist Glück für mich.

15. Oktober

Ich habe ihn wiedergesehen. Wie würdig und schön ist sein Schmerz! Ich fange an, ihn besser zu verstehen. Ich glaube, fertige Phrasen sind ihm ein Greuel, denn er wahrt, um mir von seiner Trauer zu sprechen, dieselbe Zurückhaltung, die ihm auch eigen war, als er mir seine Liebe erklärte. Aus Furcht, seine Erschütterung durchscheinen zu lassen, vermeidet er alles, was ihn weich machen könnte. Zwischen uns ist sogar nur von materiellen Dingen die Rede gewesen und mit Mama nur von der Regelung der Hinterlassenschaft und von dem von Robert beabsichtigten Verkauf der Besitzung, die er geerbt hat. Es wird mir sehr schwer, meinen Geist auf solche Dinge zu konzentrieren, und ich überlasse es Mama, sich mit Robert zusammen damit abzugeben. Ich habe begriffen, daß wir reich sein werden, und ich bedaure es beinahe: ich würde das Vermögen gern denen überlassen, die Geld brauchen, um glücklich zu sein. Aber es handelt sich hier nicht um Glück. Robert sagt mir, daß er für sich selbst immer genug hätte und daß er das Geld nur als eine Waffe betrachte, um seinen Ideen zum Sieg zu verhelfen. Er hat sich lange mit dem Abbé Bredel unterhalten, der auch sagt, daß man nicht das Recht habe, ein Vermögen zurückzuweisen, daß uns damit aber die Pflicht auferlegt wird, es zum Guten zu verwenden.

Armer Papa! Alles das geht ohne sein Zutun vor. Sobald er den Abbé Bredel hereinkommen sieht:

»Bedaure aufrichtig! . . . ich muß leider unbedingt fort...«, sagt er rasch und entschwindet mit einem flüchtigen Gruß.

Ich habe immer Angst, daß der Abbé gekränkt sein könnte; aber er ist so gut, so versöhnlich, daß er so tut, als nehme er diese klägliche Entschuldigung ernst.

»Herr Delaborde ist immer so in Anspruch genommen«, sagt er zu Mama, die nach Kräften die Ungezogenheit auszugleichen sucht, indem sie doppelt liebenswürdig ist. Mir scheint immer, daß mit ein bißchen gutem Willen Papa sich so gut mit dem Abbé verstehen könnte! Denn er ist auch ein sehr guter Mensch.

»Mein liebes Kind, die Pfaffen und ich, wir beten nicht denselben Gott an«, antwortet er mir, wenn ich versuche, ihn zu überzeugen. »Dränge nicht weiter, ich würde böse werden. Das sind Dinge, die du vielleicht später einmal verstehen wirst, wenn du deiner Mama nicht zu sehr gleichst.«

Dann bin ich wohl oder übel gezwungen, ihm zu sagen, daß ich »diese Dinge« niemals verstehen möchte, daß ich aber Ansichten nicht gutheißen kann, die Eltern, welche ich beide gleich liebhabe, in zwei Lager spalten. Die unseligen »Ansichten« sind es ja auch, die Papa hindern, meine Verlobung zu billigen.

»Liebes Kind«, sagt er zu mir, »ich erkenne mir nicht das Recht zu, mich dieser Heirat zu widersetzen, und ich habe keine Lust, einen Machtspruch zu fällen. Aber verlange nicht von mir, daß ich eine Entschließung gutheiße, die ich bedauerlich finde. Alles, was ich tun kann, ist, zu wünschen, daß du es nicht zu bald bereust.«

19. Oktober

Heute morgen habe ich Papa gefragt, was er Robert vorzuwerfen habe. Er hat mich lange angesehen und zuerst die Lippen zusammengepreßt, ohne etwas zu sagen; dann:

»Mein Kindchen, ich werfe ihm gar nichts vor. Er gefällt mir einfach nicht. Wenn ich dir sagen wollte warum, würdest du widersprechen, weil du ihn liebst; und wenn man jemanden liebt, sieht man ihn nicht mehr so, wie er ist.«

»Aber gerade darum, weil er so ist, wie er ist, liebe ich ja Robert!« habe ich ausgerufen.

»Robert macht dem Abbé etwas vor, er macht deiner Mutter, dir, und ich fürchte sehr, auch sich selber etwas vor, was noch schlimmer ist!«

»Willst du damit sagen, daß er nicht an das glaubt, was er spricht?«

»Doch, doch; ich glaube wohl, daß er daran glaubt. Ich bin es, der nicht daran glaubt.«

»Erstens glaubst du überhaupt an nichts, Papa.«

»Was willst du? Ich bin, was deine Mutter einen Skeptiker nennt.«

Und wir kommen nicht weiter, denn solche Unterhaltungen dienen nur dazu, uns beide zu betrüben. Armer Papa! Ich zähle auf Robert, um ihn umzustimmen ... mit der Zeit. Er ist Papa gegenüber so geduldig, so geschickt und geschmeidig ... Er gibt sich Mühe, alle Streitpunkte zu vermeiden (Papa übrigens auch). Er nennt die Unterhaltungen mit Papa einen Eiertanz, weil man gewandt zwischen empfindlichen Gegenständen hindurchtänzeln muß, ohne sie zu streifen. Doch wie gern möchte ich zuweilen, daß Papa ihn hören könnte, wenn er mit mir spricht, wie er redet, wenn Papa nicht dabei ist! In Papas Gegenwart fühle ich, wie er sich beobachtet; aber sowie er sich gehen läßt, belebt sich sein ganzes Wesen, und er kann dann so wunderschöne Sachen sagen, daß ich sie gleich niederschreiben möchte. Dabei kann er so geistreich sein und so drollig ... Wie Yvonne de Berre neulich sagte: »Man wird nicht müde, ihm zuzuhören.« Das war am letzten Donnerstag; wir hatten mit Robert bei unsern Verwandten gefrühstückt. Maurice de Berre und Papa sind gleich nach der Mahlzeit weggegangen; da hat Robert uns lange von Perpignan erzählt, von den kleinen Eifersüchteleien und Ränken des Provinzlebens, die er so gut mit angesehen hat, von der ganzen Umgebung, in der er gelebt hat und in der er, wie er sagt, nicht um ein Königreich je wieder leben möchte. Wenn ich ihn von all den verschrobenen Leuten reden höre, die den Kreis seiner Eltern bildeten, tut es mir leid, sie nicht gekannt zu haben; allein ich verstehe, daß für einen so überlegenen Geist, wie Roberts, eine solche Gesellschaft erstickend sein muß. In dem Wunsch, dieser Atmosphäre zu entfliehen, wollte er sogar zuerst Priester werden, denn er hat ein sehr frommes Gemüt; dann hat er begriffen, daß er mehr Gutes tun könnte, wenn er sich ins tägliche Leben mischt. Der Abbé Bredel billigte es, und ich denke mit ihm, daß man ein solches Licht »nicht unter den Scheffel stellen soll«, wie er mit den Worten des Evangeliums sagt. Wenn man Robert reden hört, hat man den unwiderstehlichen Wunsch, viele sollten ihn hören. In diesem Punkt kann ich nicht eifersüchtig sein, und das Verlangen, diesen Schatz für mich allein zu genießen, käme mir gottlos vor. Mein Lebensziel muß sein, ihm mit allen meinen Kräften zu helfen, sich hervorzutun.

In der nächsten Woche müssen wir zusammen einige Besuche machen. Ich freue mich, ihn unsern Bekannten vorzustellen.

26. Oktober

Seit einigen Tagen führe ich ein so bewegtes Leben ... Ich hoffte, jeden Tag ein wenig Zeit zu finden, um in dieses Heftchen schreiben zu können. Aber es fehlt mir nicht nur an der

Zeit. Selbst in den Augenblicken, wo ich mich allein befinde, komme ich nicht mehr zu der Beschaulichkeit, die meinen Gedanken gestattet, sich zu sammeln. Ein Wirbel trägt mich fort: Besuche, Besorgungen, Einladungen, Theater, wohin Robert mich gottlob trotz seiner Trauer begleitet, denn er sagt, aufrichtige Gefühle haben nichts mit Anstandsregeln zu tun, und ich glaube übrigens, daß das Glück, sich geliebt zu wissen, seinen Kummer überwiegt. Er begleitet mich zu den Lieferanten und bestellt eine Unmenge Dinge für mich, von denen er mir einreden will, daß wir sie notwendig brauchen. Es macht ihm soviel Spaß, und seine Freude, mich zu verwöhnen, ist so offenkundig, daß ich ihn nicht allzusehr zurückzuhalten suche. Wir haben zusammen ein Gedicht von einem Ring ausgesucht, der, wie ich gestehen muß, mir die größte Freude bereitet hat und den ich immer wieder aufs neue bewundere. Als er mir aber auch noch ein Armband schenken wollte, habe ich es glatt abgelehnt, trotz allem, was er mir zu sagen wußte, um mich zur Annahme zu bewegen, daß zum Beispiel der Kauf von Schmucksachen gar nicht so sehr als eine Ausgabe angesehen werden dürfte, sondern als eine »Anlage«; das ist das Wort, das er brauchte; dann hat er mir auseinandergesetzt, daß Steine und Edelmetalle »berufen wären, im Wert zu steigen«. Ich habe versetzt, daß mir das ganz gleichgültig wäre, und darüber haben wir uns ein wenig gestritten. Wahrscheinlich war es nicht sehr nett von mir, ihm zu sagen, daß der Ring mir ebensoviel Vergnügen machen würde, auch wenn ich nicht wüßte, daß er sehr teuer gewesen ist; darauf hat er ausgerufen:

»Da kann man ebensogut zugeben, daß man jeden Schund vorzieht!«

Dann hat er, was ja immer so interessant bei ihm ist, die Frage erweitert und sie vom »allgemeinen Gesichtspunkt« aus betrachtet, der ihm allein wichtig ist: »Man macht heute Perlen so gut nach, daß jedermann sich täuschen kann«, hat er mir erklärt, »aber die echten Perlen stellen ein Vermögen dar, während die anderen nur den Schein der Kostbarkeit haben.«

Er ist gern dabei, wenn ich meine Kleider anprobiere, weil er einen fabelhaften Geschmack besitzt und es ihm Spaß macht, sich mit den Schneidern herumzustreiten. Auch meine Hüte haben wir zusammen ausgesucht. Es wird mir schwer, mich an die neuen Formen zu gewöhnen. Robert findet, daß sie mich sehr gut kleiden; wenn ich mich aber im Spiegel sehe, finde ich mich bis zur Unkenntlichkeit verändert. Aber ich denke, es ist nur eine Sache der Gewohnheit, und bald werde ich, wie er meint, mein Jungmädchengesicht nicht mehr wiedererkennen. Im allgemeinen finde ich alles, was er aussucht, viel zu schön; ich verstehe aber, wie ihm daran liegt, daß ich ihm Ehre mache und daß ich nicht mehr das Recht habe, bescheiden zu sein. Der Abbé weiß, daß mein Herz es dennoch bleibt, und sagt, nur darauf allein komme es an. Jeden Tag staune ich von neuem und höre nicht auf, mich meines Glückes für unwürdig zu erachten. Ich fürchte manchmal, Robert könne entdecken, wie sehr er meine Verdienste überschätzt. Indessen wird es mir vielleicht kraft meiner Liebe gelingen, mich bis zu ihm emporzuheben. Das wünsche ich von ganzem Herzen, und ich bemühe mich ohne Unterlaß. Er hilft mir so geduldig dabei.

30. Oktober

Über Robert muß ich staunen. Er steht mit einer Masse berühmter Leute in Beziehung und kennt Menschen aus allen Kreisen. Dadurch hat er die Möglichkeit, denen, die sich an ihn wenden, allerlei Dienste zu erweisen; und da man ihn als sehr gefällig kennt, lassen sie's nicht daran fehlen. Er sagt, eine große Lebensweisheit wäre es, niemals etwas zu verlangen, was man nicht sicher sei, zu erhalten. Da aber die Leute, die er sich verpflichtet hat, ihm nichts abschlagen und er nur Dinge verlangt, die berechtigt sind, erhält er leicht alles, was er will. Er hat überall Zutritt, und ich gehe nirgends hin mit ihm, ohne nicht sogleich Hände zu sehen, die sich ihm entgegenstrecken. Ich habe ihn gebeten, mir nur seine wirklichen Freunde vorzustellen; aber es ist schwer, sobald man ihn nur ein wenig kennt, nicht sein Freund zu werden, und da er über alles immer auf dem laufenden ist, vermag er, mit wem es auch sei, über was es auch sei, zu reden, als ob das gerade sein Spezialgebiet wäre. Die Wahrheit zu sagen, glaube ich nicht, daß er intime Freunde besitzt. Ich habe ihn neulich danach gefragt. Er hat mir keine direkte Antwort gegeben, sagte aber, indem er mich zärtlich an sich drückte:

»Die Freundschaft ist das Vorzimmer der Liebe.«

Und wirklich kommt es mir heute so vor, als ob die große Freundschaft, die ich gestern noch für Rosita und Yvonne empfand, nur oberflächlich gewesen und als ob mein erster wahrer Freund Robert wäre.

Er will Papa die Überraschung bereiten, ihm einen Orden zu verschaffen. Da er den Kabinettschef des Unterrichtsministeriums sehr gut kennt, versichert er, daß es ihm sehr leicht fallen würde. Papa wird es bestimmt nicht ablehnen, und ich glaube, daß es ihm im Grunde große Freude machen wird. Ich finde es sehr hübsch, daß Robert an Papa denkt und nicht für sich selber das Verdienstkreuz verlangt, aber er legt keinen Wert darauf und weiß, daß er es bekommen wird, wann immer er will. Wenn ich ihn mit den bedeutenden Leuten, denen er mich vorstellt, plaudern höre, werde ich mir meiner eigenen Unwissenheit bewußt; ich wage kaum, mich in die Unterhaltung einzumischen, so sehr fürchte ich, ihm Schande zu machen. Ich habe ihn gebeten, mir eine Liste der Bücher aufzuschreiben, die ich kennen müßte, und sobald ich nur ein wenig Zeit habe . . . Aber wann wird das sein? Wir haben beschlossen, Ende Januar zu heiraten. Es scheint mir noch schrecklich weit bis dahin, und trotzdem fliehen die Tage mit verblüffender Geschwindigkeit. Gleich nach der Hochzeit werden wir nach Tunis fahren. Es soll nicht nur eine Vergnügungsreise sein. Robert ist da unten an einem landwirtschaftlichen Unternehmen beteiligt und will seine Interessen wahrnehmen. Er sagt, es gäbe kein größeres Vergnügen als das, von dem man zugleich einen Nutzen haben könne. Sein Geist bleibt nie untätig. Er unterrichtet sich andauernd und weiß aus allem Vorteil zu ziehen.

Die große Frage, die uns beschäftigt, ist die der Wohnung. Wir haben uns eine große Anzahl von Wohnungen angesehen, aber an jeder findet Mama, Robert oder ich irgend etwas auszusetzen. Ich glaube, wir werden uns mit einem Baumeister verständigen, den Robert sehr gut kennt. Er läßt eben ein sehr gut gelegenes Miethaus im Viertel von La Muette fertigstellen mit dem Blick auf große Gärten. Wir würden Besitzer der obersten Etage werden und könnten sie daher ganz nach unserem Geschmack einrichten. Wir verbringen ganze Stunden zusammen mit der Beratung der Pläne, und nichts ist unterhaltender als das. Robert, der, solange seine Mutter lebte, nicht sehr reich war, begnügte sich seit drei Jahren mit einer kleinen Parterrewohnung in der Avenue d'Antin und fühlte sich dort immer mehr eingeengt. Er mußte seine Mahlzeiten im Restaurant einnehmen, was ihn sehr viel Zeit kostete und seinen Magen angriff. Ich wollte sehen, wie er untergebracht ist, und ich glaube, er war etwas verlegen, es mir zu zeigen. Immerhin war ich erstaunt, nicht mehr Unordnung vorzufinden. Alle seine Papiere sind in Umschläge oder Aktendeckel geordnet, und er hat ein ganz besonderes Zettelsystem erfunden, das ihm ermöglicht, über wen es auch sei, sofort alle Auskünfte beisammen zu haben, die er braucht. Auf diese Weise kann er sich so leicht dienstbar erweisen. Er findet, daß es den Menschen im allgemeinen an Methoden fehlt und daß das »Räderwerk der Gesellschaft«, wie er sich ausdrückt, schlecht gefügt ist. Er zitiert gern die Verse von La Fontaine: »An Mitteln fehlt es nicht«, und behauptet, das wichtigste wäre, recht zu verwerten, was man hat. Ich glaube, daß das richtig ist, besonders für Leute, die so reich begabt sind wie er; wenn ich ihm aber sage, daß meine »Mittel« nicht weit her sind, widerspricht er und versichert mir sehr lieb, daß viele Frauen, die einen Salon haben und in der Gesellschaft glänzen, weniger gescheit sind als ich. Er sieht aufrichtig aus, wenn er so spricht, und ich fürchte entschieden, daß er sich große Illusionen über seine zukünftige Gattin macht. Mögen sie ihm wenigstens lange erhalten bleiben!

Wie dem auch sei, ich will daran arbeiten, mich so sehr wie möglich zu bilden, sobald ich nur ein wenig Zeit dazu habe, und will mich bemühen, mit jedem Tag seiner ein wenig würdiger zu werden.

Es quälte mich, zu erfahren, ob er ein wenig Zeit hatte erübrigen können, um seinerseits Tagebuch zu führen, wie wir es einander versprochen hatten, und ich bat ihn, es mir zu zeigen; oh! nicht etwa, es mir zu lesen zu geben; aber ich hätte es eben einfach gern gesehen. Ehrlich gesagt, hatte ich Angst, daß er es herumliegen läßt. Aber er hat mich beruhigt. Das Schubfach, in welchem er es verwahrt, ist immer sorgfältig abgeschlossen. Er hat mir das Fach gezeigt, hat sich aber geweigert, das Tagebuch herauszuholen, selbst als ich ihm versprochen hatte, es nicht zu öffnen.

3. November

Gestern war der Maler Bourgweilsdorf zum Essen bei uns. Trotz dieses gräßlichen Namens, von dem ich nicht weiß, ob ich ihn richtig schreibe, ist er weder ein Deutscher noch ein Jude, sondern ein armer, sehr achtenswerter Bursche, den Robert sehr unterstützt hat und der die kleine Parterrewohnung in der Avenue d'Antin mit einer Masse unverkäuflicher Bilder vollpfropft, die Robert ihm aus Barmherzigkeit abnimmt, um ihm zu helfen, ohne seinen Stolz zu verletzen. Ich habe Robert gesagt, daß ich es sehr unvorsichtig von ihm fände, auf diese Weise eine so verfehlte Existenz zu ermutigen, und daß man ihn lieber zu Gott weiß was anderem antreiben sollte als zum Malen; es scheint jedoch, daß der arme Junge zu allem anderen unfähig ist und daß er sich obendrein noch für sehr begabt hält. Robert versteift sich übrigens darauf, ihm »ein gewisses Talent« anzuerkennen, und wir haben uns ein bißchen über diesen Punkt gestritten, denn es genügt wirklich, irgendeine seiner Schmierereien anzusehen, um zu begreifen, daß Bourgweilsdorf nichts von seinem Handwerk versteht und nicht einmal eine Vorstellung davon besitzt, was Malerei zu bedeuten hat. Aber Robert führt dann eine Menge Künstler an, die berühmt geworden sind und die man anfänglich auch Schmierer gescholten hat. Und da er ein bißchen böse wurde, weil es mir ehrlich nicht gelingen wollte, das, was er mir zeigte, schön zu finden, fügte er kategorisch hinzu:

»Du kannst übrigens überzeugt sein, wenn er keinen Wert hätte, würde ich mich nicht mit ihm befassen.«

(Was nicht hindert, daß Robert es nicht wagt, diese Scheußlichkeiten an der Wand aufzuhängen. Er stapelt sie in einem großen Schrank auf, wo ich sie entdeckte, denn er hatte mir gestattet, überall bei ihm herumzustöbern.)

Roberts Ton war so scharf (zum erstenmal hat er so mit mir gesprochen), daß mir die Tränen in die Augen traten. Er sah es, wurde sofort wieder sehr zärtlich, küßte mich und sagte:

»Sag, willst du ihn kennenlernen? Du wirst dann selber urteilen, ob er so dumm ist, wie du denkst.«

Ich habe es angenommen, und so kam es, daß wir ihn einluden.

Also! Ich bitte Robert hier um Verzeihung: ich fand Bourgweilsdorf beinah reizend. Ich sage »beinah«, weil trotz allem etwas an ihm mich zurückstößt: das ist sein Mangel an Erkenntlichkeit, um nicht zu sagen: seine Undankbarkeit Robert gegenüber. Bourgweilsdorf scheint allzusehr zu vergessen, was er ihm verdankt, und es sogar ein wenig an Achtung ihm gegenüber fehlen zu lassen. Ich weiß wohl, daß das in seinem Munde nichts weiter zu bedeuten hat und daß die Herzlichkeit seines Tones die Grobheit des Gesagten wieder gutmacht; aber mehr als einmal mußte ich hören, wie er Robert das Wort abschnitt und bei irgendeiner höchst vernünftigen Bemerkung, die er nicht einmal anhörte, ausrief: »Alter Freund, was du da sagst, hat doch nicht Hand und Fuß!« Dagegen billigte er alles, was Papa sagte, mit einer so artigen und lächelnden Unaufrichtigkeit, daß man fast darauf hereinfallen konnte und daß Papa, alles in allem, entzückt war. Ich war auf einen Schlawiner gefaßt gewesen; aber er ist ein sehr gut, sogar ziemlich elegant angezogener Herr mit guten Manieren und sehr gepflegtem Äußern. Sicherlich ist er gescheit. Er erzählt zum Entzücken eine Unmenge sehr komischer Geschichten, und seine Unterhaltung würde ganz besonders angenehm sein, wenn er nicht allzugern paradoxe Dinge sagte. Man weiß nie ganz genau, ob er sich nicht ein wenig über einen lustig macht, so, wenn er zum Beispiel sagt, daß Raffael und Poussin seine beiden Lieblingsmaler sind, was seine eigene Malerei wahrhaftig nicht erkennen läßt. Im ganzen war es ein herrlicher Abend, und ich glaube, daß ich den guten Bourg mit Vergnügen wiedersehen werde. Aber von hier bis dahin, mein Porträt bei ihm zu bestellen, wie Robert es unverhofft getan... weder er noch ich waren darauf gefaßt, so daß wir nicht wußten, was wir dazu sagen sollten, und es war überaus peinlich. Ich finde, Robert hätte mich zuerst befragen können. Ich würde ihm gesagt haben, daß ich von heute bis zu unserer Hochzeit schwerlich Zeit zum Sitzen finden würde und daß wir »dieses Vergnügen« bis nach der Rückkehr von unserer Hochzeitsreise verschieben müßten. Das habe ich auch Bourgweilsdorf geantwortet, als er, von Robert gedrängt, gleich eine Verabredung für die erste Sitzung treffen wollte. Er versichert, daß er nur drei oder vier Sitzungen braucht; er würde einige Skizzen machen und während unserer Abwesenheit das Bild aus dem Gedächtnis soweit fertigstellen, daß er nach unserer Rückkehr nur noch einige Korrekturen vornehmen müßte, um es zu vollenden. Ehrlich gesagt, wenn ich an die Scheußlichkeiten denke, die er zustande bringt, liegt mir recht wenig daran, von ihm gemalt zu werden. Trotzdem haben wir einen Tag verabredet, um ihn in seinem Atelier zu besuchen.

7. November

Besorgungen, Empfänge, Besuche. Ich habe keine Zeit mehr, Tagebuch zu führen; keine Zeit mehr, zu lesen, mich zu sammeln; keine Zeit mehr, mich glücklich zu fühlen. Und, was mich am meisten betrübt, ist, daß das alles dazu beiträgt, mich gräßlich egoistisch zu machen. Jeden Tag ist nur die Rede von *meinem* Vergnügen, von *meiner* Toilette, von dem, was *mir* behagt und *mir* gefällt. Als ob mir künftig irgend etwas anderes behagen und gefallen könnte als das, was Robert gefällt! Selbst an den Möbeln für mein kleines Wohnzimmer gefällt mir doch, daß er es ist, der sie aussucht. Er hat mir einen entzückenden kleinen Schreibtisch geschenkt, in den ich seine Briefe und mein Tagebuch einschließen kann. Der Händler soll ihn aufbewahren, bis wir eingerichtet sind. Ich sehne mich schon danach, mich zu Haus zu fühlen und ein wenig wieder zu mir zu kommen. Diese Tage der Zerstreuungen erscheinen mir so leer ... und es kommt mir so vor, als ob ich auch Robert, gerade wie mich selbst, aus den Augen verlöre, denn wenn ich mich auch kaum von ihm trenne, so bin ich doch fast nie allein mit ihm; einem jeden muß man zulächeln, auf alle dummen Fragen Antwort geben, seine Freude zur Schau tragen, eine Art Komödie des Glücks spielen, und diese ewige Sorge, glücklich zu scheinen, könnte mich beinahe hindern, es zu sein, wenn ich diese Schaustellung auch nur eine Sekunde ernst nehmen würde. Ich wundere mich über die überzeugte, durchdrungene Miene, welche die Gleichgültigsten aufzusetzen vermögen, um ihre Sympathie zu bezeigen; ich muß mich zu diesem Spiel hergeben, muß »entzückt sein, die Bekanntschaft gemacht zu haben« von gänzlich unbedeutenden oder unangenehmen Menschen.

12. November

Ich bin in der letzten Zeit sehr viel mit Yvonne zusammengewesen. Wenn ich mit ihr plaudere, sehe ich, wie leicht Glück egoistisch macht. Ich lasse mich dadurch täuschen, daß ich mehr an Robert denke als an mich. Indem ich an ihn denke, gebe ich jedoch dem Zug meines Herzens nach. Es handelt sich natürlich nicht darum, ihn weniger zu lieben, sondern darum, meine Liebe nicht auf ihn zu beschränken. Ich hatte nur für ihn Augen und habe erst letzten Donnerstag gemerkt, wie schlecht Yvonne aussieht. Mir sind plötzlich die Schuppen von den Augen gefallen, oder vielmehr die blendende Wolke, in der ich lebte, ist zerrissen; sie ist mir so verändert vorgekommen, daß ich mich erschreckt habe, ich bin mit Fragen in sie gedrungen und habe sie schließlich dazu gebracht, mir den Grund ihrer entsetzlichen Traurigkeit zu gestehen. Der junge Mann, von dem ich weiß, daß sie ihn liebt, und mit dem sie schon so gut wie verlobt war, betrügt sie, sie hat es kürzlich entdeckt, er lebt mit einer anderen Frau ...

»Warum hast du mir das nicht früher gesagt?« fragte ich sie.

»Ich fürchtete, dich in deinem Glück zu stören.«

Da habe ich mich sogleich dieses Glücks geschämt, das mir vorkam wie ein Privatbesitz, mit einem grausamen »Eintritt verboten« darüber. Nein, nein, ich will kein »unbarmherziges« Glück. Yvonne, die darunter litt, meine Freundschaft nicht mehr zu fühlen, muß geholfen werden. Sie fürchtet, daß sie nicht aufhören kann, den zu lieben, der ihre Liebe nicht mehr verdient, und sucht eine Beschäftigung, bei der sie ihren Kummer ein wenig vergessen könnte. Sie möchte gerne eine Anstellung in einem Krankenhaus finden, was mir, wenigstens als vorläufiger Notbehelf, ein ausgezeichneter Gedanke zu sein scheint. Indem ich, wie ich es versprochen habe, das Geheimnis über die Ursachen dieses Entschlusses wahre, will ich versuchen, Robert dafür zu interessieren; er ist voller Aufmerksamkeit für Yvonne und sehr gut bekannt mit dem Chefarzt am Laënnec-Hospital. Er kann ihm Yvonne mit gutem Gewissen empfehlen, denn ich zweifle nicht, daß sie, aufopferungsfähig, klug und geschickt, wie sie ist, sich sehr nützlich erweisen kann.

14. November

Wie nett Robert ist! Kaum hatte ich ihm Yvonnes Wunsch übermittelt, als er auch schon mit Doktor Marchant telefonierte und sich für morgen abend zum Essen mit ihm verabredete. Er hat ihn in den »Tour d'Argent« eingeladen, dessen Küche berühmt ist.

»Man weiß nie, was ein gutes Essen alles bewirkt«, sagte er lachend zu mir.

Er behauptet, daß meine Anwesenheit bei diesem Abendessen nicht überflüssig sein wird, und hat Papa dazu bestimmt, daß er mir erlaubt, ihn zu begleiten. Ich freue mich sehr darüber, denn alles, was ich mit Robert unternehme, macht mir Spaß, und es beweist mir, daß Papa beginnt, diese Heirat mit etwas freundlicheren Augen anzusehen; außerdem habe ich fast noch nie im Restaurant gespeist; und wenn es obendrein Yvonne nützlich sein kann . . . Robert sagt, daß Doktor Marchant ziemlich unwirsch, aber sehr empfänglich für gute Kost sei; er nimmt sich deshalb auch vor, das Menü sehr sorgsam zusammenzustellen.

Ich habe oft Angst, Robert zu verstimmen, indem ich in der Unterhaltung gewisse Ausdrücke oder Satzwendungen gebrauche, von denen er mir sagt, daß sie nicht ganz richtig sind, die ich mir aber so angewöhnt habe, weil ich sie immerfort um mich herum höre. Wenn wir allein sind, rügt Robert es und verbessert mich. Allein in Gesellschaft bin ich häufig still aus Angst, plötzlich auf seinem Gesicht ein kleines Zeichen von Gereiztheit zu erblicken, das übrigens nur ich allein zu entdecken vermag, an dem ich aber sofort merke, daß ich mich nicht richtig ausgedrückt habe. Mit Doktor Marchant werde ich mich indessen doch entschließen müssen, zu reden; und ich zittere schon ein wenig im voraus. Ich kenne mich: wenn ich mich zu sehr beobachte, laufe ich Gefahr, alle Natürlichkeit und Ungezwungenheit zu verlieren. Ich habe Robert angefleht, mich während des Essens nicht allzuviel anzublicken. Ich lese in seinem Blick alles, was er denkt, und der kleinste Schatten von Mißbilligung, den ich darin läse, würde mich aus der Fassung bringen. So reizt ihn nichts mehr als die Anwendung des Wörtchens »sehr« vor Worten, die, wie er sehr richtig sagt, keinen Komparativ (oder ist es der Superlativ, ich weiß nicht mehr?) vertragen. Ehe er mich darauf aufmerksam gemacht hatte, pflegte ich zu sagen: »ich hab sehr Hunger«, oder »ich hab sehr Angst«.

»Warum nicht gleich: ich hab ›sehr‹ Mut, oder ich hab ›sehr‹ Kopfweh?« hat er gesagt.

Ich glaube, den Unterschied zu verstehen, an den ich, wie ich zugebe, nie gedacht habe; aber jetzt wage ich, aus Angst, mich zu irren, fast überhaupt nicht mehr, das Wörtchen »sehr« zu gebrauchen. Man hat doch nicht immer Zeit, zu überlegen, ob das folgende Wort ein Substantiv, ein Adjektiv oder ein Adverb sein wird ... Außerdem finde ich auch, daß Robert ein bißchen weit darin geht. Er will zum Beispiel auch nicht, daß ich sage, ich hätte ihn »sehr geärgert«; obwohl doch »geärgert« gar kein Substantiv ist. Er hat mir auseinandersetzen wollen, daß es auch kein Adjektiv wäre; aber ich glaube, er hat sich dabei ein wenig verhaspelt, denn nachdem er mir gesagt hat: »Du wirst sofort begreifen« ... hat er die kleine Privatstunde plötzlich auf später vertagt. Ich will es aber dahin bringen, diese Regeln ganz richtig zu verstehen und mich daran zu gewöhnen, sie auch anzuwenden, da nach Roberts Meinung es hauptsächlich Aufgabe der Frauen sein sollte, die Reinheit der Sprache zu erhalten, weil sie im allgemeinen konservativer als die Männer sind und, wenn sie ihre Sprechweise vernachlässigen, eine ihrer Pflichten versäumen.

16. November

»Sapperlot!« rief Papa, der sich im Hausgebrauch gern dieses kleinen Fluches bedient; »ihr versagt euch nichts!«, als er hörte, daß wir im »Tour d'Argent« gespeist hatten. Er sagte mir, daß er selber niemals dort gewesen wäre, aber wüßte, daß es das wahre Feinschmeckerlokal sei. Und ich mußte ihm das Menü in allen Einzelheiten aufzählen. Das Essen war vorzüglich; die Weine wunderbar, soweit ich das wenigstens nach dem Lächeln beurteilen konnte, das Robert und unser Gast austauschten, denn ich verstehe nicht viel davon. Aber was für ein widerlicher Mensch ist dieser Doktor Marchant!

»Die Pest hole die beschäftigungslosen jungen Damen!« hat er bei den ersten Worten, die Robert ihm von Yvonne sagte, ausgerufen.

Das war fast am Ende der Mahlzeit, als Robert annahm, daß unser Gast nun »reif« wäre; dann fuhr er mit einem brummigen Ausdruck, der die Grobheit seiner Worte noch unterstrich, fort:

»Das ist übrigens nicht die erste, die sich so anbietet. Ich habe diese Dienstangebote immer eisig abgelehnt. Krankenschwestern, ja, da sage ich nichts dagegen: das sind scheint's keine Frauen mehr. Aber die jungen Damen der Gesellschaft... Äskulap möge uns vor ihnen bewahren! Sagen Sie nur Ihrer Freundin in meinem Namen, sie soll ganz einfach heiraten. Das ist das Beste, was eine Frau tun kann, glauben Sie mir. Und es freut mich, das vor Ihnen hier sagen zu können, gnädiges Fräulein«, fügte er, zu mir gewandt, mit einem schiefen Lächeln hinzu, »da ich sehe, daß Sie derselben Ansicht sind.«

»Meine Freundin hat gute Gründe, es mir nicht nachzumachen«, erkühnte ich mich, indem ich mich mit allem meinem Mut wappnete und fühlte, daß Yvonnes Zukunft auf dem Spiel stand. Aber mein Mut sank schnell in sich zusammen bei seiner spöttischen Miene und seinem:

»Nein, wirklich? ...«, das er mit fragend hochgezogenen Brauen hervorbrachte.

Ich war im Begriff, ihm zu entgegnen, daß nicht jede Frau auf das Glück hoffen könnte, einem Robert zu begegnen; doch ich habe nur platt gesagt, daß nicht alle Ehen glücklich wären. Worauf Marchant unverzüglich versetzte, wenn die Ehe nicht immer gut wäre, so sei doch das Zölibat allemal schlecht ... »wenigstens für die Frauen«, setzte er rasch mit spöttischem Lächeln hinzu, ehe ich Zeit hatte, ihn zu fragen, warum er denn in diesem Fall Junggeselle geblieben wäre. Da er wahrscheinlich merkte, daß er zu weit gegangen war, nahm er dann in einem versöhnlicheren Ton wieder auf:

»Nun, mein gnädiges Fräulein, unter uns gesagt ... wünscht Ihre Freundin es sich denn wirklich so sehr, in meine Dienste zu treten?«

»Ich weiß, daß sie Lust dazu hat«, sagte ich unvorsichtig; und gleich darauf fühlte ich Roberts Blick auf mich geheftet und bemerkte meinen Fehler, so daß ich nicht mehr wagte, noch etwas hinzuzusetzen, was Doktor Marchant gestattete, fortzufahren:

»Und die sogenannten ›geselligen Künste‹? Wozu sind denn die geselligen Künste da? Wozu hat man sie erfunden, wenn nicht, um die Müßigen zu beschäftigen? Raten Sie Ihrer Freundin, Handarbeiten zu machen, Aquarelle zu malen, da sie sich weigert, uns Kinder zu schenken, wie es ihre Pflicht wäre, wozu wir sie jedoch nicht gut zwingen können.«

Vermutlich habe ich merken lassen, wie sehr diese Reden mich empörten, denn er gab dem Gespräch bald eine andere Wendung, nachdem er mit Entschiedenheit erklärt hatte:

»Übrigens, selbst wenn ich Ihre Freundin beschäftigen wollte, wüßte ich nicht, was ich ihr zu tun geben sollte. Wir haben ohnehin schon zuviel Angestellte, und ich kann Menschen um mich herum nicht vertragen, die mit verschränkten Armen dastehen und mich anglotzen.«

Robert hatte also sein Geld umsonst ausgegeben. Er nennt das einen »Reinfall«. Man konnte es auf seinem Gesicht ablesen, wie unangenehm es ihm war, und ich war sehr gerührt, denn nur aus Liebe zu mir hatte er sich für Yvonne interessiert und diesen Schritt unternommen. Ich habe ihm meine Meinung über Doktor Marchant nicht verhehlt. Er mag vielleicht ein großer Gelehrter sein, wie Robert versichert, aber er ist ein Flegel, und ich ziehe vor, ihm nicht mehr zu begegnen, trotz des »so kommt er mir nicht davon«, das Robert wiederholte, während er mich nach dem Essen heimbegleitete.

Wenn Yvonne noch eine Entlohnung für ihre Dienste erwartete! Aber sie hat genug, um zu leben, und ihr Anerbieten ist ganz uneigennützig. Wo soll ich den Mut hernehmen, ihr mitzuteilen, daß dieses Anerbieten abgewiesen ist, daß man mit ihrer Opferwilligkeit nichts anzufangen weiß . . .

Überflüssig sein; zu wissen, zu fühlen, daß man überflüssig ist . . . In sich alles fühlen, was nötig ist, um zu helfen, um anderen beizustehen, um Freude um sich herum zu verbreiten, und nicht die Möglichkeit dazu finden!

»Man bedarf Ihrer nicht, mein Fräulein.« Es ist abscheulich, und ich bedaure Yvonne von ganzem Herzen. Ich danke Gott immer mehr, daß er mir diese Kümmernisse erspart, und Robert, daß er mich erwählt hat. Es empört mich, daß so vielen Frauen, die nicht mein Glück haben, das Recht am Leben bestritten wird und daß der Sinn ihres Daseins und die Möglichkeit, die Kräfte und Gaben zu verwerten, die sie in sich haben, vom mehr oder weniger guten Willen irgendeines Herrn abhängt. Und ich gelobe es mir hier, wenn ich eine Tochter bekommen sollte, so werde ich sie keine dieser kleinen geselligen Künste lehren, von denen Doktor Marchant mit solcher ironischen Verachtung sprach, sondern ich werde ihr eine ernsthafte Ausbildung angedeihen lassen, die sie unabhängig von Willkür, Gunst und Gefälligkeiten macht.

Ich weiß wohl, daß alles, was ich hier niederschreibe, töricht ist; doch das Gefühl, welches mir diese Sätze diktiert, ist es nicht. Ich finde es ganz natürlich, meine Unabhängigkeit aufzugeben, indem ich Robert heirate (ich habe ja meine Unabhängigkeit bewiesen, indem ich ihn gegen Papas Willen heirate), aber jede Frau sollte doch wenigstens die Freiheit haben, sich diejenige Abhängigkeit auszusuchen, die ihr zusagt.

17. November

Robert ist damit beschäftigt, Kapital zusammenzubringen, um eine literarische Zeitschrift zu gründen, deren politische Leitung er übernehmen würde. Die Zeitschrift würde erst nach unserer Rückkehr aus Tunis anfangen zu erscheinen, das heißt also, erst im nächsten Frühjahr; doch ist es gut, alles vor unserer Abreise vorzubereiten, die gleich nach unserer Hochzeit stattfinden wird, das heißt . . . bald. Die Fürsorge, die er an mich verschwendet, behindert seinen Tätigkeitsdrang nicht. Gott sei Dank. Ich würde ihn weniger lieben, wenn ich sein einziges Lebensziel sein sollte. Ich bin da, um ihm in seiner Laufbahn zu helfen, und nicht, um ihn davon abzulenken. Sein Blick muß über mich hinausgehen.

19. November

Jeder Tag bringt mir eine neue Freude. Wie überrascht war ich heute morgen, als Robert mir den Brief von Doktor Marchant zeigte, den er soeben erhalten hatte. Er hat alles vergessen, was er neulich abends zu uns gesagt hat, oder vielleicht schämt er sich auch dessen, und bittet, daß Yvonne ihn im Krankenhaus aufsuchen möge, in dem Wunsch, wie er sagt, gemeinsam mit ihr zu prüfen, was er mit ihr oder für sie tun könne . . .

Ich hatte Yvonne noch nicht wiedergesehen und brauchte ihr nun nichts von meinem ersten unangenehmen Eindruck zu sagen, sondern nur das glückliche Endresultat zu berichten.

22. November

Ich habe heute morgen eine große Schwäche gezeigt. Aber wie kann ich Robert etwas abschlagen? Ich befand mich im kleinen

Wohnzimmer, und da ich seinen Besuch nicht so früh erwartete, hatte ich mein Tagebuch hervorgeholt und schickte mich an, darin unsern gestrigen Abend im russischen Ballett zu erzählen, als er plötzlich eintrat und mich bat, ihm zu zeigen, was ich schrieb. Ich hab ihm lachend geantwortet, daß er es erst nach meinem Tode zu sehen bekommen würde, dem Versprechen gemäß, das wir einander gegeben hätten. Er sagte, ebenfalls lachend, daß er in diesem Fall Gefahr liefe, es nie zu sehen, weil es natürlich wäre, daß ich ihn überlebte; daß er obendrein dieses Gelübde nie ernst genommen hätte und mich davon entbinde; daß wir uns andererseits versprochen hätten, nichts voreinander zu verbergen; daß auf jeden Fall sein Verlangen, mein Tagebuch zu lesen, so lebhaft wäre, daß es, wenn ich es nicht sofort befriedigte, gar sein Glück beeinträchtigen könnte ... Kurz, er zeigte sich so dringlich, so eigensinnig und so zärtlich, daß ich nachgab, indem ich allerdings Gegenseitigkeit verlangte, die er mir gern zusagte. Und ich verließ das Zimmer, damit er es in Gemütsruhe lesen könnte.

Aber jetzt ist der Zauber gebrochen; und das war's, was ich gefürchtet hatte. Wenn ich diese Zeilen noch niederschreibe, so nur, um zu erklären, warum es die letzten sind. Ganz gewiß habe ich dieses Tagebuch für ihn geschrieben; doch ich könnte jetzt nicht mehr von ihm darin sprechen, wie ich es bisher getan, und sei es auch nur aus Schamgefühl. Er mag nur gleich auch diese Zeilen lesen, die ich ihm nicht mehr verbergen will.

Nein, ich liebe ihn nicht weniger; aber er wird es von nun an nur noch sofort erfahren. (Dieser Satz besagt vielleicht gar nichts, aber er ist mir so ganz natürlich in die Feder gekommen.)

23. November

Ach! Ich muß noch dieses Postskriptum hinzufügen.

Robert hat mir soeben sehr weh getan. Es ist der erste Kummer, den er mir bereitet, und es ist mir schmerzlich, es hierherzuschreiben, denn ich hoffte, dieses Heft würde nur den Ausdruck meiner Freude aufzunehmen haben. Doch ich muß es trotzdem hier niederschreiben; und ich wünsche, daß er dieses hier, was ich schreibe, liest, denn als ich es eben zu ihm sagte, hat er sich geweigert, meine Worte ernst zu nehmen. Ich war zu ihm gegangen im Glauben, er würde mir seinerseits sein Tagebuch zeigen, wie er mir gestern versprochen, ehe ich ihm das meinige zu lesen gab. Und da gesteht er mir, daß sein Tagebuch gar nicht existiert, daß er nie eine Zeile davon geschrieben habe, daß er mich nur so lange habe glauben lassen, er schreibe auch, um mich zu ermutigen, das meinige fortzuführen. Er gesteht mir das alles unter Lachen und wundert sich, ärgert sich dann, weil ich nicht darüber lache und mich nicht mit ihm über seine List amüsiere. Und wie ich im Gegenteil traurig darüber werde und ihm vorwerfe, nicht, daß er dieses Tagebuch nicht geführt hat, denn ich begreife ja, daß er weder Zeit noch Lust dazu gehabt hat, sondern daß er mich hat glauben lassen, er schriebe daran, daß er mich angeführt hat, da wirft er mir vor, daß ich einen schlechten Charakter habe, daß ich Dinge, die ohne jede Bedeutung sind, aufbausche, und will nicht begreifen, daß mich gerade das betrübt: daß für ihn so unwichtig, was mir so wichtig ist, und daß er so leicht nimmt, was mir, wie er sieht, so sehr am Herzen liegt. Bald ist nicht er im Unrecht, weil er mir sein Wort nicht hielt, sondern ich bin es, weil ich mich darüber beklage. Und dabei macht es mir gar kein Vergnügen, gegen ihn recht zu behalten; ich würde ihm so gern recht geben; doch ich wünschte, er zeigte wenigstens ein wenig Reue darüber, daß er mir so weh getan hat.

Indem ich mich so beklage, komme ich mir undankbar vor und bitte ihn dafür um Verzeihung. Hier aber breche ich mein Tagebuch ab, das in Wahrheit keine Daseinsberechtigung mehr hat.

Zweiter Teil

Zwanzig Jahre später

Arcachon, den 2. Juli 1914

Ich habe dieses Heft mitgenommen, wie man eine Handarbeit mitnimmt, um die müßigen Stunden bei einer Kur auszufüllen. Wenn ich nun aber wieder anfange, etwas hineinzuschreiben, so geschieht das – leider! – nicht mehr für Robert. Er glaubt, hinfort alles zu wissen, was ich denken oder fühlen könnte. Ich will schreiben, um mir auf diese Weise zu helfen, ein wenig Ordnung in meine Gedanken zu bringen, um mich zu bemühen, in mir selbst klar zu sehen, betrachtend, wie die Emilie von Corneille:

»Was ich wage, und was ich verfolge.«

Als ich jung war, sah ich in diesen Versen nichts als Wortschwulst; sie kamen mir lächerlich vor, wie häufig Dinge, die man nicht recht versteht; geradeso, wie sie heute meinem Sohn und meiner Tochter, denen ich sie beibringe, lächerlich und geschwollen vorkommen. Man muß wohl eine Weile gelebt haben, um zu begreifen, daß man nur hoffen kann, das zu erreichen, was man auch immer im Leben »verfolgt«, indem man gerade das daran »wagt«, was einem zuweilen am Herzen liegt. Was ich heute »verfolge«, das ist meine Befreiung; was ich daran wage, das ist die Achtung der Welt und die meiner Kinder. Was die Achtung der Welt betrifft, so bemühe ich mich, mir einzureden, daß mir wenig daran gelegen ist. Die Achtung meiner Kinder liegt mir mehr als alles andere am Herzen; indem ich dieses niederschreibe, fühle ich es stärker denn je. So sehr, daß ich mich schon frage, ob ich nicht hauptsächlich für sie diese Zeilen schreibe. Ich möchte, daß sie später, wenn sie sie einmal lesen sollten, darin eine Rechtfertigung oder wenigstens eine Erklärung meines Verhaltens finden, das mit strengen Augen zu beurteilen, zu verdammen, man sie sicher lehren wird.

Ja, ich weiß es, und ich wiederhole es mir unaufhörlich, daß ich, wenn ich Robert verlasse, dem Anschein nach alles Unrecht mir aufbürde. Ohne die Gesetze zu kennen, muß ich befürchten, daß meine Weigerung, weiter unter einem Dach mit ihm zu leben, den Verlust meiner mütterlichen Rechte nach sich ziehen wird. Der Rechtsanwalt, den ich gleich nach meiner Rückkehr nach Paris aufsuchen werde, wird mir die Mittel angeben, wie das zu vermeiden ist, denn es wäre mir unerträglich. Ich kann nicht dareinwilligen, meine Kinder nicht mehr zu haben. Aber ebensowenig kann ich einwilligen, noch länger mit Robert zu leben. Das einzige Mittel für mich, ihn nicht schließlich zu hassen, ist, ihn nicht mehr zu sehen. Oh! und vor allen Dingen, ihn nicht mehr zu hören ... Indem ich dieses schreibe, fühle ich wohl, daß er mir bereits zuwider ist; und, so verabscheuenswert mir selbst diese Worte erscheinen, so ist mir doch, als hätte ich dieses Heft nur aus dem Bedürfnis, sie niederzuschreiben, wieder geöffnet. Denn das kann ich ja keinem Menschen sagen. Ich entsinne mich der Zeit, da Yvonne nicht mit mir zu sprechen wagte, aus Angst, mein Glück zu trüben. Jetzt ist es an mir, zu schweigen. Außerdem, würde sie mich überhaupt verstehen? ... Eher noch ihr Gatte, den ich zuerst für so egoistisch, so gewöhnlich gehalten hatte und der, wie ich jetzt weiß, herzensgut ist. Ich habe zuweilen bei diesem wirklich hochstehenden Mann einen ungreifbaren Ton der Verachtung Robert gegenüber aufgefangen; so zum Beispiel, wenn Robert irgendeine Unterredung wiedergab, in der er sich natürlich die schönere Rolle zuerteilte und, nachdem er selbstgefällig seine eigenen Worte zitierte, hinzufügte:

»Das habe ich geglaubt, ihm sagen zu müssen.«

»Und er, was hat er geglaubt, dir antworten zu müssen?« fragte Doktor Marchant.

Einen Augenblick lang schien Robert ein wenig aus der Fassung gebracht. Er fühlt, daß Marchant über ihn ein Urteil hat, und das ist ihm sehr unangenehm. Ich glaube, daß Marchant aus Rücksicht auf mich seinen Spott zurückhält, denn zuweilen habe ich ihn reichlich beißend gefunden, wenn er sich nicht enthalten konnte, gewisse Anmaßungen ihrer Aufgeblasenheit zu entkleiden. Ganz gewiß fällt er nicht auf Roberts tönende Phrasen herein. Ich habe sogar gelegentlich schon gedacht, daß er, ohne seine Zuneigung für mich, schon lange aufgehört haben würde, mit ihm zu verkehren. Und an jenem Abend fühlte ich mich wie erleichtert, als ich sah, daß ich nicht die einzige war, die zur Verzweiflung gebracht wurde durch Roberts neuerliche Angewohnheit, immer zu sagen, daß er »glaubte, etwas tun zu müssen«, wo er doch alles nur tut, weil er dazu Lust hat, oder öfter noch, weil es ihm nützlich scheint, so und nicht anders zu handeln. In der letzten Zeit vervollkommnet er sich noch; er sagt: »Ich habe es für meine Pflicht gehalten, zu ...«, als ob er nur noch getrieben von hohen Moralbegriffen handelte. Er hat eine Art, von der

Pflicht zu reden, die mir jede »Pflicht« verhaßt machen könnte, sich der Religion zu bedienen, die jede Religion verdächtig macht, und mit edlen Gefühlen zu operieren, daß einen auf immer der Ekel davor packen kann.

3. Juli

Ich mußte mich hier unterbrechen, um mit Gustav zum Arzt zu gehen. Gott sei Dank! Ich bin sehr beruhigt von dieser Untersuchung heimgekehrt. Marchant hatte uns Angst eingejagt, so daß wir glücklicherweise rechtzeitig auf das Übel aufmerksam geworden sind. Der hiesige Arzt, der Gustav genau beobachtet, versichert sogar, daß wir bald keinen Rückfall mehr zu befürchten haben werden. Er meint, daß Gustav gleich nach den Ferien wieder ins Lyzeum wird gehen können, so daß dieser Schreckschuß seine Studien nicht weiter aufhalten wird.

Ich bin wenig zufrieden mit dem, was ich gestern schrieb. Ich habe meiner Feder freien Lauf gelassen, wie mir scheint, aus einem Bedürfnis der Auflehnung, das recht müßig erscheinen könnte, ehe ich mich nicht näher erklärt habe. Jeder von uns hat seine Fehler, und ich weiß, ohne Nachsicht und gegenseitige kleine Zugeständnisse kann die Harmonie in einer Ehe nicht aufrechterhalten werden. Woher kommt es, daß Roberts Fehler mir bis zu diesem Grade unerträglich geworden sind? Etwa daher, weil das, was mich heute so aufbringt, eben dasselbe ist, was mich einstmals bestrickt hat? was mich entzückte? mir so besonders anerkennenswert erschien? ... Ach, ich bin wohl gezwungen, zuzugeben: nicht er hat sich geändert, sondern ich. Der Maßstab, den ich anlege. So daß selbst meine schönsten Erinnerungen zerstört werden. Ach! aus welchen Himmeln bin ich gefallen! Ich habe, um diesen Wechsel zu begreifen, wieder durchgelesen, was ich vor zwanzig Jahren in dieses selbe Heft geschrieben habe. Wie schwer wird es mir, mich in dem arglosen, vertrauensseligen und etwas törichten Menschenkind wiederzuerkennen, das ich gewesen bin! Roberts Phrasen, die ich anführte, die mich mit Freude und verliebtem Stolz erfüllten, ich höre sie noch, aber ich lege sie anders aus. Ich suche mir die Geschichte dieses Mangels an Vertrauen, unter dem ich leide, zurückzurufen. Ich glaube, mein Mißtrauen ist an einem gewissen Tag kurz nach unserer Hochzeit zuerst aufgewacht, als mein Vater, in Begeisterung über Roberts System, seine Zettel zu ordnen, ihn fragte: »Also das haben Sie herausgefunden?« und ich Robert antworten hörte, und das in einem unbeschreiblichen, zugleich überlegenen und bescheidenen, tiefgründigen und harmlosen Ton:

»Ja . . . ich habe gesucht und gefunden.«

Oh, es war fast gar nichts, und in jenem Augenblick maß ich dem keine Wichtigkeit bei . . . Aber da ich soeben bei einem Papierhändler in der rue du Bac, wo ich eine Rechnung bezahlen ging, erfahren hatte, daß dieser vervollkommnete Zettelordner aus seinem Laden kam, habe ich vielleicht diesen gottbegnadeten, fast schmerzlichen Ausdruck überflüssig gefunden, diese Erfindermiene, die Robert annahm, »annehmen zu müssen glaubte«, um die Worte: »ich habe gesucht und gefunden« auszusprechen. Jawohl, mein Freund, versteht sich: du hast diesen Zettelordner in der rue du Bac gefunden; warum aber sagen: »ich habe gesucht«?, oder du hättest hinzufügen müssen: »ich habe bei dem Papierhändler eine bestimmte Sorte von Briefumschlägen gesucht und ihn bei der Gelegenheit gefunden« . . . Blitzartig empfand ich, daß ein Gelehrter nach einer wirklichen Entdeckung sich niemals herausnehmen würde, zu sagen: »ich habe gesucht und gefunden«, denn das verstünde sich von selbst; und daß diese Worte in Roberts Munde nur dazu dienten, um zu verschleiern, daß er selber rein gar nichts erfunden hatte. Mein lieber Papa war ganz geblendet, und ich selber habe alles, was ich heute darüber schreibe, erst später klar erkannt. Ich habe nur einfach ganz instinktiv gefühlt, daß da etwas Ungreifbares, ein falscher Unterton mitklang. Übrigens sprach Robert diese Worte nicht in der Absicht, Papa zu täuschen. Ganz unbewußt war ihm dieser kleine Satz entschlüpft; gerade deswegen aber war er so entlarvend. Nicht Papa streute er Sand in die Augen, sondern sich selber.

Denn Robert ist kein Heuchler. Die Gefühle, die er ausspricht, bildet er sich ein, wirklich zu haben. Und ich glaube sogar, daß er sie zu guter Letzt wirklich empfindet und daß sie sich auf seinen Wunsch einstellen; immer die schönsten, edelsten, vornehmsten, immer gerade die, die angebracht und vorteilhaft sind. Ich zweifle daran, daß viele Menschen darauf hereinfallen; aber sie tun gerade so, als ob . . . Es bildet sich eine Art Herkommen heraus, und vielleicht ist man gar nicht so sehr der Genasführte, als man, der größeren Bequemlichkeit halber, vorgibt, zu sein. Papa, der anfänglich klar zu sehen schien, als ich noch ganz verblendet war, und dessen Meinung über Robert mich während meiner Verlobungszeit so betrübte, Papa scheint vollkommen umgewandelt. Bei jeder Meinungsverschiedenheit zwischen Robert und mir bin ich immer diejenige, der er unrecht gibt. Er ist so gut und so schwach; Robert so gewandt ... Was aber Mama betrifft ... An manchen Tagen fühle ich mich entsetzlich allein; nur diesem Heft kann ich sagen, was ich denke, und ich fange an, es wie einen verschwiegenen, empfänglichen Freund zu lieben, dem ich endlich meine geheimsten und schmerzlichsten Gedanken anvertrauen kann.

Robert glaubt, mich bis auf den Grund zu kennen; er ahnt nicht, daß ich außer ihm noch ein Eigenleben haben könnte. Er betrachtet mich nur noch als einen Ableger von sich. Ich bin ein Teil seiner Bequemlichkeit. Ich bin seine Frau.

5. Juli

Bei jeder neuen Bekanntschaft fühle ich, weiß ich, daß seine erste Sorge ist, herauszufinden, wie er den Betreffenden nehmen, wo er ihn festhalten kann. Selbst in seinen dem Anschein nach großherzigsten Handlungen, durch die er sich seinem Nächsten am gefälligsten erweist, fühle ich den Hintergedanken, sich ihn zu seinem Schuldner zu machen. Und wie naiv, wie selbstverständlich er dabei vorgeht! ... In der ersten Zeit, als er noch nicht gelernt hatte, mir zu mißtrauen, entschlüpften ihm häufig so enthüllende Sätze: »Meine Teilnahme wird mir schlecht gelohnt«; als ob Teilnahme ihren Lohn vom Nächsten zu erwarten hätte! und ich schauderte, wenn ich ihn sagen hörte: »... nach allem, was ich für den Soundso getan, kann er mir nichts mehr abschlagen.«

Das ist auch der ganze Sinn jener Zeitschrift, die Robert seit vier Jahren redigiert hat und um die er sich erst im letzten Jahr nicht mehr kümmert, seitdem sich sein rotes Bändchen im Knopfloch in eine Rosette verwandelt hat. Unter dem Schein der Unparteilichkeit war es nichts wie eine Agentur für gegenseitige Hilfe, für Austauschgefälligkeiten. Jeder lobende Artikel wurde von Robert als Kreditbrief angesehen. Das Schlimmste ist seine Kunst, sich der Menschen zu bedienen und dabei den Anschein zu erwecken, als ob er ihnen Dienste erweise. Was wären die paar Artikel, die er in die Zeitschrift gegeben hat, ohne den jungen Sekretär gewesen, der sie zurechtgestutzt, sie umgeschrieben, umgedacht hat ... Aber wenn er von diesem reizenden jungen Menschen spricht, der so ungewöhnlich begabt, so taktvoll und so ausnehmend manierlich ist, dann ruft er wohl gelegentlich aus: »Tja! was wäre der ohne mich!«

Wenn man Robert hört, so hatte diese Zeitschrift kein anderes

Ziel, als verkannten Künstlern zu helfen, als sich der Aufgabe zu widmen, sie bekannt zu machen, sie »dem Publikum aufzuzwingen«, wie er sagte; aber gleichzeitig trug sie dazu bei, ihn selber vorwärtszubringen. Freilich, Robert hat viel dafür getan, um das außergewöhnliche Talent von Bourgweilsdorf zur Geltung zu bringen, der so stolz war und zu gleicher Zeit so ungemein bescheiden oder wenigstens die Gunst des großen Publikums so aufrichtig mißachtete; doch der ungewöhnliche Wertzuwachs, den Bourgweilsdorfs Bilder dem nach seinem Tode geschickt von der Zeitschrift geführten Feldzug verdankten, hat Robert erlaubt, zwei Gemälde aus seiner »Galerie«, wie er es nennt, erheblich teurer zu verkaufen, als er für alle anderen zusammen bezahlt hat. Aus den Schränken hervorgeholt, in denen sie so lange verschlossen ruhten, prangen sie heute an den Wänden und gestatten Robert, lehrhaft zu seinem Sohn zu sagen: »Nur selten ist es der Fall, daß Gott uns nicht schließlich doch belohnt.«

Ach, wie gerne möchte ich ihn, und wenn auch nur ein einziges Mal, eine Sache vertreten sehen, bei der er sich wirklich bloßstellen müßte, sehen, daß er Gefühle hegte, aus denen ihm kein Vorteil erwüchse, Überzeugungen, die ihm nichts einbrächten . . .

Als er Papa und unsere Verwandten de Berre und sogar diesen guten, damals noch so wenig begüterten Bourgweilsdorf aufforderte, Geld in jene Druckereigeschichte, die dann so kläglich scheiterte, zu stecken, da schien das eine große Vergünstigung zu sein; die Aktien waren sehr gefragt; er konnte nur über eine gewisse Anzahl verfügen, und aus besonderer Gefälligkeit willigte er ein, seine Freunde an diesem Vorteil zu beteiligen . . . Das alles wurde so geschickt dargelegt, daß ich selbst schließlich sogar dachte: wie nett Robert doch ist! . . . Denn ich verstand damals nicht, daß alle diese Stücke, die er unterbrachte, ihm die Majorität sicherten und seinen Einfluß unmäßig aufblähten.

Und was für schöne Phrasen fand er nach dem Zusammenbruch, um sich in seinen eigenen Augen für die großen Verluste zu entschuldigen, die seine Unvorsichtigkeit sie hatte erleiden lassen:

»Die lieben, guten Freunde . . . Sie sind schlecht belohnt für das Vertrauen, das sie in mich gesetzt haben. Ach, ich bin gestraft genug dafür, daß ich anderen habe helfen wollen! Man könnte es satt bekommen, anderen Dienste erweisen zu wollen« usw. . . .

Während es doch so einfach gewesen wäre, das Geld ganz schlicht zurückzuerstatten, zum mindesten dem armen Bourgweilsdorf, der es nur auf Roberts Drängen und seine Bürgschaft hin an dieses Geschäft gewagt hatte; Robert selbst hatte ja Mittel gefunden, sich gut aus der Affäre zu ziehen, da er, wie er mir später eingestand, »seinen Anteil rechtzeitig abgestoßen« hatte. Und als er sah, daß ich im Begriff war, mich zu empören, weil er nicht zuerst daran gedacht, das Geld seiner Freunde sicherzustellen, hat er mir verwirrt erklärt, er hätte ihre Aktien nicht ohne Vollmacht von ihnen verkaufen können, um die zu bitten, ihm keine Zeit blieb, und daß außerdem der plötzliche Verkauf einer so großen Anzahl von Stücken eine Panik und das sofortige Fallen der Kurse hätte verursachen können. Ich glaube, ich habe ihn niemals so verachtet wie an jenem Tag; aber ich habe mich wohl gehütet, es ihm zu zeigen, und er konnte nicht darauf kommen, denn so selbstverständlich schien ihm alles, was er mir erzählte, daß er gar nicht zweifelte, ich würde unter denselben Umständen geradeso wie er gehandelt haben.

6. Juli

Ich glaube, Marchant hat mich zuerst darauf aufmerksam gemacht, wie ähnlich Gustav seinem Vater ist. Alle Illusionen, die ich mir so lange über Robert gemacht habe, die habe ich weiter in bezug auf Gustav bis in die letzten Monate hinein genährt, so schwer ist es, ein Wesen, das man liebt, wirklich richtig zu beurteilen. Und während ich von Robert abkam und glaubte, sehr scharfsichtig geworden zu sein, richtete ich meine Blicke und Hoffnungen auf Gustav und dachte anfänglich: nun, der wenigstens ... Es liegt auch daran, daß Roberts Fehler bei Gustav sozusagen umgearbeitet erscheinen und sich anders offenbaren. Doch jetzt erkenne ich sie wieder. Unter neuen Erscheinungsformen sind es die alten, ich kann mich nicht mehr darüber täuschen ... Und sogar gewisse Charakterzüge von Robert werden mir jetzt durch seinen Sohn erklärt. Ich mag nicht leiden, daß er in seinem Pensum alle Fächer vernachlässigt, in denen er nicht fürchtet, gefragt zu werden. Er lernt nichts aus dem einfachen Wunsch, sich zu bilden, und wissen ist ihm weniger wichtig als glauben zu machen, daß er weiß. Es hat mich viel Mühe gekostet, ihn von der Gewohnheit, die er schon als ganz kleiner Junge hatte, abzubringen, nämlich bei allem möglichen zu fragen: »Wozu nutzt das?« Worin ich anfänglich nur eine allerliebste Neugier zu erblicken vermochte. Jetzt sagt er das nicht mehr; aber es wäre mir lieber, er sagte es noch, denn er denkt es trotzdem in bezug auf sich und verachtet alles, was ihm »nichts nutzt«.

Zu sagen, daß ich ihn anfangs zur Wahl seiner Freunde beglückwünschte! Wie naiv von mir! »Gustav schließt sich nur an die Besten an«, sagte ich zu Yvonne, und Marchant mußte darüber lächeln. Im vorigen Jahr, da waren bei einer kleinen Kindergesellschaft, die ich auf Gustavs Wunsch und auf Anraten von Robert gab, der Sohn eines Ministers, der Neffe eines Senators, ein junger Graf bei uns, kurz, nicht ein Kind, das nicht ungewöhnlich vermögende, einflußreiche oder berühmte Eltern gehabt hätte. Robert selbst hätte nicht besser wählen können. Gustav hat wohl noch einen anderen Freund. Das ist ein Stipendiat. Seine Eltern gehören dem Lehrerstand an; sie sind arm. Gustav hat mir zu verstehen gegeben, daß es nicht passend wäre, ihn mit den anderen zusammen einzuladen. Ich wollte anfangs darin ein Zeichen von Zartgefühl von seiner Seite sehen. Heute glaube ich, daß Gustav einfach fürchtete, dieser Freund könnte ihm Schande machen. Er ist gern mit ihm zusammen; aber um ihn zu blenden, ihn zu beherrschen. Was mich angeht, so ziehe ich ihn all den anderen vor; er ist der einzige, der mir wirklichen persönlichen Wert zu besitzen scheint. Dieser seelengute Junge vergöttert Gustav, und wenn ich sehe, wie er in Bewunderung gerät vor allem, was sein Freund sagt und tut, dann möchte ich ihn warnen und ihm sagen:

»Mein armer Junge, laß dich nicht täuschen; deine Ergebenheit ist es, die mein Sohn liebt, aber nicht dich.«

»Aber Mama, es macht ihm doch soviel Vergnügen, mir gefällig zu sein«, versetzt Gustav, wenn ich ihm vorwerfe, daß er die Ergebenheit seines Freundes für irgendeine Verrichtung in Anspruch nimmt, die er sehr gut selber hätte erledigen können. »Ihm macht es Spaß und mich langweilt es.«

So daß der andere ihm noch »danke schön« sagt.

9. Juli

Das Vergnügen, das ich daran finde, die weißen Seiten dieses Heftchens zu bedecken, ist recht müßig, ist aber nicht zu leugnen. Indessen lasse ich meiner Feder nicht so freien Lauf wie ehedem; ich habe nicht gerade die Absicht, besser zu schreiben; aber da ich mehr nachdenke, ist mir, als schriebe ich besser. Nichts hat mich mehr belehrt als der Wille, Gustav und Genoveva zu belehren. Um ihnen die Schriftsteller ihres Schulplanes verständlicher zu machen, habe ich mich zuerst bemüht, sie selber besser zu verstehen, das hatte zur Folge, daß mein eigener Geschmack sich sehr gewandelt hat und daß viele moderne Bücher, die mich noch unlängst interessierten, mir jetzt leer und abgeschmackt erscheinen, während andere wiederum, die ich anfänglich nur aus Pflicht las und bei denen ich mich langweilte, sich beleben und aufhellen. Ich vermag jetzt bei den großen Dichtern der Vergangenheit, wo ich sonst nur kalte Pracht und schöne Sprache sah, viel Vertrautes zu entdecken, so daß ich mir einige von ihnen zu geheimen Ratgebern erwählt habe, zu Freunden, und oft habe ich bei ihnen Zuflucht gesucht und den Trost und die Erleichterung gefunden, deren ich zuweilen so arg bedarf, weil ich mich fürchterlich allein fühle.

11. Juli

Der alte Abbé Bredel, der eines Trauerfalls wegen nach Bordeaux gerufen wurde, kam gestern, um den Rest des Tages mit mir zu verbringen. Er kennt mich so gut; einstmals verstand ich mich so gut mit ihm! . . . Ich habe mich ihm anvertraut, was ich schon lange nicht mehr getan hatte, denn seit langer Zeit habe ich meine religiösen Pflichten sehr vernachlässigt. Die Religionsübungen, die Robert zur Schau trägt, haben mein Herz gewissermaßen abwendig gemacht; die Kundgebungen seiner Frömmigkeit haben mich an der Echtheit der meinen zweifeln lassen. Seine ostentativen Kniebeugungen lähmen das Gebet in meinem Herzen . . . Allein gestern habe ich, aus Schwäche, aus Bangen vor der Einsamkeit und aus Bedürfnis nach Teilnahme, mich nicht zurückhalten können, mit dem Abbé zu sprechen, der will, daß ich ihn mehr noch als einen Freund denn als Priester betrachte.

Ach! aus dieser Unterhaltung bin ich niedergedrückt, ganz irre gemacht, entmutigt hervorgegangen und habe nicht mehr Vertrauen jetzt zu mir als zu Robert. Zuerst hat der Abbé mir gesagt, daß »die Worte nicht immer aus dem Überfluß des Herzens« quellen und daß, wie im Gebet oft die Gebärde dem aufrichtigen Drang vorausgeht, ich auch bei Robert hinnehmen müßte, daß der Ausdruck des Gefühls nicht sogleich vom wahren Gefühl begleitet wird, und hoffen sollte, daß ein wenig später das Gefühl den Ausdruck einholt. Nach den Worten des Abbé ist die Hauptsache nicht so sehr, zu sagen, was man denkt (denn man denkt oft sehr übel), sondern was man denken sollte; denn ganz natürlich, fast wider Willen, käme man dahin, zu denken, was man gesagt hat. Kurz, er hat Robert leidenschaftlich verteidigt, hat mir jedes Recht bestritten, seine Aufrichtigkeit in Zweifel zu ziehen, und hat in meinen Klagen und meinem »Aufbegehren«, wie er es nannte, nichts als die Kundgebung eines höchst beklagenswerten Dünkels gesehen, eines Dünkels, der infolge meiner Nachlässigkeit bei Ausübung meiner religiösen Pflichten in mir so angewachsen sei und sich so entwikkeln konnte. Die Macht, die der Abbé über mich zu gewinnen wußte, ist so groß, daß ich bald nicht mehr klar sah, worüber ich mich beklagte, und nicht mehr begriff, was ich Robert vorzuwerfen hatte; ich war nur noch ein widerstrebendes, trotzendes Kind. Und da ich schluchzend vorbrachte, daß da, wo er Auflehnung sähe, nur ein großes Bedürfnis zu dienen und mich hinzugeben vorläge, aber mich einer wirklich würdigen Sache hinzugeben, und daß bei Robert, unter dem Schutz des äußeren Scheins, sich nichts als eine große Leere verberge, sagte er mit plötzlich gerührter Stimme sehr ernst: »Nun, in diesem Fall, mein Kind, ist es Ihre Pflicht, ihm zu helfen, diese Leere zu verbergen ... vor den Blicken aller«, fügte er noch ernster hinzu, »und vor allen Dingen vor Ihren Kindern. Es ist von großer Wichtigkeit, daß sie ihren Vater weiter achten und ehren können. An Ihnen ist es, dazu beizutragen, indem Sie seine Unzulänglichkeit bedecken, verbergen und bemänteln. Jawohl, das ist Ihre Pflicht als christliche Gattin und Mutter; eine Pflicht, der Sie sich nicht zu entziehen vermögen, ohne gottlos zu sein.«

Halb auf den Knien vor ihm liegend, verbarg ich mein Schluchzen, meine Verwirrung und meine Röte in meinen Händen. Als ich den Kopf hob, sah ich Tränen in seinen Augen und fühlte in seinem Herzen ein aufrichtiges und tiefes Mitleid, das mich plötzlich mehr ergriff, als seine Worte es zuvor getan. Ich sagte nichts, fand nichts mehr zu sagen; doch er begriff, daß ich mich unterwarf.

Es fehlt nur wenig und ich zerreiße heute alles, was ich in diesen letzten Tagen schrieb; doch nein, ich will es wieder lesen können, sei's auch nur, um mich dessen zu schämen ...

12. Juli

So ist alles, was mir zu tun übrigbleibt, mich in den Dienst eines Wesens zu stellen, für das ich weder Liebe noch Achtung mehr empfinde; eines Wesens, das mir keinerlei Dank für ein Opfer wissen wird, das zu begreifen es nicht fähig ist und es nicht einmal bemerken wird; eines Wesens, dessen Unwert ich zu spät erkannt habe; eines Hansnarren, dessen Frau ich bin. Das ist mein Los, mein Daseinszweck, mein Ziel; und ich habe keine andere Aussicht mehr auf Erden.

Vergebens preist der Abbé die Schönheit der Entsagung. »In den Augen Gottes«, sagt er. Und sogleich wurde ich mir in meiner Not bewußt: ich habe aufgehört, an Gott zu glauben, zur gleichen Zeit, da ich aufhörte, an Robert zu glauben. Schon der Gedanke, ihn jenseits des Grabes als traurigen Lohn für meine Treue wiederzufinden, flößt mir Grauen ein ... in solchem Maß, daß meine Seele sich weigert, an ein ewiges Leben zu glauben. Und wenn der Tod mich nicht mehr schreckt, so ist es deswegen, weil ich nicht an ein Weiterleben glaube, nicht mehr daran glaube, ich fühle es. Ich schrieb gestern das Wort »Unterwerfung«; aber es ist nicht wahr; ich fühle in mir nur Verzweiflung, Auflehnung, Empörung. »Dünkel«, sagt der Abbé ... Nun gut denn; ja, ich glaube, daß ich mehr wert bin als Robert; und gerade, wenn ich mich vor Robert am meisten gedemütigt habe, werde ich mir am stärksten dessen bewußt werden, was ich wert bin, und mich am stolzesten fühlen. Begreift der Abbé, der mich vor der Sünde des Stolzes warnt, denn nicht, daß er mich im Gegenteil hineinstürzt und daß die einzige Hilfskraft, die er anrufen kann, um Demut von mir zu erlangen, gerade der Stolz ist?

Stolz; Demut ... Ich wiederhole mir diese Worte und kann sie nicht mehr verstehen, es ist, als ob diese Unterhaltung mit dem Abbé sie jedes Sinns beraubt hätte. Und ein Gedanke ist es, den ich vergeblich zurückdränge, der mich seit gestern martert, der in meinem Geist sowohl den Abbé, wie alles, wovon er mich zu überzeugen suchte, herabwürdigt, der Gedanke: daß die Kirche und er auch sich nur um das Äußere kümmern. Der Abbé findet sich viel lieber mit einer Scheinhandlung ab, die ihm nützt, als mit meiner Aufrichtigkeit, die ihm unbequem und mißfällig ist. Robert hat ihn sich zu erobern gewußt, so wie er es versteht, alle Welt einzuwickeln (oh, das abscheuliche Wort!). Ihm das Verdienst, mir der Verweis. Was liegt daran, ob etwas hinter der bloßen Geste steckt oder nicht. Die Geste genügt dem Abbé. Die Geste genügt ihnen allen; und ich bin töricht, daß ich mich nicht damit zufriedengeben will. Was ich darüber hinaus suche, hat gar keine Wichtigkeit, keine Realität, existiert gar nicht. Nun denn! da man sich offenbar mit dem Schein begnügen muß, werde ich den der Demut annehmen, ohne auch nur das geringste Gefühl einer wirklichen Demut im Herzen zu tragen.

Jedoch heute abend möchte ich in meiner Verzweiflung wohl an Gott glauben, um ihn zu fragen, ob es wirklich dieses ist, was ER wünscht? . . .

13. Juli

Ein bestürzendes Telegramm meines Vaters ruft mich plötzlich nach Paris zurück. Robert ist soeben das Opfer eines Autounfalles geworden; »keine Gefahr«, sagt das Telegramm, das immerhin meine Rückkehr fordert. Wenn Roberts Zustand sehr ernst wäre, würde mein Vater auch Gustav zurückrufen. Das sage ich mir, um mich zu beruhigen.

Ich habe gräßliche Gewissensbisse wegen der Dinge, die ich in diesen Tagen hier niederschrieb. Gottlob geht es Gustav gut genug, daß ich ihn ohne Sorgen einige Tage hier allein lassen kann. Der Pensionsinhaber verspricht mir, auf ihn achtzugeben, und der Doktor, der gerade hier war, als ich die Depesche bekam, verpflichtete sich, mir täglich einen Gesundheitsbericht zu schicken. Ich kehre also mit dem ersten Zug nach Paris zurück.

Paris, den 14. Juli

Gott sei Dank, Robert lebt. Doktor Marchant und der Chirurg versichern mir, daß kein Grund zur Besorgnis vorliegt. Aber wie soll ich in diesem Unglück nicht eine Warnung des Himmels sehen, was mir der Abbé Bredel, den ich an Roberts Bett fand, auch sogleich sagte. Das Rad des Autos, das ihn umgeworfen hat und ihn leicht hätte zermalmen können, ist durch ein Wunder nur schräg über den linken Arm gegangen und hat einen doppelten Bruch des Oberarms herbeigeführt, der, wie Doktor Marchant versichert, sehr leicht einzurenken ist.

Was mich am meisten erschreckt hat, als ich Robert wiedersah, war eine Binde, die ihm einen Teil des Gesichts verdeckte. Aber er hat da nur unbedeutende Blutergüsse, sagt Marchant. Trotzdem leidet Robert an recht heftigen Kopfschmerzen, die er mit wirklich bewundernswerter Tapferkeit und Ergebung erträgt. Nach allem, was ich hier schon geschrieben habe, muß ich hinzufügen, daß mir davor bangte, was er mir sagen würde; oder genauer gesagt, daß mir vor der Gereiztheit bangte, die ich zu fühlen fürchtete. Doch schon bei seinen ersten Worten fühlte ich, daß ich ihn noch immer liebte.

»Ich bitte dich um Verzeihung für alle die Umstände, die ich euch mache«, sagte er ganz schlicht zu mir.

Und als ich mich über ihn beugte:

»Nein, gib mir keinen Kuß, ich bin zu häßlich«, setzte er hinzu und lächelte trotz seiner Leiden.

Ich warf mich weinend am Fußende seines Bettes auf die Knie und dankte stumm Gott, daß er taub für meine gottlosen Klagen geblieben ist, daß er mir Robert erhalten, daß er mir jene verbrecherische Freiheit nicht gewährt hat, die gewünscht zu haben ich mich schäme; von ganzem Herzen bitte ich dafür um Vergebung.

Daß Gott meine Standhaftigkeit auf diese Weise auf die Probe stellt, würde ich noch tiefer empfinden, wenn der Abbé nicht dauernd trachtete, mich davon zu überzeugen. Gegen das, was er mir augenblicklich sagt, bäume ich mich auf, während ich gleichzeitig mich andererseits sogar unterwerfe; als ob der Geist der Empörung, den ich so unvorsichtig eingelassen und den ich jetzt zurückweise, sich auf diese magere Beute stürzte. Ich lasse ihm diesen Knochen zum Benagen. Jedoch heute begreife ich, wie sehr der Abbé im Recht war, mich des Dünkels in meiner gestrigen Empörung zu zeihen; wieviel Dünkel steckt nicht in der Tat in der kleinlichen Gereiztheit, die mich überkommt, wenn ich ihn mir eine Pflicht predigen höre, die ich ja auf mich nehme und die mich zu lehren er nicht mehr nötig hat. Lieber Gott, auch dessen klage ich mich an, und ich werde in meiner Demut so weit gehen, mir an Robert ein Beispiel zu nehmen, an Robert, dessen Verdienst ich verkannt habe.

Mama bietet sich an, mich bei Gustav zu vertreten, und fährt heute abend nach Arcachon.

16. Juli

Robert fährt fort, über heftige Kopfschmerzen zu klagen, aber die Röntgendurchleuchtung, die gestern vorgenommen wurde, hat Doktor Marchant, der anfangs einen Schädelbruch befürchtete, vollkommen beruhigt. Was den Arm betrifft, so ist das einfach eine Sache der Geduld, versichert er; in einem Monat wird Robert ihn wieder gebrauchen können. Auch ich beruhige mich; aber ach, war denn die Sorge nötig, um mich für Robert freundlich zu stimmen und mich ihm näherzubringen, oder um von ihm Töne zu hören, die ein Echo in meinem Herzen finden?

Ich glaube, er hatte Angst zu sterben, und diese Furcht hat ihm vermutlich zum erstenmal im Leben einen echten Ton entlockt. Doch seitdem er diese Todesahnung nicht mehr wirklich hat, spielt er sie und erfindet erhabene »verba novissima«. Und seitdem ich mich nicht mehr um ihn ängstige, beobachte ich das alles ganz kalt.

Der Klang seiner eigenen Stimme rührt ihn bis zu Tränen, und er würde auch uns alle Tränen vergießen lassen, wenn wir ihn nicht völlig außer Gefahr wüßten. Indessen ist er viel zu schlau, um nicht zu begreifen, daß er sich bei gewissen Leuten umsonst in Unkosten stürzen würde, und so bemißt er denn seine Wirkungen je nach dem Kredit, über den er nach seinem Gefühl verfügt. Vor Marchant wagt er sich nicht heraus, sondern spielt den Freigeist und scherzt; er hebt sich sein Pathos für den Abbé auf, der ihn »erbaulich«, und für Papa, der ihn »antikisch« findet und mit unterdrücktem Schluchzen aus dem Zimmer geht. Ich glaube, in meiner Gegenwart fühlt er sich nicht ganz wohl und fürchtet, sich Blößen zu geben, denn er bemüht sich, einfach zu sein, was für ihn das denkbar Unnatürlichste ist. Doch ich bin ganz überrascht, zu sehen, daß es einen Menschen gibt, vor dem er sich noch mehr in acht nimmt: das ist Genoveva. Gestern sah ich bei einigen Worten ihres Vaters, die nicht einmal sehr geschwollen waren, wie sich auf ihren Lippen eine Art Lächeln abzeichnete, eine spöttische kleine Falte, und ihr Blick suchte den meinen, in den ich sofort so viel Strenge wie irgend möglich legte. Wir können unsere Kinder nicht verhindern, über uns zu urteilen, doch ist es mir unerträglich, daß Genoveva hoffen könnte, bei mir Zustimmung für ihren Spott zu finden.

17. Juli

Marchant kann sich den Zustand von Robert, der fortfährt, sich über Kopfweh zu beklagen, nicht recht erklären; oder ich habe unrecht, wenn ich sage, daß er sich beklagt, er verzerrt wenigstens für Sekunden schweigend sein Gesicht, beißt die Zähne zusammen, wie jemand, der einen heftigen Schmerz bezwingt, und wenn man ihn dann fragt, ob er leide, bejaht er das durch ein Zeichen, nicht einmal durch ein Kopfnicken, sondern, weil er das wahrscheinlich für beredter hält, durch ein einfaches Schließen der Lider über einem ersterbenden Blick. Marchant behauptet fest, daß ihm nichts fehlt, und steht, glaube ich, der Echtheit dieser Qualen skeptisch gegenüber, wenigstens ratlos und abwartend in der Behandlung. Er hat noch einen Kollegen zu einer Konsultation hinzugezogen, der nichts anderes finden kann als er und mir versichert, daß ich unrecht täte, mich zu ängstigen. Ich fühle aber wohl, daß es Robert nicht gefällt, beruhigt zu werden, oder vielmehr, daß es ihm mißfällt, wenn man uns beruhigt.

»Die Wissenschaft des Menschen ist eine unsichere Sache«, hat er, nachdem die Ärzte fortgegangen waren, sentenziös geprägt und, der größeren Feierlichkeit wegen, hinzugesetzt, »und ich spreche von den Gelehrtesten.«

Jedoch gestern hat er jede Nahrungsaufnahme verweigert, hat seine Tür, die von einer großen Zahl von Zudringlichen belagert wurde, für jedermann verboten und heute morgen gebeten, daß man meine Mutter und Gustav aus Arcachon zurückrufen solle. Eine Depesche meldet ihre Ankunft für heute abend.

Die Klippe für ihn sind die zu gut bekannten Phrasen, die berühmten »letzten Worte«, die »Klischees«; er fühlt das, und ich bewundere die Kunst, mit der er sie vermeidet. Übrigens spricht er wenig. Es stehen einem nicht immer unveröffentlichte »erhabene Aussprüche« zu Gebot.

Eine seiner jüngsten Erfindungen aber ist, sich nach Herzenslust zu erniedrigen; das wirkt großartig auf den Abbé, der darin einzig christliche Demut und Zerknirschung erblickt. Wenn Robert ihn an seinem Bette weiß:

»Das ist der Augenblick«, murmelt er, indem er die Augen schließt, »um das wenige Gute, das man getan hat, mit all dem Guten, das man hätte tun können, zu vergleichen.«

Und da wir alle schweigen, greift er von neuem auf:

»Ich habe mich um Geringes viel gemüht«, und, die Augen zum Abbé gewendet, »wir wollen hoffen, daß Gott das Streben des Menschen nicht an dem geringen Erfolg mißt, den er erzielt.«

Ein Beruhigungstrank, den ich ihm eingieße, wirkt als große Pause; darauf fährt er wieder fort:

»Fließendes Wasser ist kein guter Spiegel, doch wenn das Wasser steht, dann kann der Mensch sein Gesicht darin betrachten.«

Dann schöpft er Atem, dreht sich zur Wand, als wolle er seine Augen von einem allzu widerwärtigen Anblick abwenden, und lauter dann, in einem Ton des Vorwurfs, des Kummers, des Abscheus, der Verachtung und der innigsten Trostlosigkeit:

»Ich sehe darin nur Albernheit, Bosheit, Dünkel . . .«

Der Abbé unterbricht ihn:

»Nun, nun, mein Freund . . . Gott, der in den Geheimnissen

des Herzens liest, wird dort wohl noch einiges andere entdekken.«

Gott sei's geklagt, ich kann nur noch Komödie darin erblikken.

18. Juli

Mama ist gestern abend mit Gustav zurückgekehrt. Bevor er seinen Sohn empfing, wollte Robert ein wenig Toilette machen; doch er legte Wert darauf, die überflüssige Binde, die ihm die Hälfte der Stirn bedeckt, zu behalten. Unter dem Vorwand, daß das Licht seine Augen angriffe, ließ er die Lampe so hinstellen, daß sein Gesicht im Halbschatten blieb. Papa war der Mama und Gustav bis ins Wohnzimmer entgegengegangen und gab ihnen die beruhigendsten Auskünfte; Genoveva blieb mit mir im Krankenzimmer, desgleichen auch Charlotte, welche noch mit dem Forträumen der Toilettengegenstände beschäftigt war. Wir machten den Eindruck, ein »lebendes Bild« vorzubereiten. Als alles in Ordnung war, ließ Genoveva die andern eintreten.

Es wäre ganz natürlich gewesen, wenn Gustav zu seinem Vater geeilt wäre, um ihn zu umarmen; aber der hatte es anders im Sinn. Er hielt in diesem Augenblick die Augen geschlossen, und sein Gesicht hatte einen so majestätischen Ausdruck angenommen, daß Gustav ganz verdutzt stehenblieb. Papa und Mama hielten sich ein wenig im Hintergrund. Robert ließ sich vernehmen: »Und nun tretet ein wenig näher ... denn ich fühle mich sehr schwach.«

Er öffnete ein Auge, um einen Blick auf Charlotte zu werfen, die sich taktvoll zurückziehen wollte.

»Bleiben Sie, bleiben Sie, liebe Charlotte; Sie stören nicht.«

Nach all den Schlußsätzen der letzten Tage war ich ziemlich gespannt, was ihm jetzt noch einfallen würde; aber das Vatergefühl konnte ja neue Themen liefern. Er wandte sich also besonders an Genoveva und Gustav, die sich, wie gutgeschulte Schauspieler, seinem Bett genähert hatten:

»Meine teuren Kinder, an euch ist es jetzt, die Fackel zu ergreifen, die ...«

Doch er konnte den Satz nicht beendigen. Als ob sie nicht länger an sich zu halten vermöchte, schnitt Genoveva ihm plötzlich mit heller, fast mutwilliger Stimme das Wort ab:

»Aber Papa, du sprichst zu uns, als ob du dich anschicktest, uns zu verlassen. Wir wissen alle, daß du beinahe geheilt bist und

daß du in ein paar Tagen wirst aufstehen können. Siehst du, nur Charlotte bringst du damit zum Weinen. Wenn jemand jetzt hereinkäme, würde er glauben, nur sie allein habe ein Herz.«
»Herr Gustav sieht doch, daß sein Papa auch weint«, rief Charlotte aus (und wirklich, Robert vergoß im Sprechen dicke Tränen), dann trat sie etwas näher an das Bett heran und sagte, durch unser Schweigen ermutigt: »Wenn der gnädige Herr sich schwach fühlen, so kommt es vielleicht nur daher, daß er etwas zu sich nehmen muß. Ich werde dem gnädigen Herrn eine Tasse Bouillon holen.«

Worauf Robert denn nichts weiter übrigblieb, als Mama zu fragen, ob sie gut gereist sei, und Gustav, ob es ihm in Arcachon gefallen habe.

19. Juli

Genoveva liebt ihren Vater nicht. Wie konnte ich das nur so lange nicht bemerken? Ich habe mich allerdings auch seit langem sehr wenig um sie gekümmert. Meine ganze Aufmerksamkeit galt Gustav, dessen zarte Gesundheit meiner Pflege bedurfte; ich gebe auch zu, daß ich mich mehr für ihn interessierte; gerade wie sein Vater, weiß er zu gefallen, und ich finde in ihm alles das wieder, was mich an Robert einst so entzückte, ehe er mich so enttäuscht hat. Was Genoveva betrifft, so glaubte ich, sie wäre in ihre Studien vertieft und gleichgültig gegen alles andere. Jetzt fange ich an, zu zweifeln, ob ich recht getan, indem ich sie zum Studium ermunterte. Ich habe eben eine fürchterliche Unterredung mit ihr gehabt, bei der ich begriff, daß sie es ist, mit der ich mich am besten verstehen könnte, und gleichzeitig begriff, warum ich mich nicht mit ihr verstehen will: weil ich fürchte, in ihr meine eigenen Gedanken wiederzufinden, nur kühner, so kühn, daß ich entsetzt bin. Alle Sorgen und Zweifel, die mich zuweilen streiften, sind bei ihr ebenso viele dreiste Verneinungen geworden. Nein, nein, ich will sie nicht wiedererkennen, ich kann nicht zugeben, daß sie von ihrem Vater mit einem solchen Mangel an Respekt spricht; ich versuchte, sie zu beschämen: »Du aber, du nimmst ihn wohl gar ernst!« warf sie mir da so grob ins Gesicht, daß ich fühlte, wie ich rot wurde, und nicht wußte, was ich ihr antworten, noch wie ich meine Verwirrung vor ihr verbergen sollte. Gleich darauf erklärte sie mir, daß sie die Ehe nicht anerkennen könne, wenn diese dem Gatten irgendwelche Vorrechte einräume; daß sie, was sie selbst beträfe, niemals einwilligen würde, sich dem zu fügen, daß sie fest entschlossen sei, aus dem Mann, in den sie sich verlieben würde, ihren Gefährten, ihren Kameraden zu machen, und daß es noch das gescheiteste wäre, ihn überhaupt nicht zu heiraten. Mein Beispiel warne sie, mahne sie zur Vorsicht, andererseits könne sie mir aber gar nicht dankbar genug dafür sein, daß ich sie durch die Bildung, die ich ihr habe angedeihen lassen, in den Stand gesetzt, über uns zu urteilen, ein persönliches Leben zu leben und ihr Schicksal nicht an jemanden zu knüpfen, der ihrer vielleicht nicht wert sei. Während sie mit großen Schritten im Zimmer auf und ab ging, blieb ich, überwältigt vom Zynismus ihrer Reden, sitzen. Ich bat sie, ihre Stimme zu dämpfen, weil ich fürchtete, daß ihr Vater sie hören könnte; aber sie darauf:

»Nun, wenn auch! Mag er uns doch hören ... Ich bin bereit, alles, was ich dir sage, vor ihm zu wiederholen; du kannst es ihm sogar selber wieder sagen. Sag es ihm nur. Jawohl, recht so, sag es ihm nur.«

Mir schien, als ob sie alle Herrschaft über sich verloren hätte; ich ließ sie allein. Das alles ist vor kaum einigen Stunden geschehen ...

20. Juli

Ja, das ist gestern vor dem Abendessen geschehen. Und wahrscheinlich hat Genoveva meine Traurigkeit empfunden, die ich während der Mahlzeit nicht zu verbergen vermochte. Sie ist im Lauf des Abends zu mir gekommen. Wie ein Kind hat sie sich mir in die Arme geworfen; sie hat mir das Gesicht gestreichelt und mich wie früher so zärtlich geküßt, daß ich meine Tränen nicht zurückhalten konnte.

»Liebes Mamachen, ich hab dir Kummer gemacht«, sagte sie. »Du mußt mir nicht zu böse sein; aber siehst du, dich kann ich, dich will ich nicht belügen. Ich weiß, daß du mich verstehen kannst, und ich, ich verstehe dich viel besser, als dir lieb ist. Ich muß dir noch mehr sagen. Siehst du, es gibt Dinge, die du mich denken gelehrt hast und die du selber nicht zu denken wagst; Dinge, an die du glaubst, noch immer glaubst, und von denen ich weiß, daß ich ganz und gar nicht mehr daran glaube.«

Ich schwieg und wagte nicht zu fragen, was das für Dinge wären; und plötzlich fragte sie mich, ob ich ihretwegen und wegen Gustav ihrem Vater treu geblieben wäre. »Denn ich habe niemals daran gezweifelt, daß du ihm treu geblieben bist«, setzte sie hinzu, indem sie mich scharf anblickte, wie man ein Kind ansieht, dem man die Leviten liest. So ungeheuerlich mir auch diese Umkehr unserer Rolle vorkam, beteuerte ich doch, daß der Gedanke, meinen Gatten zu betrügen, mir auch niemals nur in den Sinn gekommen wäre; darauf sagte sie mir, sie wisse sehr wohl, daß ich Bourgweilsdorf geliebt hätte.

»Mag sein, aber ich habe selber nichts davon gewußt«, habe ich trocken versetzt. Sie aber:

»Du magst es dir nicht eingestanden haben, aber ich bin sicher, er hat es gewiß geahnt.«

Ich hatte mich erhoben, um mich von ihr zu entfernen, bereit, das Zimmer zu verlassen, wenn sie fortfahren sollte, so zu mir zu sprechen, auf jeden Fall entschlossen, ihr keine Antwort mehr zu geben. Es herrschte ein ziemlich langes Schweigen, und ich setzte mich wieder, ließ mich vielmehr in einen Sessel fallen, denn ich war am Ende meiner Kraft. Sie warf sich sofort wieder in meine Arme, setzte sich mir auf den Schoß und sagte schmeichelnder als je:

»Aber, Mama, versteh mich recht, ich tadle dich ja nicht.«

Und als ich bei diesen Worten auffuhr, faßte sie mich bei beiden Armen, daß ich mich nicht bewegen konnte, und lachte, um durch einen schalkhaften Ton gewissermaßen die unerträgliche Ungebührlichkeit ihrer Worte abzuschwächen.

»Ich möchte bloß wissen, ob es dich ein Opfer gekostet hat?«

Sie war wieder ganz ernst geworden; ich dagegen spannte alle Kraft an, um ein gleichmütiges Gesicht zu bewahren; sie begriff, daß ich nicht antworten würde, und begann von neuem:

»Was für einen schönen Roman könnte ich unter deinem Diktat schreiben! Er würde heißen: ›Die Pflichten einer Mutter oder das unnütze Opfer‹.«

Und da ich noch immer nichts sagte, begann sie langsam den Kopf von rechts nach links in leiser Verneinung zu wiegen: »Es ist nicht, weil du dich zur Sklavin deiner Pflicht, einer eingebildeten Pflicht«, verbesserte sie sich, »gemacht hast ... Nein, nein, du fühlst sehr wohl, daß ich dir nicht dankbar dafür sein kann! Nein, widersprich nicht. Ich glaube, ich könnte dich nicht mehr liebhaben, wenn ich mich dir verpflichtet fühlte, wenn ich fühlte, du glaubtest mich dir verpflichtet. Deine Tugend ist deine Sache; ich ertrage es nicht, mich durch sie gebunden zu fühlen.«

Dann änderte sie jäh den Ton:

»Jetzt erzähle mir rasch etwas, ganz gleich was, damit ich, wenn ich nachher allein in meinem Zimmer bin, nicht wütend werde, weil ich dir alles dies gesagt habe.«

Mir war todtraurig zumute, und ich konnte sie nur auf die Stirn küssen.

Ich habe diese Nacht nicht geschlafen. Die Worte Genovevas hallten wider in der grausigen Leere meines Herzens. Ach, ich hätte sie nicht reden lassen sollen. Denn jetzt weiß ich nicht, ob sie es ist, die da spricht, oder ich selber. Wird diese Stimme, der ich gestattete, sich zu erheben, denn niemals mehr verstummen? Wenn ich nicht mehr erschrocken bin, so nur deswegen, weil meine Feigheit mich ja schützt. Vergebens empören sich meine Gedanken; wider meinen Willen bleibe ich ergeben. Vergebens suche ich, was ich denn mehr, was ich denn anderes in meinem Leben hätte tun können; wider meinen Willen bleibe ich an Robert gebunden, an meine Kinder, die Roberts Kinder sind. Ich möchte fliehen, doch ich weiß sehr wohl, wenn ich jene Freiheit hätte, die ich mir wünsche, ich wüßte nicht, was damit beginnen. Und wie ein Totenglöckchen höre ich die Worte, die Genoveva eines Tages lachend zu mir sagte:

»Arme Mama, du kannst machen, was du willst, du wirst immer bloß eine anständige Frau sein.«

22. Juli

Ich will meine Gedanken ohne Reihenfolge niederschreiben ...

Die Achtung meiner Kinder hielt mich zurück, und ich liebte es, mich darauf zu stützen; Genoveva entzieht mir diese Stütze. Ich habe nicht einmal mehr das, um mir zu helfen. Nur gegen mich selbst habe ich mich nun zu wehren; ich fühle mich rettungslos als Gefangene meiner eigenen Tugend.

Wenn Robert mir noch Grund zur Beschwerde gäbe! Aber nein; seine Fehler, unter denen ich leide und die mir verhaßt geworden sind, sind ja nicht gegen mich gerichtet, und ich kann ihm einzig sein Wesen vorwerfen; außerdem lockt mich auch keine andere Liebe fort, und ich denke gar nicht daran, ihn zu verraten, wenigstens nicht anders, als indem ich fortgehe. Ach, ich möchte bloß fort von ihm ...!

Wenn er noch kränklich wäre! Wenn er ohne mich nicht leben könnte!

Ich kann doch nicht, ehe ich vierzig bin, schon auf das Leben verzichten. Wird Gott mir wirklich keine anderen Pflichten mehr gewähren als dieses tödliche Auslöschen und eine jämmerliche Resignation?

Was für einen Rat erhoffen? Und von wem? Meine Eltern sind in Bewunderung für Robert befangen und halten mich für vollkommen glücklich. Warum sie enttäuschen? Und was steht von ihnen zu erwarten außer Mitleid vielleicht, mit dem ich nichts anzufangen weiß.

Der Abbé Bredel ist zu alt, um mich zu verstehen. Und was würde er mir anderes sagen, als was er mir schon in Arcachon gesagt und was meinen Jammer nur noch vermehrt hat: darüber nachsinnen, wie ich meinen Kindern den Unwert ihres Vaters verbergen kann. Als ob ...

Aber ich will ihm nichts von der Unterredung sagen, die ich soeben mit Genoveva gehabt habe; das würde ihn nur noch mehr in der Meinung, die er von ihr hat und die keine gute ist, bestärken; und ich weiß wohl, daß ich bei den ersten Worten, die er mir darüber sagen würde, Genovevas Partei ergreifen würde. Sie aber hat den Abbé nie ausstehen können, und alles, was ich von ihr erreichen kann, ist, daß sie ihm keine Unverschämtheiten sagt.

Marchant? ... Ja, gewiß, mit ihm könnte ich mich verstehen. Nur zu gut würden wir uns verstehen. Darum aber schweige ich. Auch würde ich mir nicht verzeihen, Yvonnes Glück zu trüben. Ich bin ihr eine zu gute Freundin, um ihr nicht alles zu verbergen.

Jedoch während ich dies schreibe, steigt plötzlich ein Gedanke in mir auf. Vielleicht ist er unsinnig, aber gebieterisch, wie ich spüre: der Mensch, mit dem ich über Robert sprechen muß, ist Robert selbst! Mein Entschluß ist gefaßt: heute abend werde ich mit ihm reden.

23. Juli

Gestern abend schickte ich mich gerade an, in Roberts Zimmer hinüberzugehen, um die Auseinandersetzung mit ihm, die ich mir vorgenommen hatte, herbeizuführen, als Papa sich melden ließ. Es ist so wenig seine Gewohnheit, zu so später Stunde zu kommen, daß ich zuerst ausrief:

»Es fehlt Mama doch nichts?«

»Deiner Mama geht es ausgezeichnet.«

Und während er mich fest in die Arme schloß:

»Aber dir, mein Kleines, geht es nicht gut. Geh, komm, widersprich mir nicht. Schon lange merke ich, daß da etwas nicht stimmt ... Mein liebes Evelinchen, ich kann es nicht ertragen, zu denken, daß du unglücklich bist.«

»Aber, Papa«, fing ich an, »es ist alles in Ordnung. Wie kommst du darauf, daß etwas ...«

Ich mußte abbrechen, denn er hatte beide Hände auf meine Schultern gelegt und blickte mich so fest an, daß ich fühlte, wie ich die Fassung verlor.

»Die dunklen Schatten um diese armen Augen erzählen mir genug. Sag, mein Mädelchen ... meine kleine Eveline, warum versteckst du dich vor mir? Betrügt Robert dich?«

Diese Frage kam mir so unerwartet, daß es mir unwillkürlich ganz einfältig entfuhr:

»Ach, gäbe es der Himmel! ...«

»Ja, aber ... dann steht es ernst. Komm, rede doch: was gibt es?«

Er drängte so, daß ich nicht mehr an mich halten konnte.

»Nein, Robert betrügt mich nicht«, sagte ich zu ihm. »Ich habe ihm nichts vorzuwerfen; das ist es gerade, was mich zur Verzweiflung bringt.«

Und da ich sah, daß er mich nicht verstand:

»Besinnst du dich auf jene erste Zeit, wo du dich meiner Heirat widersetztest, da fragte ich dich, was du Robert vorzuwerfen hättest, und war empört, weil du mir nichts zu sagen wußtest. Warum hast du mir damals nicht geantwortet?«

»Aber, meine Kleine, das weiß ich doch nicht mehr. Es ist so lange her ... Ja, anfangs habe ich Robert falsch beurteilt. Seine Art und Weise gefiel mir nicht. Glücklicherweise habe ich bald genug eingesehen, daß ich mich täuschte ...«

»Ach, leider, Papa, hast du ihn damals richtig beurteilt! Später hast du dann gedacht, daß du dich täuschtest, weil ich glücklich mit ihm war. Aber das war nicht von Dauer. Ich habe begriffen ... Nein, du hast dich nicht getäuscht. Ich hätte damals auf dich hören sollen, wie ich es tat, als ich noch ein kleines artiges Mädchen war.«

Eine ganze Weile saß er wie überwältigt und schüttelte nur den Kopf. Er murmelte:

»Mein armes Kleines ... Mein armes Kleines ...«, so zärtlich, daß ich ganz außer mir war, ihm solchen Kummer zu bereiten. Doch nun hieß es, bis zum Ende gehen. Ich nahm all meinen Mut zusammen und sagte: »Ich will mich von ihm trennen.«

Er fuhr mit dem ganzen Körper in die Höhe und sagte: »Holla! Holla!« in einem so komischen Ton, daß ich gelacht hätte, wenn mir danach zumute gewesen wäre. Dann zog er mich neben sich auf den Diwan, auf dem er saß, und streichelte mir die Haare: »Dein Abbé würde ein komisches Gesicht machen, wenn du diese Dummheit begingest. Hast du mit ihm von alledem gesprochen?«

Ich nickte: »ja« und mußte ihm dann bekennen, daß ich mich mit dem Abbé nicht mehr so gut wie in früherer Zeit verstünde, was ihn veranlaßte, zu lächeln und mich ein wenig spöttisch anzugucken. Der Gedanke dieses indirekten Sieges über jemanden, der ihm immer ein Dorn im Auge gewesen, schien ihm viel Vergnügen zu machen.

»Schau, schau! . . .« Doch den Ton wechselnd: »Liebes Kind, wir wollen ernsthaft, das heißt: praktisch miteinander reden.«

Daraufhin setzte er mir auseinander, daß, wenn ich das eheliche Heim verließe, alles Unrecht auf meiner Seite liegen würde.

»Den Wert eines guten Rufs begreift man im allgemeinen erst dann, wenn man ihn verloren hat. Meine kleine Eveline ist immer ein bißchen phantastisch gewesen. Wo wolltest du hin? Was wolltest du tun? Nein, nein; du mußt mit Robert zusammenbleiben. Alles in allem ist er kein übler Geselle. Wenn du versuchtest, dich mit ihm auszusprechen, vielleicht würde er begreifen . . .«

»Er wird nicht begreifen; aber ich werde trotzdem mit ihm sprechen, und das wird die Schlinge nur noch fester zusammenziehen.«

Darauf hat er wieder angefangen und gesagt, daß man nicht trachten müsse, sich herauszuziehen, sondern einen »modus vivendi« zu finden und einen »Mittelweg zu suchen«. Er gebraucht gern Worte, die ihm ein wenig imponieren, als ob er sich selbst dadurch beweisen wollte, daß sie ihn nicht schrekken. Dann hat er, vermutlich in der Hoffnung, mich zu trösten, angefangen, mir von meiner Mutter zu sprechen und mir zu erzählen, wie auch er in der Ehe nicht alles gefunden, was er sich davon versprochen hatte. Niemals hätte er sich bisher einem Menschen offenbart, sagte er, und schien außerordentlich erleichtert, sich endlich aussprechen zu können, und verbreitete sich nach Herzenslust darüber. Ich hatte nicht den Mut, ihn zu unterbrechen, aber seine Geständnisse waren mir namenlos peinlich, so peinlich wie meine grauenhafte Unterredung mit Genoveva. Ich glaube, es ist nicht allzu günstig, wenn von einer Generation zur anderen sich solche vertraulichen Beziehungen anspinnen, die bei einer von ihnen das Schamgefühl verletzen, das man zweifellos schonen sollte.

Es gab aber noch einen anderen Grund für die Peinlichkeit, die ich empfand. Es ist mir unangenehm, davon zu sprechen, denn ich habe Papa zu lieb, um nicht darunter zu leiden, über ihn ein Urteil fällen zu müssen, und ich wollte, ich müßte ihm nie Schuld geben; ich würde diesen Grund auch verschweigen, wenn ich es mir nicht schuldig wäre, hier ganz aufrichtig zu sein. Als Papa dazu kam, mir von den hochfliegenden Plänen seiner Jugend zu erzählen und was alles er seiner Meinung nach hätte leisten können, wenn Mama ihn besser verstanden und mehr unterstützt hätte, da konnte ich nicht umhin, zu denken, es hätte wohl nur an ihm gelegen, mehr aus sich zu machen, und daß, wenn es ihm nicht gelungen war, seine Klugheit und seine Gaben besser anzuwenden, es ihm nicht weiter unangenehm wäre, Mama im stillen dafür verantwortlich zu machen. Ich zweifle nicht, daß er unter Mamas beschränktem und so ganz aufs Praktische gerichtetem Geist gelitten hat, ich glaube aber, es ist ihm ganz lieb, sagen zu können: »Deine Mutter will nicht... Deine Mutter ist nicht der Meinung . . .«, und es damit gut sein zu lassen.

Er hat mir auch noch gesagt, er kenne keine Ehe, deren Bündnis so vollkommen wäre, daß nicht einer der beiden Gatten gelegentlich gewünscht hätte, sie niemals eingegangen zu sein. Ich habe nicht widersprochen, denn Papa mag das nicht sehr, aber mir kommt das wie eine Blasphemie vor, die ich nicht anerkennen kann.

Unsere Unterhaltung hat bis tief in die Nacht gewährt. Papa ist, glaube ich, dadurch sehr getröstet gewesen und hat nicht begriffen, daß er mich verzweifelter denn je zurückgelassen hat.

24. Juli

Eine Schlinge . . . Und jeder Versuch, mich daraus zu befreien, zieht sie nur enger zusammen . . . Die große Auseinandersetzung mit Robert hat stattgefunden. Ich habe meine letzte Karte ausgespielt und die Partie verloren. Ach! Ich hätte fliehen sollen, ohne ein Wort zu sagen, weder zu Papa noch zu sonst jemandem. Ich kann nicht mehr. Ich bin besiegt.

Ich fand Robert auf seinem Sofa ausgestreckt, denn seit einigen Tagen fängt er an, das Bett zu verlassen.

»Ich wollte nachsehen, ob du irgend etwas brauchst«, sagte ich und suchte einen Anfang, um zur Sache zu kommen.

Mit seiner engelhaftesten Stimme:

»Nein, danke, meine Liebe. Heute abend fühle ich mich

wirklich besser und fange an, zu glauben, daß der Tod mich noch nicht will.«

Dann, da er keine Gelegenheit vorübergehen läßt, ohne seine Güte, sein Zartgefühl und seine Seelengröße zu betonen:

»Ich habe dir viel Sorgen gemacht. Ich möchte wohl wissen, ob ich all die Pflege verdiene, die man an mich verschwendet hat.«

Ich versuchte, ihn gleichmütig anzublicken:

»Robert, ich möchte eine ernste Unterredung mit dir haben.«

»Du weißt, meine Liebe, daß ich mich nie weigere, mich ernsthaft zu unterhalten. Wenn man dem Tod so nahe ins Auge geblickt hat wie ich in diesen letzten Tagen, dann ist man selbstverständlich zu ernstem Nachdenken geneigt.«

Jedoch auf einmal hörte ich auf zu begreifen, worüber ich mich beklagte und was ich hatte sagen wollen. Oder genauer: das, worüber ich zu klagen hatte, schien mir plötzlich unformulierbar zu sein. Vor allen Dingen wußte ich nicht, wie, mit welchem Satz, mit welcher Frage beginnen; indessen war ich fest entschlossen, den Kampf aufzunehmen, und wiederholte mir bis zum Wahnwitz: »Wenn du es jetzt nicht tust, tust du es nie.« So daß mir war, als käme es vielleicht gar nicht so sehr darauf an, mit welchem Satz ich den Angriff eröffnete, und daß es das beste wäre, einer Art Eingebung zu vertrauen, die mir nachher schon weiterhelfen würde. Und wie ein Taucher, der sich mit geschlossenen Augen in den Strudel stürzt:

»Robert, ich möchte, daß du mir sagst, wenn du dich noch daran erinnerst, aus welchen Gründen du mich geheiratet hast.«

Sicherlich war er so wenig auf eine Frage dieser Art gefaßt, daß er einen Augenblick lang ganz betroffen schien. Nur einen Augenblick lang, denn vor welche Situation auch immer die Ereignisse ihn stellen, Robert ist stets außerordentlich fix und geschickt darin, sich wieder zu fassen. Er erinnert mich an jene Stehauf-Püppchen mit leichtem Kopf, die stets von selber wieder auf die Füße kommen. Er blickte mich an und suchte zu erfassen, was für eine Absicht sich hinter meinen Worten verbergen könnte und wohl auch, wie er seine Verteidigung zu führen hätte.

»Wie kannst du hier von Gründen reden, wo es sich um Gefühle handelt?«

Robert weiß es so einzurichten, daß er seinen Gegner immer überragt. Wie man es auch anfängt, der Standpunkt, den er einnimmt, scheint sofort der höhere zu sein. Ich fühlte, daß ich, wie beim Schachspiel, im Begriff stand, den Vorteil des Angriffs einzubüßen. Besser war, ihn wieder in die Verteidigung zu drängen:

»Ich bitte dich, versuche einmal, einfach mit mir zu sprechen.«

Er versetzte sofort:

»Man kann doch nicht einfacher sprechen, als ich es tue.«

Das war richtig, und sogleich fühlte ich die Unvorsichtigkeit meiner Bemerkung. Sie enthielt einen alten Vorwurf, der wahrlich Zeit gehabt hatte, in meinem Herzen zu reifen und zu schwellen; für dieses Mal aber war dieser Vorwurf unbegründet.

»Ja, jetzt sprichst du einfach. Aber meistens überwältigt mich deine Großsprecherei, und du flüchtest in erhabene Regionen, wohin ich, wie du weißt, dir nicht zu folgen vermag.«

»Es will mir so scheinen, meine Liebe«, sagte er mit einem herzgewinnenden Lächeln und in seinem allermildesten Ton, »als ob du es bist, die im Augenblick nicht ganz einfach spricht. Komm, sage mir frei heraus: Du hast mir etwas vorzuwerfen. Ich höre.«

Allein Roberts Methode, seine Art, sich auszudrücken, die mir so unerträglich geworden war, die nahm ich selber jetzt an, geradeso, wie ich in meiner Jugend wohl gelegentlich, wenn ich mit einem Engländer sprach, zu Papas größtem Vergnügen aus Sympathie den englischen Akzent annahm. Fühlte sich Robert aus demselben Grund, wenn er sich an mich wandte, gewissermaßen gezwungen, einfach zu sprechen, während ich, wenn ich mit ihm redete, unwiderstehlich seinen Ton und seine Art und Weise annahm? Ich verrannte mich mehr und mehr.

»Wie es mich erleichtern würde, wenn ich dir etwas Bestimmtes vorwerfen könnte«, erkühnte ich mich. »Aber nein, ich weiß nur zu gut, daß du dich niemals ins Unrecht setzt, wie ich das schon getan habe, sobald ich nur, wie eben jetzt, den Versuch mache, mich mit dir auszusprechen. Und trotzdem versichere ich dir, daß ich keiner unüberlegten Regung nachgebe. Diese Unterredung mit dir, die ich mir schon lange vorgenommen und die ich von Tag zu Tag aufschiebe . . .«

Ich konnte nicht vollenden; der Satz war mir schon zu lang geraten. Ich begann noch einmal, so leise, daß ich mich wunderte, wie er mich hören konnte:

»Höre, Robert. Ganz einfach: ich kann nicht mehr mit dir leben.«

Um die Kraft zu finden, so zu sprechen, sei es auch mit leiser Stimme, hatte ich den Blick von ihm abwenden müssen. Da er aber schwieg, hob ich die Augen zu ihm auf. Er schien mir blaß geworden.

»Wenn ich dich meinerseits frage, was du für Gründe haben könntest, mich zu verlassen«, sagte er schließlich, »so hättest du ebenfalls jetzt das Recht, mir zu antworten, daß es sich nicht um Gründe, sondern um Gefühle handelt.«

»Du siehst doch, daß ich das nicht sage«, versetzte ich.

Er aber:

»Eveline, soll ich das so verstehen, daß du mich nicht mehr liebst?«

Seine Stimme zitterte, gerade genug, um mich im Zweifel zu lassen, ob seine Erregung gespielt oder aufrichtig war. Ich machte eine gewaltige Anstrengung und sagte mühsam:

»Der, den ich leidenschaftlich geliebt habe, war sehr verschieden von dem, der, wie ich langsam entdeckt habe, du bist.«

Er hob Schultern und Brauen.

»Wenn du in Rätseln sprichst, dann kann ich nicht . . .«

Ich wiederholte:

»Ich habe allmählich entdeckt, daß du ein ganz anderer bist, als ich anfänglich glaubte, ein anderer als der, den ich geliebt habe.«

Da geschah etwas Außergewöhnliches: ich sah, wie er plötzlich seinen Kopf in beide Hände faßte und in Schluchzen ausbrach.

Es konnte nicht mehr die Rede von Verstellung sein; es war ein echtes Schluchzen, das seinen ganzen Körper schüttelte – waren echte Tränen, die ich seine Finger netzen und seine Wangen herunterfließen sah, während er an die zwanzigmal mit irrer Stimme wiederholte:

»Meine Frau liebt mich nicht mehr! Meine Frau liebt mich nicht mehr! . . .«

Auf einen solchen Ausbruch war ich ganz und gar nicht gefaßt gewesen. Ich war völlig niedergeschmettert, wußte nicht, was ich sagen sollte, ohne indessen selber sehr ergriffen zu sein, denn offenbar liebe ich Robert nicht mehr; eher war ich empört, zu sehen, daß er seine Zuflucht zu Waffen nahm, die mir nicht redlich schienen, auf jeden Fall war es mir entsetzlich peinlich, mich als Ursache eines wirklichen Kummers zu fühlen, vor dem meine vorgebrachten Klagen nur noch den Rückzug antreten konnten. Um Robert zu trösten, hätte ich zu verlogenen Beteuerungen greifen müssen. Ich trat zu ihm und legte ihm meine Hand auf die Stirn, die er sofort emporhob.

»Aber warum, warum hätte ich dich denn geheiratet? Wegen deines Namens? Deines Vermögens? Der Stellung deiner Eltern wegen? Sag doch! Sag doch! So rede doch, damit ich es verstehe. Du weißt doch, daß . . . daß ich . . .«

Er schien jetzt so natürlich, so vollkommen aufrichtig, daß ich erwartete, zu hören: »Daß ich was viel Besseres hätte haben können.« Aber es kam: »daß ich dich geliebt habe« heraus; dann mit einer von Schluchzen wieder unterbrochenen Stimme:

». . . und . . . und weil ich glaubte, daß . . . daß auch du mich liebtest . . .«

Ich war beinahe entrüstet über meine Gleichgültigkeit. So aufrichtig Roberts Erschütterung in diesem Augenblick auch sein mochte, das Breittreten dieser Erschütterung wirkte auf mich vereisend.

»Ich dachte, diese Auseinandersetzung würde nur für mich peinlich sein«, begann ich; doch er unterbrach mich:

»Du sagst, ich bin ein anderer, als du geglaubt hast. Du aber, du bist dann auch eine andere, als ich glaubte. Wie, meinst du, soll man jemals wissen, ob man wirklich der ist, der man zu sein glaubt?«

Dann bemächtigte er sich, wie das seine Gewohnheit ist, des Gedankens des anderen, um ihn sich zu seinem Zweck zurechtzubiegen (was er, wie ich glaube, ganz unbewußt tut):

»Keiner von uns, armes Kind, kann sich doch beständig auf der Höhe dessen halten, was er gern sein möchte. Darin liegt ja gerade die ganze Tragödie unseres sittlichen Lebens . . . Ich weiß nicht, ob du folgen kannst?. . .« (Das ist seine stehende Wendung, die unfehlbar kommt, wenn er das Thema wechseln will und fühlt, daß sein Gesprächspartner es merkt.) ». . . Nur Menschen ganz ohne Ideale können . . .«

»Lieber Freund, laß, laß«, suchte ich ihn mit einer leisen Handbewegung zu unterbrechen, denn ich wußte wohl, daß er auf diesem doktrinären Gebiet, einmal losgelassen, von selber nicht wieder aufhören würde. Meine Unterbrechung warf ihn etwas aus der Bahn.

»Als ob man im Leben nicht gezwungen wäre, herunterzugehen . . . Das heißt, man sieht sich eben gezwungen, seine Ideale auf Reichweite zurückzuführen. Du aber, du bist ja immer eine Phantastin gewesen.«

Sieh da! Es muß wohl wahr sein, da Papa es gestern auch gesagt hat. Ich konnte nur traurig lächeln. Hier nun gewann Robert mit einem ganz natürlichen Schwung seine höheren Regionen wieder, aus denen meine egoistische Klage die Frechheit gehabt hatte, ihn herabzureißen:

»Übrigens rührst du da, meine Liebe, an ein höchst interessantes Problem, nämlich an das Problem des Ausdrucks. Jawohl; siehst du, es handelt sich darum, zu wissen, ob eine Gemütsbewegung sich im Ausdruck erschöpft oder ob sie, im Gegenteil, sich ihrer selbst im Ausdruck bewußt wird und sich sozusagen darin erst erschafft. Man beginnt in der Tat schließlich zu zweifeln, ob überhaupt irgend etwas außerhalb seiner Erscheinungsform existiert und ob ... ich will dir das erklären, du wirst das sofort verstehen ...« Dieser letzte Satz kommt ihm jedesmal, wenn er anfängt, sich zu verwirren, zu Hilfe. Er kann mich am allermeisten aufbringen.

»Ich habe sehr gut verstanden«, unterbrach ich. »Du willst sagen, ich wäre verrückt, mich darüber aufzuregen, ob du die schönen Gefühle, denen du Ausdruck verleihst, auch wirklich empfindest.«

Sein Blick lud sich auf einmal mit einer Art von Haß. »Wahrhaftig! Es ist eine Freude, von dir verstanden zu werden!« rief er mit einer fast schneidenden Stimme aus. »Das ist also alles, was dir von unserer Unterhaltung bleibt? Ich lasse mich hinreißen, offenherziger und vertraulicher mit dir zu sprechen, als ich es je mit einem anderen getan; ich demütige mich vor dir; ich schluchze vor dir. Meine Tränen rühren dich nicht im geringsten; du legst meine Worte nach Gutdünken aus und forderst mich in eisigem Ton zu der Schlußfolgerung auf, daß alles Gefühl auf deiner Seite sei und daß meine ganze Liebe für dich nichts weiter ist als ...«

Wieder wurde er für einen Augenblick von Schluchzen unterbrochen. Ich erhob mich und hatte nur noch einen Gedanken: einer Unterredung ein Ende zu machen, die ich so schlecht zu lenken gewußt, die mir zum Schaden ausschlug und durch die ich nur allen Schein von Unrecht auf mich lud. Als ich meine Hand auf seinen Arm legte, um ihm Lebewohl zu sagen, fuhr er jäh herum und sagte in plötzlicher Aufwallung:

»Nein doch, nein doch! Es ist nicht wahr. Du hast dich geirrt. Wenn du mich noch ein wenig liebtest, würdest du begreifen, daß ich nur ein armes Wesen bin, das kämpft wie alle Wesen und das versucht, so gut es kann, ein wenig besser zu werden, als es ist.«

Endlich fand er die Worte, die am besten geeignet waren, mich zu rühren. Ich neigte mich zu ihm, um ihn zu küssen, aber beinahe grob stieß er mich zurück: »Nein, nein. Laß mich. Ich kann nichts anderes sehen, nichts anderes fühlen als das eine: daß du aufgehört hast, mich zu lieben.«

Nach diesen Worten verließ ich ihn, das Herz von einer neuen Traurigkeit belastet, einer Traurigkeit, die der seinen in die Augen blickte und sich mir dadurch erst offenbart hatte: Er liebt mich noch. Ach, leider! Also kann ich ihn nicht verlassen . . .

Epilog

Ich hatte mir vorgenommen, nichts mehr in dieses Heft zu schreiben . . . Kurze Zeit nach der Auseinandersetzung mit Robert, die ich hier erzählte, haben die gewaltigen Ereignisse, die Europa umwälzten, unsere persönlichen Sorgen weggefegt. Ich möchte meinen Kinderglauben wiederfinden, um von ganzem Herzen beten zu können: Lieber Gott, schütze Frankreich! Aber ich glaube, die Christen in Deutschland beten zum selben Gott für ihr Land, trotz allem, was man uns von ihnen berichtet, damit wir sie für Barbaren ansehen sollen. Im Wert eines jeden von uns, so viele wir sind, muß Frankreich seinen Schutz, seine Verteidigung finden; und anfangs konnte ich glauben, daß Robert das im tiefsten verstanden hatte. Ich sah ihn verzweifeln, weil seine Rekonvaleszenz ihn aufhielt; dann, einige Monate später, fragte er Marchant um Rat, auf welche Weise er das ärztliche Attest erlangen könnte, um in den Heeresdienst einzutreten. Warum mußte ich nachher hören, daß sein Jahrgang einberufen werden sollte, daß er Gefahr lief, aus der Reserve zur aktiven Truppe versetzt zu werden, und daß er, wenn er der Einberufung zuvorkam, die Freiheit hatte, sich seine Verwendung auszusuchen; was er unter der größten Vorsicht und mit Benutzung jeglicher Protektion tat. Warum das alles hier wiedererzählen? Ich möchte hier nur von der grauenhaften Szene sprechen, die ich eben mit ihm hatte und die über mein Verhalten entscheiden wird. Aber wie soll ich sie erklären, wenn ich nicht zuerst von der Ersatzkommission berichte, bei der er sich noch einmal zu melden hatte und wo es ihm gelang, sich ausmustern zu lassen, da er an »chronischem Kopfschmerz infolge Traumas« litt; da wollte ich fort nach einem Lazarett an der Front, wo ich sicher war, daß man meine Dienste annehmen würde; allein dazu war Roberts Genehmigung erforderlich. Er hat sie mir schroff verweigert, mit überaus harten Worten, indem er sagte, das täte ich nur, um ihn zu kränken, um ihm eine Lehre zu erteilen, ihn zu beschämen ... Ich mußte nachgeben, abwarten und mich mit dem hiesigen Lariboisière-Hospital begnügen, wo ich häufig die Nacht über blieb, so daß ich ihn nur noch sehr wenig sah. Ich war sprachlos, als ich ihn eines Morgens militärisch eingekleidet fand. Dank seiner Kenntnisse des Englischen war es ihm soeben gelungen, bei einem amerikanischen Hilfskomitee Aufnahme zu finden, was ihm ermöglichte, Uniform anzulegen, obwohl er nicht mehr zum Truppenkörper gehörte, und ein kriegerisches Gebaren anzunehmen. Aber der Ärmste hatte kein rechtes Glück: seine patriotischen Kundgebungen trugen ihm ein Kommando nach Verdun ein. Da er sich dem mit Anstand nicht entziehen konnte, »glaubte« er, die Sache energisch anfassen »zu müssen«, und zwar so gut, daß er nach kurzer Zeit das Kriegskreuz erhielt, zur großen Bewunderung Gustavs, meiner Eltern und einer Menge von Freunden, die in Begeisterung gerieten. Selbst in Verdun, wohin er mich zu einem Besuch kommen ließ, fand er die Möglichkeit, den Helden zu spielen. Ich glaube, er hatte nur auf diese Auszeichnung gewartet, um sich nach der Heimat zurückschicken zu lassen, was ihm bei der Protektion, über die er verfügt, nicht allzu schwer wurde. Als ich mich über diese unverhoffte Rückkehr wunderte, die so gar nicht mit den schönen Reden vom Durchhalten übereinstimmte, die ich noch unlängst in Verdun selbst von ihm gehört, erklärte er mir, er wisse aus sicherer Quelle, daß der Krieg kurz vor seinem Ende stehe, und er fühle, er könne sich jetzt hier in Paris nützlicher machen, wo die Stimmung ihm schlechter zu sein scheine als an der Front.

Das ist zwei Tage her ... Aber ich habe ihm keinen Vorwurf gemacht. Seit unserer peinlichen Auseinandersetzung nehme ich alles von ihm hin, ohne etwas zu sagen. Es sind ja gar nicht so sehr seine Handlungen, die ich verachte, sondern die Gründe, die er dafür angibt. Vielleicht hat er diese Verachtung in meinen Augen gelesen. Plötzlich hat er aufbegehrt. Seine Kriegsauszeichnung gestattet ihm nicht mehr, an der Echtheit seiner Mannestugend zu zweifeln, und entbindet ihn gleichzeitig davon. Ich, die ich diesen Orden nicht besitze, bedarf der Tugend um ihrer selbst willen und nicht um der Anerkennung willen, die sie uns einbringt. Die »Phantastin«, die ich bin, bedarf der

Realität ... Nachdem er sich ganz naiv dazu gratuliert hatte, daß er so wohlfeil aus dem Krieg davongekommen war, äußerte er plötzlich, da ich ein Lächeln nicht zu unterdrücken vermochte:

»Als ob du es nicht gerade ebenso wie ich gemacht hättest!«

Nein, Robert, das erlaube ich dir nicht zu sagen: vor allem erlaube ich dir nicht, es zu denken. Ich habe nichts erwidert, aber mein Entschluß war sofort gefaßt. Ich konnte noch am gleichen Abend Marchant sprechen und habe alles mit ihm vereinbart. Er hat gern die notwendigen Schritte für mich getan. Morgen gehe ich ohne alles Aufheben nach Chatellerault. In diesem Lazarett hinter der Front werde ich in aller Augen vollkommen geschützt scheinen. Das ist es, was ich wünsche. Genoveva allein weiß, woran sie sich zu halten hat. Wie hat sie in Erfahrung bringen können, welche Art von Kranken dort gepflegt werden? Ich weiß es nicht ... Sie hat mich angefleht, mich begleiten und an meiner Seite Dienst tun zu dürfen. Aber ich kann es nicht ertragen, daß sie sich in ihrem Alter so der Gefahr aussetzt; sie hat noch ihr ganzes Leben vor sich. »Nein, Genoveva, wo ich hingehe, dahin kannst du, darfst du mir nicht folgen«, habe ich ihr gesagt und sie sehr zärtlich geküßt, als wäre es ein Abschied. Meine liebe Genoveva vermag es auch nicht, sich am Schein genügen zu lassen. Ich habe sie sehr lieb. Für sie schreibe ich dies hier nieder. Und ihr vermache ich diese Blätter, wenn ich nicht wiederkehren sollte ...

Robert

Robert

Für Ernst Robert Curtius

Cuverville, den 5. September 1929

Mein lieber Freund!

Nach der Lektüre meiner ›Schule der Frauen‹ sprachen Sie mir in einem Brief Ihr Bedauern darüber aus, den Gatten meiner »Heldin« nur durch deren Tagebuch zu kennen.

»Wie sehr wünschte man«, schrieben Sie mir, »zu diesem Tagebuch Evelines einige Erklärungen von Robert lesen zu können.«

Vielleicht kommt dieses kleine Buch Ihrem Wunsche nach. Es ist nur natürlich, daß es Ihnen gewidmet ist.

André Gide

I

Sehr geehrter Herr!
Wenn auch mein erstes Gefühl bei der Lektüre Ihrer ›Schule der Frauen‹ Empörung war, so werde ich mir dennoch nicht gestatten, Ihnen das persönlich nachzutragen. Sie haben es für gut befunden, der Öffentlichkeit das intime Tagebuch einer Frau auszuliefern, ein Tagebuch, das zu schreiben sich diese Frau niemals entschlossen hätte, wenn sie das Schicksal hätte ahnen können, das man ihm eines Tages bereiten würde. Bekenntnisse, indiskrete Enthüllungen sind heute an der Mode, unbekümmert um den materiellen oder moralischen Schaden, den diese Indiskretionen den Überlebenden verursachen können; unbekümmert auch um das beklagenswerte Beispiel, das dadurch gegeben wird. Ich überlasse es Ihrem Gewissen (wir alle haben eines), zu prüfen, ob es Ihnen wirklich zustand, zu einer Veröffentlichung beizutragen, die für einen Dritten so entschieden nachteilig ist, und, indem Sie sie mit Ihrem Namen decken, Ruhm und . . . Vorteil für sich daraus zu ziehen. Meine Tochter forderte Sie dazu auf, werden Sie mir antworten? Ich werde später aussprechen, wie ich über ihr Benehmen denke. Ich weiß von anderer Seite und aus Ihren eigenen Geständnissen, daß Sie der Meinung junger Leute gern mehr Gewicht beilegen als der Meinung ihrer Eltern. Das steht Ihnen frei; aber wir sehen in diesem Fall, wohin das führt und wohin es führen könnte, wenn, was Gott verhüten möge, mehr Menschen Ihnen gleichen würden. Genug.

Wird es Sie sehr in Erstaunen setzen, wenn ich Ihnen sage, daß ich nicht der einzige bin, der nicht gewillt ist, mich in dem unkonsequenten, eitlen und nichtigen Wesen wiederzuerkennen, das meine Frau geschildert hat? »Widerspruch erheben heißt zugeben, daß man sich getroffen fühlt«, hat ein alter Schriftsteller gesagt. Selbst wenn ich mich getroffen fühlte, so wäre ich doch der einzige, der das wüßte, da mein Name nirgends genannt worden ist. Wenn ich alles dieses sage, so geschieht es, damit Ihre Leser begreifen, daß es keineswegs das Bedürfnis nach einer Ehrenrettung ist, das mich heute veranlaßt, zur Feder zu greifen, sondern einzig und allein die Sorge um Wahrheit und Gerechtigkeit, um Richtigstellung.

Man bildet sich leichter eine Meinung, aber auch ungerechter, wenn man nur einen einzigen Zeugen gehört, als wenn man sein Ohr widersprechenden Zeugnissen geliehen hat. Nachdem Sie die ›Schule der Frauen‹ mit Ihrem Namen gedeckt haben, schlage ich Ihnen eine ›Schule der Männer‹ vor; ich appelliere an die Würde Ihres Berufes: veröffentlichen Sie als Gegenstück zu jenem anderen Buch und unter den gleichen Bedingungen der Herausgabe und der sprachlichen Form diese Widerlegung hier.

Jedoch, ehe ich zur Sache komme, wende ich mich an die Anständigen unter den Menschen. Was, frage ich sie, halten Sie von einem jungen Mädchen, das unmittelbar nach dem Tode seiner Mutter sich ihrer intimen Schriftstücke bemächtigt, noch ehe sogar der Gatte der Toten Kenntnis davon hat nehmen können? Sie haben, ich entsinne mich, irgendwo geschrieben: »Die anständigen Menschen sind mir ein Greuel«, und ohne Zweifel zollen Sie einem so dreisten Gebaren Beifall, an dem Sie den Einfluß Ihrer Doktrinen erkennen könnten. In der schamlosen Keckheit, die meine Tochter bewiesen hat, sehe ich das traurige Resultat jener »liberalen« Erziehung, die meine Frau unseren beiden Kindern angedeihen zu lassen beliebte. Mein großes Unrecht war es, ihr, meiner Gewohnheit gemäß, aus Angst, despotisch zu erscheinen, und aus Abscheu vor Auseinandersetzungen, nachzugeben. Unsre Gespräche über diesen Punkt waren überaus ernst, und ich wundere mich, keine Spuren davon in ihrem Tagebuch zu finden. Ich werde darauf zurückkommen.

Man erwarte indessen nicht von mir, daß ich auf alle Punkte eingehen werde, wo das Zeugnis meiner Frau mir ungenau zu sein scheint. Und besonders nicht auf gewisse Unterstellungen, auf die einzugehen ich für unter meiner Würde erachten müßte; die nämlich, die sich auf meine patriotische Gesinnung und auf mein Verhalten während des Krieges beziehen. Eveline scheint sich übrigens nicht darüber im klaren zu sein, daß sie, wenn sie daran zweifelt, daß ich meine Auszeichnung wirklich verdient habe, damit notwendigerweise die Ehrenhaftigkeit und die Urteilsfähigkeit meiner Vorgesetzten in Frage stellt, die mir diese Auszeichnung verliehen haben. Meine Sätze, die sie bei dieser Gelegenheit anführt, habe ich sie wirklich gesprochen? Aufrichtig gesagt, glaube ich das nicht. Oder wenn ich sie gesprochen habe, dann nicht in dem Ton und mit der Absicht, die ihre Bosheit ihnen beilegt. Auf jeden Fall kann ich mich dessen nicht erinnern. Ich will sie nicht beschuldigen, meine Person absichtlich und wissentlich verfälscht zu haben. (Ich beschuldige sie überhaupt nicht.) Aber ich glaube, auf einer gewissen Stufe der Voreingenommenheit (welche die Engländer so trefflich mit »prejudice« bezeichnen) hören wir ganz aufrichtig unseren Nächsten das sagen, was wir von ihm hören wollen, und wir erreichen gewissermaßen, daß er Worte spricht, welche die Erinnerung nicht einmal mehr umzumodeln braucht.

Sehr wohl erinnere ich mich dagegen daran, daß ich fühlte, Eveline sei bis zu einem solchen Punkt gelangt, daß meine Worte in ihrer Seele stets den gleichen Klang annehmen würden, was auch immer ich sagen mochte. Sie konnte mich eben nur noch lügen hören.

Doch, wie ich schon sagte, ist es nicht meine Absicht, mich zu verteidigen. Ich ziehe es vor, einfach meine Erinnerungen an unser gemeinsames Leben zu erzählen. Insbesondere werde ich von jenen zwanzig Jahren sprechen, die ihr Tagebuch mit Stillschweigen übergeht. Meine Aufgabe ist hart, denn mir ist, während ich schreibe, als fühlte ich den Leser sich über meine Schulter beugen und jedes kleinste Wort belauern, das meine »Arglist«, meine »Doppelzüngigkeit« usw. entlarven könnte (das sind die Worte, welche die Kritik gebrauchte). Wenn ich mich indessen bei meiner Niederschrift zu sehr überwache, laufe ich Gefahr, zu verfälschen und in die Falle der Künstelei zu geraten, im selben Augenblick und je mehr ich mich darum bemühe, ihr zu entgehen . . . Die Schwierigkeit ist nicht gering. Ich werde sie nur besiegen, scheint mir, indem ich gar nicht daran denke, indem ich meiner Feder freien Lauf lasse, von Grund auf neu beginne und mich nicht darum kümmere, was Eveline von mir hat sagen, noch was die Welt von mir hat denken können. Habe ich nicht ein wenig das Recht, zu hoffen, daß die Welt dasselbe zu tun gewillt sein wird; ich meine: daß die Leute, wenn sie mich lesen, kein allzu vorgefaßtes Urteil mitbringen werden?

Etwas anderes ist es, was mich ein wenig bedrückt, wie ich wohl gestehen muß. Die Kritiken haben um die Wette den Stil meiner Frau gepriesen. Auch ich war weit entfernt, zu vermuten, daß Eveline so gut schreiben konnte. Ich konnte kaum ein Urteil darüber haben, denn da wir immer zusammenlebten, hatte ich keine Briefe von ihr empfangen. Höchstes Lob: man ist sogar so weit gegangen, zu vermuten, daß Sie, Herr Gide, dieses Tagebuch geschrieben hätten, Sie, der Sie . . .[1] Diese Seiten hier können gewiß nicht den Anspruch einer Täuschung erheben. Wenn ich in meiner Jugend einigen literarischen Ehrgeiz genährt habe, so habe ich ihn rasch abgelegt (um mit Ihnen zu sprechen). Ja, sehen Sie, könnten Sie mir zu diesem Punkt

[1] Drei Zeilen gestrichen. (Anmerkung des Herausgebers)

wohl erklären, warum alle Kritiker (wenigstens diejenigen, die ich gelesen habe) mich als einen mißglückten Dichter hinstellen? Da ich niemals eine Verszeile geschrieben (wenigstens nicht seit meiner Primanerzeit, wo ich mir mühsam einige Sonette abgepreßt habe) und auch nie den Wunsch danach verspürt habe? Ist es denn meine Schuld, wenn Eveline anfänglich mehr Begabung in mir gesehen hat, als ich hatte, und kann man Beschwerde gegen einen Menschen führen, daß er kein Racine und kein Pindar ist, nur weil eine Liebende ihn dafür gehalten hat?... Ich möchte hierbei nachdrücklichst verweilen, weil ich glaube, daß dies der Grund zu grausamen Enttäuschungen sowohl in der Freundschaft wie in der Liebe ist: den andern nicht von vornherein so zu sehen, wie er ist, sondern sich anfangs eine Art Abgott aus ihm zu machen, und man ihm späterhin verübelt, daß er das nicht ist; als ob der andere etwas dafür könnte. Übrigens habe auch ich Eveline anfangs nicht so gesehen, wie sie war. Aber was war sie denn? Sie wußte es selber nicht. Sie war die, die ich liebte. Und solange sie mich liebte, bemühte sie sich, meinem Abgott zu gleichen, und schmückte sich mit den Tugenden, die ich in ihr sah, und die, wie sie wußte, mir gefallen mußten. Solange sie mich liebte, kümmerte es sie nicht, sich selbst zu kennen; sie wünschte nur, in eins mit mir zu verschmelzen ... Doch hier berühren wir, glaube ich, ein Problem, das ganz allgemeines und überaus schwerwiegendes Interesse besitzt. Um zu versuchen, es aufzuhellen, will ich das Folgende niederschreiben. Ich will zuerst ein wenig erzählen, wer ich war, ehe ich sie kennenlernte. Das wird ohne Zweifel dazu beitragen, zu begreifen, was Eveline für mich wurde.

Meine Kindheit ist nicht sehr glücklich gewesen. Mein Vater hatte eine Kurzwarenhandlung in einer der belebtesten Straßen von Perpignan. Ich war erst zwölf Jahre alt, als er starb und die ganze Last seiner Geschäfte meiner Mutter hinterließ, die nicht viel davon verstand und, wie ich glaube, von ihrem ersten Angestellten übervorteilt wurde. Meine Schwester, die zwei Jahre jünger war als ich, war von zarter Gesundheit, und wir verloren sie einige Jahre später. Ich lebte zwischen diesen beiden Frauen, verkehrte wenig mit Knaben meines Alters, die ich roh und gemein fand, und kannte kaum eine andere Zerstreuung als die: jeden Sonntag in Begleitung meiner Mutter und Schwester zum Frühstück zu einer alten unverheirateten Tante zu fahren, die drei Kilometer von Perpignan entfernt auf einer Art großem Bauernhof lebte. Meine Schwester und ich streichelten ihre

Hunde und Katzen; wir angelten, von meiner Mutter und meiner Tante aus der Ferne beobachtet, Goldfische in einem länglichen Wasserbecken, das sich in der Tiefe eines kleinen Gärtchens befand. Als Köder befestigten wir Brotkrumen an unseren Angelruten, weil wir uns vor Würmern ekelten und Angst hatten, uns zu beschmutzen. Darum auch kamen wir vielleicht immer mit leeren Händen heim. Nichtsdestoweniger gingen wir jeden Sonntag von neuem daran und ließen erst von unseren Angeln, wenn die Tante uns zur Vespermahlzeit rief. Dann brachte eine Partie Lotto uns über die Zeit hinweg bis zur Abfahrtsstunde. Die alte Kutsche, die uns am Morgen abgeholt hatte, brachte uns zum Abendessen nach Perpignan zurück. Diese Tante, die im selben Jahr starb wie meine Schwester, hinterließ uns ihr Vermögen, das unerwartet groß war; das gestattete meiner Mutter, nachdem sie ihr Geschäft aufgelöst hatte, sich endlich auszuruhen, und mir, meine Studien fortzusetzen.

Ich war ein ziemlich guter Schüler. Warum soll ich nicht zu sagen wagen: sogar ein sehr guter. Fleiß allerdings ist heute nicht mehr Mode; heutzutage wird Begabung höher geschätzt. Ich war außerordentlich fleißig, und soweit ich mich besinnen kann, beherrschte mich ein alles überragendes Pflichtgefühl. Außerdem liebte ich meine Mutter und wollte ihr jede Sorge ersparen. Vor der Erbschaft meiner Tante wäre meine Ausbildung für uns ohne die Freistelle, die ich zu erlangen vermochte, zu kostspielig gewesen. Unser Leben war unaussprechlich einförmig und trübselig, und ich würde nicht gern auf diese Vergangenheit zurückkommen, wenn es nicht geschähe, um die sanften Gesichter meiner Mutter und meiner Schwester heraufzubeschwören, denen ganz mein Herz gehörte. Sie waren beide sehr gottesfürchtig. Meine religiösen Gefühle, so will es mir scheinen, bildeten einen Teil meiner Liebe zu ihnen. Jeden Sonntag, ehe die Kutsche kam, um uns zur Tante abzuholen, begleitete ich sie in die Messe. Eifrig und gehorsam lauschte ich den Ermahnungen und Ratschlägen des Abbé X . . ., der Anteil an uns dreien nahm, und ich achtete darauf, keinen einzigen Gedanken zu haben, den ich ihm nicht hätte gestehen und den er nicht hätte billigen können.

Meine Schwester war sechzehn Jahre alt, als sie starb; ich zählte damals achtzehn. Ich hatte eben meine Schulzeit abgeschlossen, und die Erbschaft meiner Tante hätte es mir ermöglicht, die Vorlesungen in Paris zu besuchen; allein der Gedanke an die Vereinsamung, in der ich meine Mutter zurückgelassen hätte, ließ mich Toulouse vorziehen, dessen Nähe mir häufig Besuche in Perpignan gestattete. Die Vorbereitung auf die ersten juristischen Prüfungen ließ mir viel Freiheit, die ich immer nur dazu benützte, um meine Mutter aufzusuchen. Ich las sehr viel, aber lesen konnte ich ebensogut bei ihr. Seit dem Tod meiner Tante sah meine Mutter niemanden außer mir. Das Bild meiner Schwester schwebte ständig zwischen uns; dieses Bild begleitete mich unablässig; und ich glaube, ihm wie den Ratschlägen des Abbé X... habe ich jenen Abscheu vor billigen Vergnügungen zu verdanken, zu denen meine Kameraden sich verlocken ließen. Die Stadt Toulouse ist groß genug, um vergnügungssüchtigen jungen Leuten mannigfaltige Gelegenheit zur Sünde zu bieten. Ich protestiere heute geradeso, wie ich das auch früher getan habe, gegen diese modernen Theorien, die dahin zielen, unsere Tugend zu schmälern, indem sie behaupten, man leiste nur den Begierden Widerstand, die nicht sehr stark seien. Indessen will ich gern glauben, daß der Beistand der Religion für die menschliche Schwäche unentbehrlich ist. Ich suchte ihn. Und darum bildete ich mir auch nichts auf meine Widerstandskraft ein. Im übrigen mied ich Verführungen, schlechte Gesellschaft und allzu freie Lektüre. Ich hätte dieses Thema nicht einmal berührt, wenn es nicht nötig wäre, um ganz begreiflich zu machen, was Fräulein X..., als ich ihr begegnete, für mich wurde. Ich wartete auf sie...

Natürlich gebe ich mir heute Rechenschaft über die Gefahren einer solchen Erwartung. Ein junger Mann, der, so rein, wie ich es mit Gottes Hilfe geblieben war, unversehens all sein geheimes Sehnen auf eine einzige Frau konzentriert, läuft Gefahr, sie, für die er eine Neigung fühlt, im Übermaß zu verklären. Aber ist das nicht eben das Wesen der Liebe? Außerdem verdiente Eveline den Kult, den ich sogleich mit ihr trieb, und ich pries mich glücklich, mein Herz bislang nicht mißbraucht zu haben, es ihr nun makellos darbringen zu können.

Nachdem ich meine Prüfungen einigermaßen glänzend bestanden, hatte ich Toulouse verlassen, das meiner geistigen Wißbegier nicht mehr genügend Nahrung bot. Ich erwähnte, daß von zartester Kindheit an der Begriff der Pflicht mein Leben beherrschte. Indessen hatte ich wohl einsehen müssen, daß ich neben den Pflichten gegen meine Mutter auch ebenso heilige Pflichten gegen mein Vaterland hatte, mit anderen Worten: gegen mich selber, der ich einzig darauf bedacht war, ihm redlich zu dienen. Vor Geldsorgen künftighin geschützt, war ich in der Lage, nach eigenem Gutdünken über meine Zeit zu verfügen. Literatur und Malerei zogen mich an, aber ich erkannte, daß meine Begabung dazu nicht besonders oder zum mindesten nicht einzigartig genug war, um die Laufbahn eines Künstlers oder Schriftstellers einschlagen zu können. Ich glaubte, daß meine Aufgabe auf Erden vielmehr darin bestehen müsse, anderen Menschen zur Geltung zu verhelfen und zum Siege gewisser Ideen beizutragen, deren Wert ich erkannt hätte. Mancher eingebildete Narr mag heute über diese bescheidene Rolle lächeln. Sobald ich vom Militärdienst, den ich bei der Artillerie absolvierte, frei war, begann ich mich also danach umzusehen, wozu ich mich am besten eignete. Ich hielt Umschau, was Frankreich wohl am notwendigsten brauchte, und ich begann in Paris mit Leuten zu verkehren, die mich beraten konnten oder gleich mir, empört über den Zustand von Oberflächlichkeit, Gewissenlosigkeit und Unordnung, an dem unser Land krankte, von ähnlichem Eifer beseelt waren.

Mein Schwiegervater hat sich späterhin gewundert, daß ich mich nicht auf die Politik »geworfen« hatte (wie er sagte), wo ich, wie er behauptete, hätte Erfolg haben müssen. Sein Bedauern in diesem Punkt ist um so verdienstlicher, als ich keineswegs seine Ideen teilte. Tatsächlich betrachtete er die gegenwärtigen Verhältnisse, wenn auch sicher nicht als vollkommen, so doch als durchaus annehmbar und wußte sich, wie Molières Philinte, mit allem im guten abzufinden. Was mich betrifft, so bestand meines Erachtens und besteht noch der erste Schritt zum Besseren darin, unsere politische Lage, von der alles andere abhängt, als veränderungsbedürftig anzusehen. War es nicht auch ganz natürlich, daß ich Sorge trug, auf mein Land die Grundsätze anzuwenden, die mein eigenes Verhalten leiteten und deren Nutzen ich erfahren hatte?

Die Politik bot meiner Meinung nach zuviel Risiko. Sie hätte mich zu Kompromissen gezwungen, die meine vorgezeichnete Linie umgebogen hätten. Doch ich schreibe hier nicht meine Rechtfertigung, sondern meine Geschichte.

Ich verkehrte mit einer großen Zahl von Schriftstellern und Künstlern. Ich bewies meine Charakterstärke und ließ mich von ihnen weder zum Schreiben noch zum Malen verleiten, wie meine angeborenen Neigungen das wohl verlangten. Diese Enthaltsamkeit gewährte mir um so mehr Freiheit, mich an der Produktion anderer zu erfreuen und daran mitzuhelfen, nicht nur durch Ratschläge (die nicht immer bereitwillig von denen hingenommen werden, die ihrer am meisten bedürften), sondern auch durch gewisse Unterstützungen, die ich durch meine Beziehungen in der politischen Welt durchzusetzen imstande war (ohne eine noch unmittelbarere Hilfe zu rechnen, die ich oftmals leistete, wenn ich überzeugt war, daß der Künstler darin keine Ermutigung zum Faulenzen finden könnte).

Alle, die es für gut befunden haben, sich einem tieferen Studium unseres Landes zu widmen, haben feststellen können, daß seine Urelemente gut sind, daß es aber daran fehlt, die bestehenden Werte zur rechten Geltung zu bringen, eine Fähigkeit, die unsere Nachbarn jenseits des Rheins in so hervorragendem Maße besitzen. Der Mensch muß gelenkt und geleitet, muß eingefügt und beherrscht werden. Was wäre ich selber denn wert gewesen, wenn ich mich nicht von einigen überragenden Ideen hätte leiten lassen und von Prinzipien, deren Joch abzuschütteln heute nur allzu viele bestrebt sind.

Ein Beispiel wird am besten verständlich machen, welcher Art von Tätigkeit ich mich hingab; ich wähle eines, dessen Erfolge sich am deutlichsten zeigten und am meisten geschätzt worden sind.

Ich hatte die Wahrnehmung gemacht, daß oftmals die besten Bücher infolge des geringen praktischen Sinnes ihrer Verfasser nur mit Mühe bis zu dem Publikum dringen, das sie verdienen. Daß dagegen eine große Zahl von Lesern, voll von guten Absichten, doch schlecht unterrichtet, an der gesündesten Nahrung vorübergeht, um sich an oft recht wenig empfehlenswerten Werken zu sättigen, die eine geschickte Reklame ihnen zur gelegenen Zeit vor Augen zu führen gewußt hat. Ich glaubte, sowohl diesem Lesepublikum wie auch diesen Autoren und ihren Verlegern einen wirklichen Dienst erweisen zu können. Ich machte diesen Verlegern die Vorteile eines Projektes klar, für das sie sich sogleich interessierten. Ich wandte mich an die besten Geister unserer Zeit und gründete eine Jury, die die Aufgabe hatte, periodisch die Bücher zu bezeichnen, die es verdienten, als Nahrung solchen Lesern vorgesetzt zu werden, die bereit waren, einzusehen, welche Gewähr ihnen die Wahl einer so gut zusammengesetzten Jury bot. Die Franzosen sind so sicher, sie haben so viel Vertrauen in ihren eigenen Geschmack, sie sind den Verführungen der Mode so zugänglich, daß es mich große Mühe kostete, sie zu überreden, sich auf das Urteil zuständiger Autoritäten zu verlassen. Dennoch gelang es mir durch unermüdliche Arbeit, eine stattliche Anzahl von

Abonnenten zu werben, die den Erfolg gewisser Werke wie auch den meines Unternehmens sicherstellten. Auf diese Weise hielt ich von diesem ausgewählten Leserkreis minderwertige oder schädliche Bücher fern, die zu erwähnen meine Jury sich selbstverständlich wohl hütete; denn man muß beachten, daß ein mit guten Büchern gesättigtes Gehirn wenig Appetit auf schlechte Literatur übrigbehält. Der Dienst, den ich damit leistete, wurde leider von meiner Frau nicht erkannt. Bei jeder neuen Versammlung der Jury erkundigte sich Eveline ironisch nicht etwa nach den Titeln der gewählten Werke, sondern nach dem kleinen Mahl, das der Beratung voranzugehen pflegte, einem allerdings vortrefflichen Mahl, das die Verleger gaben und zu dem mich einzuladen die Mitglieder der Jury die Freundlichkeit hatten.

Was aber die ausgewählten Bücher anbelangt, so gab Eveline vor, kein Verlangen danach zu verspüren oder sie schon zu kennen; an der Unabhängigkeit ihres Urteils konnte ich am besten die Abnahme ihrer Liebe ermessen. Aber hier kommen wir zum Brennpunkt der Frage selbst.

Es ist kein Tagebuch, das ich hier schreibe. Die Ereignisse, die ich hier zusammenfasse, verteilen sich über eine ganze Reihe von Jahren. Ich wüßte nicht genau zu sagen, bis auf welchen Zeitpunkt die ersten Kundgebungen des Widerspruchsgeistes zurückgehen, den ich bei Eveline zu bemerken begann und, trotz aller meiner Liebe zu ihr, gezwungen war, zu tadeln. Der Geist des Widerspruchs ist immer tadelnswert, aber insbesondere halte ich ihn für tadelnswert bei einer Frau. Während unserer ersten Ehejahre und mehr noch zur Zeit unserer Verlobung nahm Eveline kritiklos meine Anschauungen und meine Ideen mit solcher Wärme und mit einer so selbstverständlichen Leichtigkeit an, daß niemand hätte glauben können, diese Anschauungen und Ideen wären nicht auf ihrem eigenen Boden gewachsen. Was aber ihren Geschmack auf den Gebieten der Literatur und Malerei angeht, so hätte man meinen können, daß er auf mich gewartet hatte, um sich zu bilden, denn ihre Eltern verstanden nicht allzuviel davon. Unsere Eintracht war also vollkommen. Was sie hatte trüben können, das wurde mir erst sehr viel später klar; zu spät, als es schon nicht mehr gutzumachen war.

Trotz ihrer fortschrittlichen Ansichten, die sie selbst öffentlich ganz zwanglos aussprachen, fuhr ich fort, in meinem ehelichen Heim zwei Freunde zu empfangen, Doktor Marchant und den Maler Bourgweilsdorf, den einen wegen seines großen Talents, das ich um diese Zeit beinahe als einziger erkannt hatte, den anderen wegen seines Wissens und gewisser Dienste halber, die er uns erwiesen hatte. Ich glaubte nicht, daß etwas aus sich selbst entsteht, und am wenigsten im Kopfe einer Frau; man kann mit Sicherheit annehmen, daß die Gedanken, die sich darin entwickeln, von einem anderen ausgesät worden sind. Ich bin bereit, mein Unrecht an dieser Stelle einzusehen: ich hätte diese Freigeistler, trotz aller ihrer Wissenschaft und ihres Talents, nicht bei mir empfangen sollen, sie wenigstens nicht in Evelines Gegenwart reden lassen dürfen. Sie verhehlt in ihrem Tagebuch die Aufmerksamkeit nicht, die sie ihnen zuwandte, und da es meine Freunde waren, war ich anfänglich naiv genug, mich darüber zu freuen. Mein Charakter ist über Eifersucht erhaben; und, die Wahrheit zu sagen, gab Eveline mir gottlob auch keinen Grund dazu; aber war es nicht bereits zuviel, daß sie ihren Reden ein williges Ohr lieh? Dagegen hörte sie nun nicht mehr auf die Worte des Abbé Bredel, die doch wenigstens ein glückliches Gegengewicht gebildet hätten. Meinungsverschiedenheiten entstanden zwischen uns. Da Eveline andererseits auch viel las und, voll Geringschätzung für meine Ratschläge, mit Vorliebe Bücher wählte, die geeignet waren, sie aufzustacheln, fürchtete sie nicht mehr, mir die Stirn zu bieten.

Unsere Meinungsverschiedenheiten drehten sich in der Hauptsache um die Erziehung unserer Kinder.

Ich habe manche Gelegenheit gehabt, die Verheerungen zu beobachten, die das Freidenkertum in der Häuslichkeit anrichtet, und die Streitereien mit anzuhören, die zwischen den Ehegatten dadurch entstehen. Am häufigsten ist es der Gatte, der den Glauben seiner Väter verleugnet und fortan nicht Zaum noch Zügel für die Lockerung seiner Sitten kennt. Ich glaube aber, das Übel ist, zum mindesten für die Kinder, noch größer, wenn sie das Denken der Frau frei macht, denn die Rolle der Frau ist vorwiegend konservativ. Vergebens bemühte ich mich, Eveline das begreiflich zu machen, indem ich sie aufforderte, die Verantwortung abzuwägen, die sie dadurch besonders ihrer Tochter gegenüber auf sich lud; denn die Freude wurde mir gewährt, zu sehen, daß mein Sohn vorzugsweise meine Ratschläge anhörte. Was Genoveva betrifft, die wissensdurstiger war als Gustav und lernbegieriger, als es einem weiblichen Wesen ziemt, so war ihr Geist von Natur nur allzu geneigt, dem ihrer Mutter auf den schlüpfrigen Pfaden des Unglaubens zu folgen. Unter dem Vorwand, sie auf ihre Prüfungen vorzubereiten, ermutigte Eveline sie zur Lektüre von Büchern, die den Abbé Bredel zur Verzweiflung brachte und die mich veranlaßte, Widerspruch gegen die Bildung zu erheben, die man den Frauen heutzutage gibt und mit der sie meistens nichts anzufangen wissen. Ich glaube, daß ihr Gehirn für solche Nahrung nicht geschaffen ist und kein Antitoxin hervorzubringen vermag, um die Wirkung dieser Gifte aufzuheben. Mein Widerspruch war vergebens, schließlich gab ich, des Kampfes müde, nach, in dem Verlangen, den Frieden unseres Heims, der bereits ernstlich gefährdet war, nach besten Kräften aufrechtzuerhalten. Die Resultate dieser Erziehung haben leider alle meine Befürchtungen gerechtfertigt. Da aber die unseligsten Entgleisungen in Genovevas Benehmen erst auf den Tod meiner Frau folgten, ist es nicht meine Sache, hier davon zu sprechen, und es ist auch ein Thema, über das mich auszulassen mir ganz besonders peinlich wäre.

Ja, ich sagte es schon, aber ich wiederhole es noch einmal, ich bin der Meinung, daß die Rolle der Frau in der Familie, wie auch in der gesamten Zivilisation, konservativ ist und sein soll. Und nur, wenn die Frau sich dieser Rolle voll bewußt ist, kann sich der freie, der befreite Gedanke des Mannes gestatten, weiter vorzustoßen. Wie oft habe ich gefühlt, daß die Stellung, die Eveline eingenommen hatte, den wirklichen Fortschritt meines Denkens hemmte, indem ich dadurch gezwungen wurde, in unserer Häuslichkeit ein Amt auf mich zu nehmen, welches das ihre hätte sein müssen. Andererseits bin ich ihr vor Gott dankbar dafür, daß sie mich auf diese Weise um so mehr in der Ausübung sowohl meiner religiösen wie meiner sozialen Pflichten ermutigt und in meinem Glauben gestärkt hat. Darum auch vergebe ich ihr vor Gott.

Ich rühre hier an einen besonders heiklen Punkt, den ich jedoch für so wichtig halte, daß man mir verzeihen wird, wenn ich dabei ein wenig verweile. Die Frische, diese Jungfräulichkeit der Seele wie des Leibes, die jeder rechtschaffene Mann bei dem jungen Mädchen zu finden wünscht, das er gesonnen ist, zu seiner Lebensgefährtin zu machen, bot Eveline mir in aller Köstlichkeit dar. Konnte ich ihre wahre Natur ahnen, und kannte sie sie selber und alles, was diese Natur an Widerspenstigkeit aufzubieten fähig war, wenn sie aufhörte, von der Liebe beherrscht zu sein? Das Wesen der menschlichen Liebe ist es, uns blind zu machen sowohl für uns selbst wie auch für die Fehler des Geschöpfes, das wir lieben; diese Unterordnung, die ich an Eveline bewunderte, ich konnte (und wir beide konnten) sie anfänglich für eine natürliche Eigenschaft halten, während sie nur der Liebe zu verdanken war. Übrigens verlangte ich von Eveline keine andere Unterordnung als diejenige, die ich selber meinem Denken auferlegte. Aber dieser »Gehorsam im Geiste«, den Mgr. de la Serre noch ganz kürzlich für »schwieriger vielleicht als selbst eine Reform der Sitten« erklärte, indem er sehr richtig hinzusetzte: »Ohne diesen Gehorsam ist man kein Christ«, diese geistige Unterordnung, die jeder gute Katholik besitzen muß, wurde sehr bald von Eveline nicht mehr angestrebt; was sage ich? nicht mehr angestrebt? Im Gegenteil, sie gab vor, genügend eigenes Urteil zu besitzen, um sich selber leiten und eines Führers entraten zu können, und dieses gerade zu einem Zeitpunkt, da ihr Widerspruchsgeist, der bis dahin in ihr geschlummert hatte, die Richtlinien meines Lebens kritisch zu untersuchen, das heißt: zu bezweifeln begann. Sie erklärte mir eines Tages, daß wir beide ohne Zweifel nicht die gleiche Idee von der Wahrheit hätten und daß, während ich fortführe, an eine göttliche Wahrheit außerhalb des Menschen zu glauben, die uns vor Gottes Augen offenbart und durch Gottes Eingebung übermittelt wird, sie nichts hinfort für wahr anzusehen vermöchte, als was sie aus sich selbst heraus für wahr erkannt hätte. Und dies trotz allem, was ich ihr sagen mochte, daß dieser Glaube an eine private Wahrheit geradenwegs zum Individualismus führe und der Anarchie Tür und Tor öffne.

»Mein armer Freund, und gerade du mußt eine Anarchistin heiraten!« gab sie mir mit einem Lächeln zur Antwort. Als ob dabei etwas zum Lächeln gewesen wäre!

Und wenn sie noch ihre Gedanken für sich behalten hätte! Aber nein, auch in unsere Kinder mußte sie diesen Keim säen; besonders in meine Tochter, die nur zu geneigt war, ihn aufzunehmen, und die in ihren Studien nur einen Ansporn zu freiheitlichem Denken zu suchen schien.

Ich vergleiche diese zersetzenden Ideen, die sich in einem zarten, wenig dagegen bewehrten Gehirn, wie es das meiner Frau war, langsam ihren Weg bahnen, mit den Termiten, die in tropischen Ländern das Gerüst der Bauwerke mit überraschender Geschwindigkeit aushöhlen und zerfressen. Das Äußere des Gebälks bleibt das gleiche; das Innere ist schon ganz wurmstichig, während nichts noch den Zerfall verkündet. Ehe man darauf achtgibt, stürzt alles unversehens ein.

Auf wie tönernen Füßen ruhte meine Liebe! Wenn ich mir zur rechten Zeit darüber klar geworden wäre, ich hätte Maßregeln zu ergreifen gewußt, um dem Übel zu steuern, ich hätte mehr Unterwerfung gefordert, hätte gewisse Bücher verboten, deren heimtückische Gefahr mir augenfälliger geworden wäre, wenn ich damit begonnen hätte, sie selbst zu lesen. Allein ich habe immer geglaubt, das beste Mittel, dem Bösen zu entgehen, wäre, die Blicke von ihm abzuwenden. Leider war es nicht das gleiche für Eveline, die sich bald anmaßte, ein eigenes Urteil über alles zu haben. Ich mache mir hier lebhaft eine gewisse Schwäche meines Charakters zum Vorwurf. Aber wahrscheinlich gerade deswegen, weil ich Achtung vor der Autorität, insbesondere vor der der Kirche, hatte, und aus gewohnheitsmäßiger Unterordnung vermochte ich mir jenen Akt ehelicher Autorität nicht abzuringen, zu dem der Abbé Bredel mir indessen riet; einen Akt, den jeder in seinem Glauben gefestigte Gatte wagen muß und der Evelines Geist zweifellos vom Abgrund der Verirrungen zurückgehalten hätte. Ich begriff erst, daß dieser Autoritätsakt notwendig gewesen wäre, als er schon nicht mehr angebracht war und Gefahr gelaufen wäre, auf gottlosen Widerstand zu stoßen. Es war an einem Abend, als ich ihr vorlas; denn damals glaubte ich noch, den schlechten Einfluß der Bücher, die ich aus Schwäche ihr nicht zu verbieten wagte, zum mindesten doch aufwiegen zu können. Ich las ihr aus einem Bande der nachgelassenen Schriften des Grafen Joseph de Maistre die wundervolle, von seinem Sohn geschriebene biographische Skizze vor. Eveline, die gerade ein wenig leidend gewesen war, hatte einige Tage das Bett hüten müssen; sie begann wieder aufzustehen, ruhte aber noch auf dem Sofa. Die gleiche Lampe beleuchtete mein Buch und ein Stück des Wickelzeugs, das sie für die Geburt unseres zweiten Kindes vorbereitete und mit Stickerei verzierte. Es war im Jahr 1899. Genoveva war damals zwei Jahre alt. Ihr Eintritt in die Welt war leicht gewesen. Der von Gustav kündigte sich weniger gut an. Eveline fühlte sich außergewöhnlich müde; ein wenig Albuminurie war vermutlich die Ursache einer sehr unschönen Gedunsenheit ihrer Gesichtszüge.

»Wie kannst du jemanden, der so häßlich ist, noch lieb haben?« sagte sie zu mir; und ich hielt ihr sogleich entgegen, daß ich in ihren Augen ihre Seele erkenne, die sich doch nicht verändern könnte. Aber ich mußte mir wohl gestehen, daß ihr Blick schon nicht mehr derselbe war und daß ich diese Seele schon nicht mehr wiedererkannte. Ich suchte noch Liebe in ihr; aber ich fühlte in ihr hauptsächlich Widerstand und zuweilen sogar eine Art Gegnerschaft. Diese Gegnerschaft, die ich mir selber noch nicht zugeben wollte, zeigte sich jäh an diesem Abend auf eine besonders häßliche Weise. Als ich beim Vorlesen an eine besonders rührende Stelle kam, ließ Eveline ganz plötzlich ihre Stickerei fallen, griff nach ihrem Taschentuch und führte es an die Lippen, indem sie ihr Gesicht zur Hälfte dahinter verbarg. Sie lachte. Ich legte mein Buch nieder und blickte sie starr an. »Verzeih«, sagte sie, »ich habe versucht, mich zurückzuhalten, aber es ist stärker als ich.«

Und ihr ganzer Oberkörper wurde von einem tollen Lachen geschüttelt, das zu beherrschen sie ganz ersichtlich nicht in der Lage war.

»Ich sehe nicht, was man hierin komisch finden kann ...«, begann ich, so ruhig ich konnte, und sogar mit einer Schattierung von Staunen und Strenge.

»Oh! nicht, was du liest, ist komisch«, unterbrach sie mich, »im Gegenteil. Aber es ist der Ton, den du annimmst ...« Ich muß den Satz hier aufschreiben, der bei meiner Frau diesen Anfall unzeitiger Heiterkeit auslöste: »Während der ganzen Zeit, die der junge Joseph de Maistre in Turin zum Studium der Rechte an der Universität verbrachte, gestattete er sich niemals, ein Buch zu lesen, ohne zuvor an seinen Vater oder seine Mutter nach Chambéry geschrieben zu haben, um ihre Genehmigung dazu einzuholen.«

»Man fühlt«, begann sie von neuem, »wie furchtbar gern du mich dazu bringen möchtest, das bewundernswert zu finden.«

»Und ich sehe, daß es mir nicht gelingen will«, sagte ich mehr betrübt als verärgert. »Du also findest das lächerlich?«

»Ungeheuer.«

Sie lachte nicht mehr, sah mich vielmehr ernst, beinahe traurig an; und ich wandte die Augen ab, aus Angst, in ihrem Blick Gefühle zu entdecken, die ich nicht hätte billigen können. Ich wollte mich versöhnlich zeigen, denn ich weiß, daß man Frauen gegenüber immer nachgiebig sein muß und Gefahr läuft, alles zu verlieren, wenn man zuviel verlangt.

»Graf de Maistre«, sagte ich zu ihr, »stellt für uns hier sozusagen einen Grenzfall dar. Das macht übrigens seine Bedeutung und seine Größe aus. Ich bewundere das Unbedingte dieser Gestalt; sie hebt sich scharf von allen übrigen Menschen ab, die stets zu jeder Konzession bereit sind; zu groß ist die Zahl derer, die sich abfinden und sich in die Lockerung der Sitten schicken, eine der Arten, dazu beizutragen. Doch ich gebe zu, daß man von seinem Nächsten nicht die Tugenden verlangen kann, nach denen man selber strebt.«

»Auf jeden Fall ist das sehr hübsch gesagt«, stimmte sie zu und lachte abermals, dieses Mal aber offen und herzlich, ein Lachen, das ich nicht mehr lange zu hören bekommen sollte, wenigstens nicht in so reiner und reizender Form, ein Lachen, das sich späterhin mit Ironie beladen sollte und mit etwas, das als Verachtung zu erkennen ich mich noch lange Zeit weigerte; lange wollte ich darin nur ein Gefühl der Überlegenheit sehen, das bei einer Frau stets ein wenig anstößig ist. Wie dem auch war, die Herzlichkeit dieses Lachens beruhigte mich. Ich wollte mich versöhnlich zeigen.

»In der letzten Zeit«, sagte ich zu ihr, »hast du dir in deiner Lektüre Freiheiten gegönnt, die du, wie ich von dir hoffe, nicht auch unsern Kindern zugestehen wirst.« »Ich hoffe sehr«, erwiderte sie mir schroff, »daß die Kinder sie sich von selber werden zu nehmen wissen.«

In ihrer Stimme lag Herausforderung, und ich fühlte, daß dieser Satz über das hinausging, was sie dachte. Ich wollte nur eine Laune darin erblicken, die nicht ohne Erwiderung zu lassen ich mir immerhin schuldig war.

»Ein Glück, daß ich da bin«, sagte ich ein wenig streng. »Aufgabe der Eltern ist es, ihre Kinder zu schützen. Sie könnten sich sonst unwissentlich vergiften, ungesunder Wißbegierde nachgeben . . .«

Sie unterbrach mich:

»Ja, du hast aus dem Mangel an Wißbegierde immer eine Tugend gemacht!«

»Die Gefahren der Wißbegierde treten mir bei dir genügend klar zutage«, versetzte ich, »der Mensch muß wißbegierig sein nicht auf das, was seinen Glauben zu erschüttern, sondern was ihn zu stärken vermag.«

Eveline verlieh dem Widerspruch, der ihr offensichtlich auf den Lippen schwebte, keinen Ausdruck. Ich sah, wie ihre Lippen sich schlossen, sich aufeinanderpreßten, als wollten sie sich einem inneren Drucke widersetzen, als wollte sie Gedanken in sich selbst zurückdrängen, die sie mir künftig verbergen würde und die sie nicht von mir bekämpfen lassen wollte. Ich schwieg ebenfalls, denn was blieb mir angesichts ihres Schweigens anders übrig, als zu Gott und der Heiligen Jungfrau zu beten und in ihre Hände eine Obhut zu legen, die mir entglitt. Das tat ich denn an diesem Abend auch in reichstem Maße.

Unsere Unterhaltung hatte sich übrigens noch länger hingezogen, denn ich erinnere mich, daß ich zu ihr noch an jenem Abend in bezug auf Joseph de Maistre und seine Unterordnung unter das Urteil seiner Eltern folgendes sagte:

»Der Mensch gehorcht immer jemandem oder irgendeinem Etwas. Besser Gott gehorchen als seinen Leidenschaften und Trieben!« Worte, die mir durch einige Betrachtungen des Abbé Bredel eingegeben worden waren; und zweifellos gerade deswegen, weil es nicht eigentlich die meinen sind, ist es mir gestattet, diese Betrachtungen als ein vollendetes Beispiel dafür anzuführen, bis zu welcher Tiefe ehrfurchtsvolles und gottergebenes Denken vorzudringen sich bestreben kann.

Und ich will noch dieses hinzufügen, was mir heute abend in einer Art Erleuchtung aufging, die gewiß der Gebetsstimmung zu verdanken ist, in der ich mich mit Gottes Beistand in der letzten Zeit erhalten konnte: alles wahre Denken ist nur ein Reflektieren, ist nur ein Abglanz. Reflektieren, wie das Wort schon anzeigt, heißt Gott widerspiegeln. Woraus folgt, daß alles wahre Denken Gott unterworfen ist. Der Mensch, der glaubt, aus sich selbst heraus zu denken, und seinen Hirnspiegel von Gott abwendet, hört im eigentlichen Sinne auf, zu reflektieren. Der schönste Gedanke ist derjenige, in welchem Gott sich, wie in einem Spiegel, recht eigentlich wiedererkennen kann.

Diese letzten Wahrheiten offenbaren sich mir leider erst heute; hätte ich sie an jenem erwähnten Abend Eveline mitteilen können, mir ist, sie hätten Kraft genug besessen, sie zu überzeugen. Ach! wie oft kommen uns die Worte, die wir hätten sprechen sollen, nur zu spät in den Sinn!

Die Geburtswehen setzten drei Tage nach jenem Abend ein, der für mich denkwürdig war; denn zum erstenmal ward ich mir an ihm ganz klar des Risses bewußt, der ohne Zweifel schon lange begonnen hatte, sich zwischen Eveline und mir zu bilden. Unklar verspürte ich ihn schon, hatte mich aber bisher geweigert, ihm Aufmerksamkeit zu schenken, denn ich weiß nur zu gut, daß oft die Aufmerksamkeit, die wir den Gefühlen zollen, ihre Existenz stärkt, und daß die, die wir ablehnen, zu existieren aufhören. Die Zergliederung des Unsagbaren, des Unerkennbaren ist es, durch welche zahlreiche Romanschriftsteller von heute einen so unheilvollen Einfluß ausüben. Jedoch dieser

Riß, der bald zu einem Abgrund werden sollte, ich konnte nicht mehr umhin, ihn zu sehen, ihn zu beachten . . . Ich war um diese Zeit stark in Anspruch genommen und befand mich nicht zu Haus, als die ersten Wehen begannen. Ich befaßte mich damals mit einer neuen Sache, zu der mir gerade die Idee gekommen war und die meine Tätigkeit zu einem so vollen Gelingen führte, daß ich es für richtig halte, hier einige Worte darüber zu sagen. Diese Idee fußte auf jener anderen, von der ich schon gesprochen habe, der Idee einer Auswahl empfehlenswerter Bücher, die von einer zuständigen Jury bezeichnet wurden. Es schien mir, daß die Leser dieser Bücher vielleicht gerne bereit sein würden, sich ebenfalls in der Wahl ihrer Lieferanten leiten zu lassen, und daß ich auf diese Weise sowohl ihnen wie den Lieferanten einen wirklichen Dienst erweisen würde. Ich suchte die letzteren auf, stellte ihnen vor, welche Vorteile es für sie haben würde, wenn sie sich, unter Bedingungen, die ich festsetzte, an einen erlesenen, schon fest gebildeten Kundenkreis wenden könnten; ich suchte die Verleger der von der Jury bezeichneten Bücher auf, die sich verpflichteten, Prospekte derjenigen Häuser, die einer Empfehlung würdig wären, in die Bände einzulegen. Diese Sache, die, wie ich sagte, über alle Erwartungen gelang und bald einen Umfang annahm, den vorauszusehen ich nicht gewagt hatte, kostete mich eine Fülle von Arbeit und Maßnahmen.

Als ich an jenem Abend heimkehrte, hatten die Wehen begonnen . . .

II

Ich habe geschrieben, was mir in die Feder kam; aber auf einmal entdecke ich einen sehr seltsamen Irrtum meines Gedächtnisses, oder wenigstens eine zeitliche Verschiebung jener Unterhaltung, die ich soeben zwar mit einer großen Genauigkeit wiedergegeben habe, die aber nicht zur Zeit von Gustavs Geburt, sondern sieben Jahre später stattfand, bei einer dritten Schwangerschaft von Eveline, die einen sehr unglücklichen Abschluß fand. Dieser seltsame Irrtum ist wahrscheinlich der Schwächung meines Gedächtnisses zuzuschreiben, einer Folge des Autounfalls, dem ich im Juli 1914 zum Opfer fiel, dennoch wohl aber auch sehr viel tieferliegenden Ursachen. Im Lichte der Gegenwart hellt sich die Vergangenheit auf, und mein

Geist verlegt den Riß zwischen uns, von dem ich sprach, heute gleichsam wider meinen Willen weiter zurück; er bestand ohne Zweifel schon damals, aber ich vermochte noch nicht, ihn zu sehen. Es wird mir im übrigen schwer, mich an die historische Entwicklung einer Seele zu binden, die mir stets einheitlich und mit sich selbst im Einklang erscheint; meine Erinnerung möchte sie so bewahren, wie sie in der Ewigkeit fortleben wird. Und gerade wie die Reue das Vergehen auslöscht und eine schlimme Vergangenheit weißwäscht, so wirft die Verirrung einen Schatten sogar auf die durchsichtigklare Vergangenheit, bis unser Herrgott Vergebung gewährt; denn ich glaube, ich weiß, Eveline hat in ihren letzten Augenblicken ihre Verfehlungen eingesehen, sie hat sich mit Gott versöhnt, zur rechten Zeit, um noch das Abendmahl zu empfangen, so daß ich hoffen darf, sie durch Gottes Barmherzigkeit jenseits des Grabes wiederzufinden, so wie ich sie in den ersten Tagen unserer Vereinigung geliebt habe, so, wie ich sie heute noch liebe, denn seit langem habe ich ihr alles vergeben, was ich durch sie gelitten habe.

Noch eine andere Betrachtung, zu der mich die Feststellung meines Irrtums in bezug auf das Datum führt, ist folgende: Ich habe geschrieben, Eveline hätte sich darin gefallen, in den Geist ihrer Tochter die Keime des Freidenkertums zu säen. Wenn ich recht darüber nachdenke, will es mir heute scheinen, als wäre es der ungebundene Geist von Genoveva gewesen, so klein sie damals auch noch war, der die Seele ihrer Mutter verseuchte. Genoveva zählte damals neun Jahre, doch so weit ich auch zurückdenke, ich sehe sie stets nur ungebärdig. Sie war es, die, unaufhörlich und bei jedem Anlaß Erklärungen fordernd, ihre Mutter daran gewöhnte, welche zu suchen und beizubringen, anstatt daß sie auf ihr ewiges »warum?« zur Antwort gegeben hätte, wie sich's geziemt und wie ich selbst es tat: »Weil ich es dir sage.« Ich füge gleich hinzu, daß Gustav dagegen vom frühesten Kindesalter an die ehrerbietigste Unterordnung bezeigte und alles annahm, was ich ihm sagte, ohne meine Worte je auch nur im geringsten in Zweifel zu ziehen. Es war sogar reizend zu hören, wie dieses Kind, wenn seine Mutter Zweifel in ihm zu erwecken, Fragen aus ihm hervorzulocken suchte, ihr unschuldsvoll und zuversichtlich zur Antwort gab: »Papa hat es gesagt«, geradeso, wie ich dem ruhelosen Grübeln von Eveline die unwiderlegbaren Lehren der Diener des Allerhöchsten entgegenzuhalten pflegte.

Man mag sich wundern, daß ein so junges Kind (ich spreche jetzt von Genoveva) Einfluß auf seine Mutter gehabt haben kann; man hätte wahrhaftig nicht zu sagen gewußt, ob Eveline, die sich in ihrer Tochter wiedererkannte, sich nicht ihrer widerspenstigen Person bediente, um sich Mut auf der gefährlichen Bahn zu machen, ob sie sie auf diese Bahn stieß oder sich von ihr mitreißen ließ – so eng und so gleichsam vorherbestimmt war das Einverständnis zwischen ihnen beiden. Wenn man sich auch darüber wundert, so ist zum mindesten der Einfluß meiner beiden Freunde, des Doktor Marchant und des Malers Bourgweilsdorf, nicht abzuleugnen. Ich habe schon davon gesprochen, aber ich halte es für gut, noch einmal darauf zurückzukommen. Denn wenn ich bisher Evelines Freidenkertum besonders in den Vordergrund gerückt habe, so hatte ihre Auflehnung ursprünglich doch nicht diese Form angenommen, sondern unter dem Einfluß von Bourgweilsdorf eine viel arglistigere, indem sie sich unter dem Anschein einer Tugend verbarg: der Aufrichtigkeit. Das war das Wort, welches Bourgweilsdorf ständig im Munde führte; er bediente sich seiner wie einer Waffe, einer Verteidigungswaffe gegen Beschuldigung überflüssiger Keckheit und Absonderlichkeit und als einer Angriffswaffe gegen Tradition und Schule. Im übrigen hatte er immerhin Verehrung für einige große Meister und war ihrer Belehrung zugänglich, wie ich Eveline und auch ihm selber vorhielt. Aber er liebte es, jedes Streben nach Vervollkommnung und jede Unterordnung von sinnlichen Erregungen und Gemütsbewegungen unter ein Ideal mit Heuchelei oder zum mindesten mit Unaufrichtigkeit zu verwechseln. Und ich gebe zu, daß er, was den Künstler betrifft, diesem beharrlichen Suchen nach dem wahrsten Ausdruck die eigentümliche und neue Note in seiner Malerei verdankte; ich räume das um so bereitwilliger ein, als ich einer der ersten war, die den Wert dieser Malerei erkannten. Aber Eveline begann durch ein Hinübergleiten, das sich bald bemerkbar machte, diesen Begriff der Aufrichtigkeit auf das Moralische zu übertragen, wo er, ich will nicht sagen, nichts zu suchen hat, indessen im höchsten Grade gefährlich werden kann, sobald er nicht mehr von einem höherstehenden Begriff der Pflicht aufgewogen und bekämpft wird. Man hätte bald meinen können, es genüge, daß ein Gefühl aufrichtig sei, um zu verdienen, daß man es gutheiße, als ob das natürliche Geschöpf, das unser Herr so schön den »alten Adam« nennt, nicht eben gerade das wäre, was wir bekämpfen und ausmerzen sollen. Dieses eben wollte Eveline nicht mehr anerkennen, und sie wollte nicht begreifen, daß ich dem Wesen, das ich von Natur war, das Wesen in mir vorziehen könnte, das ich sein wollte und das zu werden ich mich bemühte. Ohne mich geradezu der Heuchelei zu zeihen, wurde ihr jedes Wort oder jede Gebärde verdächtig, durch welche ich bestrebt war, mein inneres Wesen zum Guten zu leiten. Und da ihr Tugend natürlicher war als mir und sie keine schlechten Triebe besaß, die es zu zügeln galt (es sei denn, ich sagte es schon, den Trieb geistiger Wißbegier), gelang es mir nicht, sie von der Gefahr zu überzeugen, die darin liegen kann, wenn man sich gehen läßt, sich einfach so hinnimmt, wie man ist, das heißt, mit einem Wort, als ein rechtes Nichts. Gern hätte ich Eveline jene Mahnpredigt wiederholt, die mir der Abbé Bredel – ich weiß ihm Dank dafür – in einem der ›Geistlichen Briefe‹ von Fénélon zu lesen gab: »Man muß das ständige Aufbrausen Eurer zu lebhaften Einbildungskraft eindämmen: alles erheitert Euch, alles zerstreut Euch, alles stürzt Euch wieder tief in die Natur zurück!« Und dennoch, nicht in mich, sondern in den, der ich sein wollte, in jenen hatte Eveline sich verliebt. Es war jetzt, als ob sie mir gleichzeitig vorwürfe, daß ich zu jenem werden wollte und daß ich es noch nicht vollkommen erreicht hätte.

Ich will noch hinzufügen, daß dieser Kult der Aufrichtigkeit unser Wesen zu einer Art trügerischer Vielheit verlockt, denn sowie wir uns unsern Trieben überlassen, machen wir die Erfahrung, daß die Seele, die sich keiner Regel fügen will, inkonsequent und geteilt ist. Das Gefühl der Pflicht fordert und erreicht von uns jene Einheit, ohne die unsere Seele sich ihrer selbst nicht bewußt werden und demnach auch nicht gerettet werden kann. Was aber ist danach noch daran gelegen, daß die Seele sich nicht an jedem Tag und zu jeder Stunde als eine ganz ausgewogene, gleiche fühlt; sie treibt und schwankt vielleicht, jedoch um eine feste Achse; die Idee der Pflicht rafft sie zusammen. Das war es, was ich mich bemühte, Eveline begreiflich zu machen; leider vergebens!

Der Einfluß Doktor Marchants, wenn auch von anderer Art, vereinigte sich auf eine spitzfindige Weise, die ich hoffe klarlegen zu können, mit dem von Bourgweilsdorf. Ich hörte ihn einmal das Wort, ich weiß nicht, welches berühmten Arztes, zitieren: »Es gibt Kranke; Krankheiten gibt es nicht.« Und man begreift im übrigen, was dieser Arzt und Marchant damit meinten: daß die Krankheiten nicht alle auf einmal in abstraktem

Zustand außerhalb des Menschen existieren und daß jeder Mensch, an dem und durch den eine Krankheit sich zeigt, diese Krankheit sozusagen je nach seiner Verfassung und seiner speziellen Veranlagung abwandelt und umbiegt. Aber Eveline, und gerade hierin sehe ich ja die Gefahr des Studiums bei den Frauen, führte diese anscheinend paradoxe und dabei doch so einfache Feststellung bis zum Widersinn. Sie erkannte bald, die Ideen den Krankheiten gleichsetzend, keine Wahrheit außerhalb des Menschen mehr an und betrachtete unsere Seelen nicht mehr als Gefäße, um die Wahrheit aufzunehmen, sondern recht als kleine Gottheiten, befähigt, sie zu erschaffen. Vergebens warnte ich sie vor der Gottlosigkeit, die in solcher Selbstverherrlichung der eigenen Person liegt, vergebens mahnte ich sie an das Wort des Bösen: »Eritis sicut Deus . . .« Ach! Marchants Atheismus ermutigte sie; Eveline berief sich auf ihn, der, wie ich gesagt habe, in seinem Fach ein Mann von hohem Wert ist, um alle Wahrheit als eine Funktion des Menschen zu betrachten, nicht aber den Menschen als eine Funktion Gottes.

Eines Abends indessen glaubte ich, daß ich Eveline wieder in die Hand bekommen würde. Die Bildung der Jury, die ich gegründet hatte, um, wie ich zuvor berichtete, die besten Bücher auszuwählen, hatte mich in Beziehungen mit einem ganz hervorragenden Philosophen und Mathematiker gebracht, dessen Namen ich aus Diskretion nicht nennen will, denn er ist noch am Leben und ich möchte seine Bescheidenheit nicht verletzen. Ich hatte ihn mit einigen bekannten Persönlichkeiten, zu denen auch Doktor Marchant gehörte, zum Abendessen eingeladen. Nach der Mahlzeit berührte die Unterhaltung Fragen des Relativismus und des Subjektivismus, und es interessierte mich nicht wenig, den Mathematiker folgendes darlegen zu hören: Die Welt der Zahlen und der geometrischen Formen existiere allerdings nicht außerhalb des Gehirns, das sie erschaffe; diese Welt aber, von dem Gelehrten einmal erschaffen, entschlüpfe ihm und gehorche Gesetzen, die abzuändern nicht in der Macht des Gelehrten stehe, so daß dieses Universum, aus dem Menschen geboren, ein Absolutes erreicht, von dem der Mensch selber abhängig ist. Und das beweist im Überfluß, fügte ich hinzu, als ich mit Eveline wieder allein war, nachdem unsere Gäste uns verlassen hatten, daß das Gehirn des Menschen von Gott geschaffen ist, um ihn zu erkennen, gleichwie das Herz des Menschen von Gott geschaffen ist, um ihn zu lieben.

Aber Evelines Gehirn ist so beschaffen, daß sie selbst aus dieser

Wahrheit Gegengründe zu schöpfen wußte, um in ihrem Irrtum zu verharren. Sie hatte X... mit der lebhaftesten Aufmerksamkeit zugehört, und ich konnte auf ihrem Gesicht den tiefen Eindruck lesen, den es auf sie machte. Jedoch gleich am nächsten Morgen sagte sie zu mir:

»Wenn meine Vernunft mir von Gott gegeben ist, so braucht sie auch keinen anderen Gesetzen zu folgen als denjenigen, die Gott ihr auferlegt.«

Ein Rationalist hätte nicht anders urteilen können.

»Und in diesem Fall«, erwiderte ich ihr, »ist es nicht einmal mehr nötig, von Gott zu reden.«

»Vielleicht könnte man wirklich darauf verzichten«, gab sie zur Antwort; und tatsächlich, von diesem Tag an vermied sie es geflissentlich, sich dieses Wortes zu bedienen, das für sie jeden Sinn verloren zu haben schien.

Arme Eveline! Ich hörte indessen nicht auf, sie zu lieben. Ihr verdanke ich, ihr hatte ich alles zu verdanken, was ich an Liebe und Poesie zu fühlen fähig war. Aber sie veränderte sich so sehr, daß ich dahin gelangte, mich zu fragen, was ich denn an ihr noch liebte. Ihr Gesicht hatte seinen Glanz verloren; vergebens suchte ich nach jener Wärme des Blicks, vor der in der ersten Zeit mein Herz zerschmolz; ihre Stimme war nicht mehr zaghaft; selbst ihre Haltung war jetzt selbstbewußter. Dennoch war es meine Frau, und ich sagte mir immer wieder, daß weder die Zeit noch sie selber zu ändern vermöchte, was ich liebte. Und hieran lernte ich begreifen, daß diese Veränderungen, die zuweilen geradezu eine Herabminderung bedeuten können, dem Grunde der Seele fremd bleiben. Evelines Seele war es, die meine Seele entzückt, an die sie sich mit den unlöslichsten Banden geknüpft hatte. Aber welch grauenvolle Marter, zuzuschauen, wie die, die man zu seiner Gefährtin, zu seiner Frau in alle Ewigkeit gemacht hat, von Tag zu Tag immer tiefer in die Nacht des Irrtums versinkt!

»Was willst du, mein Lieber«, sagte sie damals zu mir mit der letzten Zärtlichkeit, die ihr noch geblieben war, »wir gehen nicht demselben Himmel entgegen!« Und ich hielt ihr vor, daß es ebensowenig zwei Himmel wie zwei Götter geben könne und daß das Wahngebilde, dem sie zuschritt, das sie ihren Himmel nannte, nur meine Hölle, nur die Hölle sein könne.

All das – muß ich das erst niederschreiben – brachte mich Gott nur um so näher und half mir, den unvergleichlichen Wert dieser Gottesliebe zu begreifen, dieser Liebe zu Gott, zu IHM, der sich niemals ändert. Indem ich der Worte aus der Apokalypse gedachte: »Selig sind, die im Herrn sterben«, sagte ich meinerseits: »Selig sind, die einander im Herrn lieben«, und ich wiederholte mir diese Worte, die so voller Sehnsucht für mich geworden waren, denn dieses Glück sollte Eveline ach! nicht mehr erkennen.

Ich habe schon gesagt, durch welche sonderbare Verwirrung ich eine gewisse Unterhaltung mit Evelines zweiter Schwangerschaft verknüpfte, während ich sie sieben Jahre später ansetzen muß, da Eveline schon keine weite Strecke mehr auf dem Wege der Auflehnung und der Gottlosigkeit zurückzulegen blieb. Jene dritte Schwangerschaft brachte ihr Leben in Gefahr, und während einiger Tage durfte ich hoffen, daß der Gedanke an den Tod sie zu besseren Gefühlen zurückführen würde. Unser alter Freund, der Abbé Bredel, der das gleiche hoffte, war eifrig um sie bemüht. Eveline war erst im achten Monat ihrer Erwartung, als sie von einer bösen Grippe gepackt wurde, die bald unsere Hoffnungen zunichte machte. Eveline brachte vor der Zeit ein armes totes Wesen zur Welt. Am nächsten Morgen schon brach das Kindbettfieber bei ihr aus, und länger als eine Woche schwebte sie zwischen Leben und Tod. Obgleich sie vierzig Grad Fieber hatte, blieb sie bei vollem Bewußtsein, wußte, daß sie in Lebensgefahr war, trotzdem Doktor Marchant fest glaubte, sie retten zu können.

»Die erste Bedingung, gesund zu werden, ist, daran zu glauben«, hatte Marchant gesagt, der, hiervon ausgehend, auf alles mögliche sann, um ihr den außerordentlichen Ernst ihres Falles zu verbergen, und sie in einer Selbsttäuschung erhielt, die er für heilsam erachtete.

»Wie viele Frauen kommen unter diesen Umständen mit dem Leben davon?« hatte ich ihn gefragt.

»Eine von zehn«, hatte er geantwortet und sogleich mit soviel Autorität und einer solchen Sicherheit hinzugesetzt: »Aber diese zehnte ist Eveline«, daß ich dadurch getröstet sein konnte. Dennoch hatte ich Wert darauf gelegt, daß der Abbé Bredel benachrichtigt wurde. Ihrem wachsenden Unglauben zum Trotz hatte Eveline für den Abbé Bredel ein fast zärtliches Gefühl bewahrt und lehnte sich nicht gegen ihn auf. Sie verbarg ihm die traurige Wandlung ihres Denkens nicht, aber da ihr Freidenkertum bisher wenigstens noch keine verwerflichen

Handlungen nach sich gezogen, hegte der Abbé Bredel keinen Zweifel, daß sie in der Lage wäre, sich zu bessern und ihre Verirrung bald einzusehen. Der Augenblick war günstig, und an einem gewissen Abend, da Eveline sich besonders schwach fühlte und alles ihr nahes Ende vermuten ließ, ließ ich den Abbé kommen, unterhielt ihn einige Augenblicke im Wohnzimmer und schickte mich eben an, ihn mit dem heiligen Öl und dem Viatikum, mit dem er sich vorsorglich versehen hatte, in das Zimmer der Kranken zu geleiten, als Doktor Marchant heraustrat, die Tür hinter sich schloß und ihm in dem autoritativen Ton, den er anzunehmen versteht, den Eintritt verweigerte.

»Ich habe eben alles darangesetzt, ihr Vertrauen und ihren Mut zu heben«, sagte er fast hart, »gehen Sie jetzt nicht hin und machen Sie meine Arbeit zunichte. Wenn Eveline begreift, daß Sie sie für verloren halten, dann, fürchte ich, ist es um sie geschehn.«

Der Abbé Bredel zitterte am ganzen Leibe.

»Sie haben nicht das Recht, mich daran zu hindern, diese Seele zu retten«, murmelte er.

»Um sie zu retten, wollen Sie sie töten?« fragte Marchant.

»Der Abbé Bredel ist an solche Unterhaltungen ›in extremis‹ gewöhnt«, sagte ich, um zu vermitteln. »Er wird Eveline nicht erschrecken; er kann ihr vorschlagen, zu kommunizieren, nicht wie man das einer Sterbenden empfiehlt, sondern . . .«

Marchant unterbrach mich:

»Wie lange schon hat sie nicht kommuniziert?«

Und da der Abbé und ich die Köpfe senkten, ohne den Mut zu einer Antwort zu finden:

»Also sehen Sie«, fuhr er fort, »daß sie darin doch nur eine letzte Vorbereitung erblicken kann.«

Ich ergriff Marchants Hand. Auch er zitterte an allen Gliedern.

»Lieber Freund«, sagte ich zu ihm so sanft, wie ich nur konnte, »das Nahen des Todes kann unsern Sinn sehr wenden. Wir haben nicht das Recht, Eveline in Unwissenheit über den Ernst ihres Zustandes zu lassen. Der Gedanke, daß Eveline sterben könnte ohne den Beistand der Religion, ist mir unerträglich. Ohne es selber recht zu wissen, wartet sie, hofft sie vielleicht darauf. Vielleicht wartet sie nur auf ein Wort und nur auf diese letzte Herzensangst, die Sie ihr ersparen wollen, um Gott nahezukommen. Wie viele haben wir nicht schon gesehen, bei denen die Todesfurcht . . .« Marchant legte alle Geringschätzung, deren er fähig war, in den Blick, den er mir zuwarf; er öffnete selber die Tür zum Krankenzimmer. »Es ist gut; gehen Sie und machen Sie ihr Angst«, sagte er und trat vor dem Abbé zurück.

Eveline hatte die Augen weit offen. Als sie den Abbé eintreten sah, hatte sie ein flüchtiges Lächeln, das ich nur als engelhaft bezeichnen kann.

»Ach, da sind Sie«, sagte sie halblaut. »Ich dachte es mir wohl, daß Sie heute abend kommen würden.« Ihre Züge nahmen auf einmal den Ausdruck eines übergroßen Ernstes an, während sie hinzusetzte:

»Und ich sehe, Sie kommen nicht allein.«

Dann bat sie die Schwester, die sie pflegte, uns allein zu lassen.

Der Abbé trat an ihr Bett, an dessen Fußende ich niedergekniet war, und verharrte einige Augenblicke, ohne etwas zu sagen, dann begann er mit feierlicher und zugleich zärtlicher Stimme:

»Meine Tochter, ER, der mich begleitet, weilt schon lange in Ihrer Nähe. ER wartet, auf daß Sie IHN empfangen.«

»Marchant will mich beruhigen«, sagte Eveline, »aber ich habe gar keine Angst. Schon seit zwei Tagen fühle ich mich bereit. Robert, lieber Freund, komm näher zu mir.«

Ohne mich zu erheben, rückte ich näher. Da legte sie ihre durchsichtige Hand auf meine Stirn und streichelte sie leise:

»Lieber, ich habe zuweilen Gefühle und Gedanken gehabt, die dir Kummer machen mußten; und dabei kennst du sie nicht einmal alle. Ich möchte, daß du mir verzeihst, und wenn ich dich jetzt verlassen muß, so möchte ich, daß . . .«

Sie unterbrach sich einen Augenblick, wandte ihr Gesicht von mir ab, und mit großer Anstrengung fuhr sie dann mit lauterer und deutlicherer Stimme fort:

»Ich möchte, daß du dich nur an deine Eveline aus der ersten Zeit erinnerst.«

Da ihre Hand an meinen Wangen entlangglitt, konnte sie fühlen, daß sie ganz naß von Tränen waren. Sie selbst weinte nicht.

»Meine Tochter«, sagte darauf der Abbé, »fühlen Sie nicht das Bedürfnis, sich gleicherweise auch mit Gott zu versöhnen?«

Eveline wandte uns ihr Gesicht wieder zu und rief mit einer Art plötzlicher Lebhaftigkeit aus:

»Oh! Mit IHM habe ich schon lange Frieden gemacht.« »ER aber, meine Tochter«, versetzte der Abbé, »gewährt Ihnen diesen Frieden noch nicht. Er genügt IHM nicht, und auch Ihnen darf er nicht genügen. Das Sakrament muß ihn besiegeln.«

Und sich zu ihr neigend:

»Wollen Sie, daß Robert uns beide einen Augenblick allein miteinander reden läßt?«

Darauf Eveline:

»Warum? Ich habe Ihnen nichts Geheimes zu sagen. Nichts, das ich vor ihm verbergen wollte.«

»Ich verstehe, daß die Verfehlungen, die Sie sich vorzuwerfen haben, keine Handlungen sind; aber auch unsere Gedanken können wir in gleicher Weise zu bereuen haben. Bekennen Sie, daß Sie in Gedanken gegen Gott gesündigt haben?«

»Nein«, sagte sie fest. »Verlangen Sie nicht von mir, daß ich die Gedanken, die ich haben konnte, bereuen soll. Diese Reue wäre nicht aufrichtig.«

Der Abbé Bredel wartete ein wenig:

»Beugen Sie sich wenigstens vor IHM? Fühlen Sie sich bereit, vor IHM zu erscheinen in voller Demut des Geistes und des Herzens?«

Sie gab keine Antwort. Der Abbé fuhr fort:

»Meine Tochter, das heilige Abendmahl bringt uns häufig, sollte uns immer einen überirdischen Frieden bringen; den Frieden, dessen unsere Seele bedarf, den sie aus eigenen Kräften und ohne diesen Beistand nicht erlangen kann. Ich bringe Ihnen einen Frieden, der ›über aller Vernunft ist‹. Wollen Sie ihn demütigen Herzens empfangen?«

Und da Eveline noch immer schwieg:

»Meine Tochter, es ist nicht gewiß, daß Gott Sie jetzt schon von dieser Erde nehmen will. Seien Sie ohne Furcht. Dieser Friede, den das heilige Abendmahl gewährt, ist ein so tiefer, daß selbst unser siecher Leib ihn empfindet, so daß man ... daß ich selber nach Empfang des Abendmahls unverhoffte Heilungen mit angesehen habe. Meine Tochter, ich bitte Sie, Gott zu gestatten, daß ER, wenn es SEIN Wille ist, dieses Wunder an Ihnen tue. Wenn Sie an IHN glauben, an IHN, der zu dem Sterbenden gesagt hat: ›Stehe auf und wandle.‹ ER, der den Lazarus auferweckt hat, vermag auch Sie zu heilen.«

Evelines Züge wurden hohl; sie schloß die Augen, und ich glaubte, daß das Ende nahe wäre.

»Sie ermüden mich ein wenig«, sagte sie gleichsam klagend. »Hören Sie, lieber Freund, ich möchte Sie zufriedenstellen, und ich kann Ihnen versichern, daß keine Auflehnung in meinem

Herzen ist. Ich will mich fügen. Aber ich mag nicht betrügen. Ich glaube nicht an ein ewiges Leben. Wenn ich das Sakrament, das Sie mir bringen, hinnehme, so geschieht es, ohne daran zu glauben. Es ist an Ihnen, zu entscheiden, ob ich in diesem Fall würdig bin, es zu empfangen.«

Der Abbé Bredel zögerte einen Augenblick, dann sagte er:

»Entsinnen Sie sich, was Sie, als Sie noch ein Kind waren, zu Ihrem Vater sagten? Diese Worte, ich wiederhole sie Ihnen jetzt mit der ganzen Zuversicht meiner Seele: Gott wird Sie retten, wider Ihren Willen!«

Gleich nachdem sie das Abendmahl empfangen hatte, schlummerte Eveline ein. Ihre Hand, die ich während ihres Schlummers hielt, war nicht mehr glühend, und als Marchant um die Mitte der Nacht wieder kam, konnte er eine verblüffende Besserung feststellen.

»Sehen Sie, daß ich recht hatte, zu hoffen«, sagte er und wollte, gegen allen Augenschein, das wohltätige Wunder des Sakramentes nicht zugeben, so daß dieses Ereignis, das am besten geschaffen war, ihn zu überführen, nur dazu beitrug, jeden von uns in seinem eigenen Sinn zu bestärken. Eveline selber, deren Wiederherstellung nur sehr langsam fortschritt, ging aus dieser Prüfung hervor, die Gnade Gottes verkennend und starrsinniger als zuvor, jenen gleich, welche die Heilige Schrift schildert, die Augen haben, um nicht zu sehen, und Ohren, um nicht zu hören, so daß ich so weit kam, fast zu bedauern, daß Gott sie nicht zu sich genommen, als sie sich am ergebensten gezeigt und IHN dennoch, selbst durch ihren Unglauben hindurch, hingenommen hätte.

Ich stellte einige besonders bedeutsame Betrachtungen zu diesem Punkt an, die ich hier niederlegen will: Die erste, welche die Frucht einer Unterhaltung war, die ich am Morgen nach jenem denkwürdigen Abend mit dem Abbé Bredel hatte, war mit einer kummervollen Betroffenheit gemischt: Wie denn! sagten wir zueinander, kann es denn sein, daß vor dem Tode der Gottlose weniger zittert als der Gottgetreue, da er doch so viel Grund hätte, mehr zu bangen? Der Christ, der im Begriff steht, vor seinem höchsten Richter zu erscheinen, wird sich seiner Unwürdigkeit grausamer bewußt, und dieses Bewußtsein trägt zu seiner Erlösung bei und erhält ihn gleichzeitig in einer heilsamen Herzensangst; während dieses fehlende Bewußtsein dem Ungläubigen zwar gestattet, in einem Zustand trügerischer Seelenruhe zu sterben, ihn aber vollends dem Verderben preisgibt; er entzieht sich dem Heiland, versagt sich der Erlösung, die ihm geboten wird und derer dringend zu bedürfen er leider nicht empfindet, so daß dieser Seelenfrieden, den er zu fühlen glaubt, und diese Ruhe vor dem Tode ihm gewissermaßen die Verdammnis sichern, und daß er ihr niemals näher ist, als da er es am wenigsten verspürt.

Ich will gleich hinzufügen, daß, wenn ich das Wort Verdammnis brauche, ich weit entfernt bin, dabei an Eveline zu denken, die, wie ich schon sagte, sich mit Gott in ihren letzten Augenblicken, glaube ich, versöhnt hat und, ich hoffe es, als Christin gestorben ist, und die ja schließlich auch in jenem Augenblick blinden Schreckens Gott willig hingenommen hatte. Es fehlte nicht viel, daß der Abbé Bredel und ich uns fragten, ob wir sie in jenen Augenblicken nicht hätten ein wenig mehr ängstigen sollen, anstatt sie zu beruhigen, wie Marchant es tat, der, mehr um die Wohlfahrt des Leibes als die der Seele besorgt, nicht begriff, daß das Heil des Leibes gerade das Verderben der Seele nach sich ziehen könnte.

Die zweite Betrachtung, die ich übereinstimmend mit dem Abbé Bredel anstellte, betrifft die unheilvolle Wirkung der Kommunion, die nicht dringend genug begehrt, sozusagen nicht verdient wird (denn wer von uns Sündern verdient je diese unaussprechliche Gnadengabe?), nicht verdient von einer Seele, die, selbst wenn Gott zu ihr kommt, keinerlei Anstrengung macht, zu Gott zu kommen? Dann ist es, als ob dieses Licht, ohne Liebe empfangen und aufgezehrt, die Seele nur verfinstere. Sicherlich erschien mir Eveline späterhin nur um so tiefer in Nacht gestürzt. Als ich sie bei ihrer Rückkehr aus Arcachon wiedersah, wo sie ihre Gesundheit ganz wiederhergestellt hatte und wohin ich sie nicht hatte begleiten können, da meine Geschäfte mich damals in Paris zurückhielten, da fühlte ich, daß sie aufsässiger war, verschlossener denn je für jeden guten Einfluß, jeden Rat, den ich ihr zu geben versuchte. Ich las aus der Falte auf ihrer Stirn, aus diesem senkrechten Doppelstrich, der sich zwischen ihren Brauen abzuzeichnen begann, einen wachsenden Eigensinn, eine Abwehr, die sie nicht nur den heiligen Wahrheiten entgegenstellte, sondern überhaupt allem, was ich sagen mochte, allem, was von mir kam. Das ironisch Forschende in ihrem Blick verlieh, ich weiß nicht wie, allem, was ich Gutes tat, irgend etwas Gezwungenes, Absichtliches, Gekünsteltes. Oder dieser Blick übte vielmehr an mir die Wirkung eines Seziermessers, löste dieses oder jenes

Wort, jene Gebärde oder jene Handlung von mir los, so daß sie nicht so sehr aus mir geboren als von mir angenommen erschienen. Weit davon entfernt, mit ihr zusammen beten und unsere Herzen gemeinsam zu Gott erheben zu können, wie es so schön gewesen wäre, wagte ich schon sehr bald nicht mehr, in ihrer Gegenwart zu beten, da, wenn ich in der Hoffnung, ihre Seele mitzureißen, dabei verharrte, selbst mein unausgesprochenes Gebet alle Inständigkeit verlor und, wie der Rauch eines nicht genehmen Opfers, elend auf mich zurückfiel. So ließ auch ihr Blick, ihr Lächeln, wenn ich die Hand zu einem Almosen ausstreckte, die Frömmigkeit in meinem Herzen verdorren, und diese Gebärde, an der mein Herz keinen Teil mehr hatte, wurde durch sie dem Gehaben des Pharisäers aus der Heiligen Schrift vergleichbar, so daß mein Herz nicht mehr jene tiefe Freude daran empfand, worin es sonst seine erste Belohnung findet.

Ich sagte, daß Evelines wachsender Unglaube mich nur um so fester in meinen religiösen Überzeugungen, in meinem Glauben verankerte. Was ich jedoch nicht anerkennen will und kann, ist, daß mein sittliches Verhalten, so unvollkommen es auch gewesen sein mag, Eveline von ihrem Glauben hätte abbringen können, wie ihr Tagebuch das durchblicken läßt. Diese grauenvolle Beschuldigung, die dahin zielt, alle Verantwortung für die Abwege ihres Denkens auf mich abzuwälzen, diese Beschuldigung weise ich zurück. Ein unbeholfener Gläubiger bleibt dennoch ein Gläubiger, und auch wenn er Gottes Lob mit unreiner Stimme sänge, würde Gott ihm das nicht verübeln, und SEIN Bild verdient darum nicht, im Geiste des Nächsten getrübt zu werden.

Ich möchte indessen Eveline nicht zu hart beschuldigen; ich glaube in Wahrheit, daß sie von Natur zutiefst besser war als ich; aber war das ein Grund, um jede vielleicht nicht ganz unmittelbare Seelenregung bei mir als unaufrichtig zu betrachten? Eveline war von Natur tugendhaft; ich strebte danach, es zu sein. Ist es nicht das, was jeder von uns tun sollte? War es unrecht von mir, mich nicht so hinzunehmen, wie ich war, und besser sein zu wollen? Ohne diese ständige Anforderung an sich selbst, was ist der Mensch denn wert? Ist nicht jeder von uns, wenn er sich sich selber überläßt, tief erbärmlich? Was Eveline an mir verachtete, war jenes Streben zum Besseren, das einzige, was nicht verächtlich an mir war. Ohne Zweifel hatte sie sich anfänglich geirrt, aber was konnte ich dafür? In der ersten Zeit machte ihre Liebe zu mir sie blind für meine Fehler, meine Mängel; aber mußte sie es mir später nachtragen, daß ich weniger gescheit, weniger gut, weniger tugendreich, weniger wertvoll war, als sie mich zuerst gesehen? Je gebrechlicher ich mich fühlte, je mehr bedurfte ich ihrer Liebe. Es ist mir immer so vorgekommen, als ob jene »großen Männer« es nicht so nötig hätten wie wir, geliebt zu werden. Und das Bedürfnis, jenem Wesen zu gleichen, das besser war als ich, für das sie mich anfangs gehalten hatte, verdiente dieses Bestreben, dieser Eifer nicht vor allem ihre Liebe?

Die neue Erfahrung, die ich nach Evelines Tod mit Gottes Rat und Hilfe hierin habe machen können, hat mir im Übermaß bewiesen, welchen Beistand hier die eheliche Liebe bieten kann. Was hätte ich nicht aus meinem Leben gemacht, wäre ich ein wenig besser von meiner ersten Frau verstanden, unterstützt, ermutigt worden! Aber alle ihre Bemühungen schienen mich im Gegenteil auf das natürliche Wesen zurückzuführen und herabzudrücken, über das hinauszuwachsen ich mich bemühte. Ich sagte es schon: sie beachtete in mir nur das, was unser Heiland in einem jeden von uns den »alten Adam« nennt und von dem uns zu erlösen ER gekommen ist.

Arme Eveline, die nach keinem Himmel Verlangen trug, wie hätte sie mir helfen sollen, jenen zu erlangen, den hienieden schon ahnend zu erblicken uns die Religion gestattet? Wie konnte ich hoffen, sie dort eines Tages wiederzufinden? Diese Betrachtung war es, die mich mit Hilfe der Vorsehung dazu brachte, eine geziemende Zeit nach meiner Verwitwung mich wieder zu verheiraten. Möge es Gott gefallen, dem großen Verlangen Rechnung zu tragen, das ich danach empfand, mich einer Gefährtin zu versichern für die kurze Spanne Zeit, die mir auf Erden noch zu leben bleibt, und auch für die Ewigkeit, wenn Gott indessen, der unsere Herzen dann ganz erfüllen soll, nicht alle Liebe in SICH aufzehrt.

Genoveva
oder
Ein unvollendetes Bekenntnis

Geneviève

Kurze Zeit nach der Veröffentlichung der ›Schule der Frauen‹ und des ›Robert‹ erhielt ich im Manuskript den Anfang einer Erzählung, die in gewissem Sinne als Ergänzung betrachtet und in ihrer Art, wie sie sich den beiden anderen anschließt, dem dritten Flügel eines Triptychons verglichen werden kann.

Nachdem ich lange auf die Fortsetzung gewartet habe, entschließe ich mich heute, diesen Anfang, so wie er ist, mit dem Begleitbrief als eine Art Einleitung zu veröffentlichen.

André Gide

August 1931

Sehr verehrter Herr Gide,
darf ich hoffen, daß Sie Ihren Namen für das Buch, das ich Ihnen zusende, hergeben, wie Sie es schon bei dem Tagebuch meiner Mutter und später bei der Rechtfertigung meines Vaters getan haben?

Ich fürchte sehr, daß dieses Buch durchaus nicht danach angetan ist, Ihnen zu gefallen. Da ich keine Literaturliebhaberin bin, muß ich gestehen, daß ich nicht sehr viel von Ihnen gelesen habe. Genug immerhin, um zu wissen, daß die Fragen, die mich interessieren, Ihnen gleichgültig sind. Zum mindesten finde ich nichts davon in Ihren Büchern. Die Gegenstände, die Sie behandeln, meiden soweit irgend möglich alles, was Sie als »Zufälligkeiten« zu betrachten scheinen, die Ihrer Beachtung nicht würdig sind; während Sie hier, kunstlos dargestellt, nur Fragen praktischer Art finden werden. Ihr Geist plant im Absoluten; ich schlage mich im Relativen herum. Für mich heißt die Frage nicht in einer unbestimmten und allgemeinen Form wie für Sie und Ihre Helden: »Was kann der Mensch?«, sondern ganz gegenständlich und klar: »Was kann und darf eine Frau in unserer heutigen Zeit erhoffen?«

Ist es nicht natürlich, daß dieses »Problem« einer noch jungen Frau, wie ich es bin, von äußerster Wichtigkeit erscheint? So bedeutend die Frage ist, so beginnt sie doch erst in unseren Tagen sich klar abzuzeichnen. Ja, erst seit dem Kriege, wo so viele Frauen Zeugnis abgelegt haben von einem Wert und einer Tatkraft, deren die Männer sie niemals für fähig gehalten hätten, beginnt man, ihnen das Recht zuzuerkennen – und sie selbst beginnen, dieses Recht für sich in Anspruch zu nehmen – auf Eigenschaften, die nicht ausschließlich passiver Art sind wie Ergebenheit, Unterwürfigkeit, Treue; dem Mann ergeben, dem Manne unterwürfig, dem Manne treu zu sein. Denn bisher schien es, als ob alle positiven Tugenden ausschließlich Vorrecht des Mannes bleiben sollten und als ob der Mann sie sich alle vorbehalten hätte. Ich glaube, heute kann niemand mehr bestreiten, daß die Situation der Frau sich seit dem Kriege von Grund auf geändert hat, und vielleicht war nichts Geringeres als diese schreckliche Katastrophe nötig, um den Frauen die Möglichkeit zu geben, Eigenschaften zu offenbaren, die bis dahin für außergewöhnlich galten, um zu bewirken, daß der Wert der Frau mehr gewürdigt werde.

Das Buch meiner Mutter wendet sich an eine vergangene

Generation. Zu der Zeit, als meine Mutter jung war, konnte eine Frau ihre Freiheit wünschen. Heute handelt es sich nicht mehr darum, sie zu wünschen, sondern darum, sie sich zu nehmen. Auf welche Art und zu welchem Zweck, das ist es, worauf es ankommt und was ich versuchen will zu klären, zum mindesten, soweit es mich angeht.

Ich will mich gewiß nicht als Muster hinstellen. Aber mir scheint, daß die einfache Erzählung meines Lebens, die ich vorhabe, belehren kann. Ich gebe sie als Fortsetzung zum Tagebuch meiner Mutter, als eine ›Neue Schule der Frauen‹. Und um zu zeigen, daß es sich dabei nur um ein Beispiel von vielen handelt, und zwar um ein ganz besonderes Beispiel, werde ich die Erzählung ›Genoveva‹ nennen, ein angenommener Name, unter dem ich schon in dem Tagebuch meiner Mutter auftrete.

I

Im Jahre 1913, als ich eben 15 Jahre alt war, schickte meine Mutter mich, trotz der lebhaften Mißbilligung meines Vaters, auf das Lyzeum. Aber wie immer gab mein Vater, der trotz seines sicheren Auftretens von schwachem Willen war, schließlich nach, um sich dann für seine Niederlage durch fortwährendes Kritisieren schadlos zu halten. Diese Erziehung auf dem Lyzeum war seiner Ansicht nach verantwortlich für das, was er meine »geistigen Entgleisungen« und dann später die »Entgleisungen in meiner Lebensführung« nannte.

Von meiner Mutter habe ich eine gewisse Liebe zur Arbeit und einen natürlichen Fleiß, wobei sie mich ermutigte, indem sie so tat, als ob sie selbst durch mich lernte. Wenn ich vom Lyzeum nach Hause kam, half sie mir bei meinen Schulaufgaben, lernte mit mir meine Lektionen, und ich berichtete ihr alles, was ich in der Schule gelernt hatte, wie andere erzählen mögen, was sie bei einem Spaziergang in der Stadt gehört oder gesehen haben. Ich glaube, sie hatte daher die Illusion, daß ich auf sie einen größeren Einfluß gehabt hätte als sie auf mich. Und sie suchte diese Illusion – falls es überhaupt eine war – auch auf mich zu übertragen, und nichts hat mehr dazu beigetragen, mich reifen zu lassen, meinen Eifer wachzuhalten und ein gewisses Selbstvertrauen in mir zu erwecken, das ihr fehlte.

Meiner Mutter verdanke ich auch das starke Bedürfnis, mich nützlich zu machen. Und wenn dieser Wunsch von Natur aus in mir schlummerte, so wußte sie ihn zu wecken und unaufhörlich zu beleben. Bei meiner Mutter wurde er genährt durch eine außergewöhnliche Liebe zu den Armen, den Leidenden und allen denen, die mein Vater die »Niedrigergestellten« nannte, ein Ausdruck, den meine Mutter ablehnte. Es liegt mir um so mehr am Herzen, dies zu erwähnen, als weder das Tagebuch meiner Mutter noch die Rechtfertigung meines Vaters etwas davon erkennen lassen. Meine Mutter opferte und verschwendete sich nicht nur ohne Aufhebens, sondern sogar, indem sie es absichtlich verbarg, wie alles, was ihr irgendwelches Lob hätte eintragen können. Diese äußerste Schamhaftigkeit und Bescheidenheit (die ich, das muß ich gestehen, nicht von ihr geerbt habe) waren so stark, daß man neben ihr leben konnte, ohne etwas von ihren Tugenden zu ahnen. Mein Vater war, ganz im Gegenteil, ebenso beständig besorgt, sich ins Licht zu setzen, wie meine Mutter, ihren Wert zu verbergen. Mir scheint, daß er dem Anschein der Tugend mehr Bedeutung beimaß als der Tugend selbst. Ich glaube nicht einmal, daß er ein ausgesprochener Heuchler war und daß er so sein wollte, wie er sich zeigte. Aber bei ihm ging die Geste oder das Wort stets der wahren Bewegung oder dem Gedanken voraus, so daß er sich selbst gegenüber immer im Rückstand und gewissermaßen verschuldet blieb. Meine Mutter litt darunter sehr, und ich liebte sie zu stark, um nicht meinen Vater zu verabscheuen.

In der Schule zog am meisten von allen Kameradinnen meine rechte Nachbarin meine Aufmerksamkeit auf sich. Sie hatte eine dunkle Hautfarbe, und ihre lockigen, fast krausen Haare verbargen ihre Schläfen und einen Teil ihrer Stirn. Man hätte sie nicht ausgesprochen schön nennen können, doch ihr seltsamer Reiz war für mich anziehender als Schönheit. Sie hieß Sara und legte Wert darauf, daß man ihren Namen ohne h schrieb. Als ich bald darauf die ›Orientalinnen‹ las, stellte ich mir sie vor, wie sie sich, »schön und lässig«, in der Hängematte wiegte. Sie war auffallend gekleidet, und der Ausschnitt ihrer Bluse ließ einen wohlgeformten Brustansatz sehen. Ihre meist nicht sehr sauberen Hände mit den abgenagten Nägeln waren ungewöhnlich schmal.

»Was starrst du mich so an?« fuhr sie mich am ersten Tag plötzlich an.

Ich wendete die Augen ab, errötete sehr und wagte nicht, ihr zu sagen, daß ich sie hinreißend fände. Die anderen Schülerinnen schienen meine Ansicht nicht zu teilen, denn ich überraschte sie bei Gesprächen, in denen sie einmütig ihr Äußeres als »zigeunerhaft« bezeichneten. Ihr ernstes Aussehen und das fast ständige Hochziehen der Augenbrauen, das auf ihrer schönen Stirn leichte Falten hervorrief, schienen eine ungewöhnliche Willensanspannung, eine Aufmerksamkeit anzuzeigen ... ich hätte wissen mögen, wofür, denn sie galt sicherlich nicht dem Unterricht. Wenn man sie etwas fragte, wurde es sofort klar, daß sie nichts gehört hatte. Und wenn sie in Augenblicken der inneren Anspannung älter schien als wir alle, obgleich sie mir gesagt hatte, daß sie genau in meinem Alter war, so ließen doch gleich darauf plötzliche Freudenausbrüche, eine Art überschwenglicher Fröhlichkeit, sie wieder kindlich erscheinen.

Von den ersten Tagen an verliebte ich mich in sie mit einem unerklärlichen Gefühl, wie ich es noch für niemand empfunden hatte und das mir so neu und so seltsam schien, daß ich zweifelte, ob ich, Genoveva, es auch wirklich sei, die das empfand, oder ob nicht eine fremde Person in mich eingedrungen sei, die von meinem Willen und meinem Körper Besitz ergriffen hatte.

Indessen bemerkte Sara mich kaum, und ich glaube, ich wäre jeder Tollheit fähig gewesen, um ihre Aufmerksamkeit auf mich zu ziehen. Ich suchte herauszufinden, was ihr gefallen könnte. Leider schien sie für alle Erfolge im Unterricht unempfindlich, und ich ärgerte mich, daß sie die meinigen anscheinend so wenig bemerkte. Wenn ich sie ansprach, antwortete sie kaum, und was ich ihr sagte, schien sie durchaus nicht zu interessieren. Sie war sicherlich alles andere als dumm, und ihr Zauber war in meinen Augen so groß, daß ich überzeugt war, sie müsse auf irgendeinem Gebiet überragend sein, ich konnte nur nicht feststellen, auf welchem. Eines Tages jedoch, bei einem Vortragswettbewerb, hatte ich eine plötzliche Offenbarung. Nachdem mehrere Schülerinnen und auch ich selbst mehr oder weniger mühsam die Stanzen des ›Cid‹, den Traum der ›Athalie‹ oder die Erzählung des ›Theramenes‹ hergesagt hatten, nur mit der einen Sorge, nirgends steckenzubleiben, und als ob diese Verse ausschließlich zu dem Zweck geschrieben worden seien, unser Gedächtnis zu üben, wurde Sara von unserer Französischlehrerin aufgerufen:

»Kommen Sie nach vorn und zeigen Sie uns, wie man diese Verse sprechen muß.«

Sara trat darauf ohne irgendwelche Verlegenheit vor und begann, das Gesicht zur Klasse gewendet, die erste Szene des ›Britannicus‹ vorzutragen. Ihr Stimme, die jetzt voller und tiefer war als gewöhnlich, erhielt einen Wohlklang, wie ich ihn noch nicht an ihr kannte. Ebenso wie die übrigen Schülerinnen hatte ich diese Verse auswendig gelernt, und unsere Lehrerin hatte sie uns erläutert und auf ihren Wert hingewiesen, aber ihre Schönheit war mir noch nicht zum Bewußtsein gekommen. Jetzt erschien sie mir plötzlich durch den Vortrag Saras. Etwas wie ein frommer Schauer lief mir über den Rücken und erschütterte mich ganz und gar, während Tränen meine Augen füllten. Auch die Lehrerin schien bewegt.

»Fräulein Keller«, sagte sie schließlich, nachdem der Vortrag beendet war, »wir danken Ihnen alle. Bei Ihrer Begabung ist es unverzeihlich, daß Sie nicht mehr arbeiten.«

Sara machte eine kurze, ironische Verbeugung, eine Art Pirouette, und nahm ihren Platz neben mir wieder ein.

Ich zitterte vor Bewunderung und Begeisterung, die ich ihr hätte ausdrücken mögen, aber es kamen mir nichts als Phrasen in den Sinn, von denen ich fürchtete, daß sie sie lächerlich finden würde. Der Unterricht ging dem Ende zu. Schnell riß ich den unteren Teil eines Blattes aus meinem Heft heraus und schrieb zitternd auf dieses Stück Papier: »Ich möchte deine Freundin sein.« Ungeschickt schob ich ihr dieses Briefchen zu.

Ich sah, wie sie das Papier zerknitterte und es zwischen den Fingern rollte. Ich erhoffte einen Blick von ihr, ein Lächeln, aber ihr Gesicht blieb gleichgültig und war undurchdringlicher als je. Ich fühlte, daß ich ihre Verachtung nicht würde ertragen können, und bereitete mich darauf vor, sie zu hassen.

»Zerreiß das, bitte!« sagte ich zu ihr mit gepreßter Stimme. Aber plötzlich faltete sie das Papier auseinander, strich mit der Hand darüber, um es zu glätten und als ob sie einen Entschluß gefaßt hätte ... In diesem Augenblick hörte ich meinen Namen: die Lehrerin hatte mich aufgerufen. Ich mußte aufstehen und sagte mechanisch ein kurzes Gedicht von Victor Hugo auf, das ich zum Glück sehr gut wußte. Nachdem ich mich wieder gesetzt hatte, schob Sara mir den Zettel zu, auf dessen Rückseite sie geschrieben hatte: »Komm am nächsten Sonntag um 3 Uhr zu uns.« Mein Herz schwoll vor Freude, und mutig geworden, sagte ich: »Aber ich weiß nicht, wo du wohnst.«

Darauf sie: »Gib mir den Zettel.«

Und während nach Schluß des Unterrichts die Schülerinnen ihre Sachen einpackten und aufstanden, um hinauszugehen, schrieb sie auf den unteren Rand des Zettels: »Sara Keller, 16, Rue Campagne-Première.«

Ich sagte vorsichtig: »Ich weiß noch nicht, ob ich kann, ich muß Mama fragen.«

Sie lächelte nicht geradezu, aber ihre Mundwinkel zuckten. Das konnte Spott sein; daher fügte ich schnell hinzu:

»Ich fürchte, daß wir schon eingeladen sind.«

Da ich in einer ganz anderen Gegend und ziemlich weit vom Lyzeum entfernt wohnte, mußte ich mich am Ausgang von Sara trennen. Gewöhnlich ging ich allein und sehr schnell nach Hause. Meine Mutter, die mir ihr Vertrauen beweisen wollte, holte mich nicht ab, sie hatte mir jedoch das Versprechen abgenommen, immer unverzüglich nach Haus zu kommen und mich auf keinen Fall durch Unterhaltungen mit den anderen Schülerinnen aufzuhalten. An jenem Tage rannte ich die Hälfte des Weges, so eilig hatte ich es, um ihr von Saras Vorschlag zu erzählen. Ich war durchaus nicht sicher, daß meine Mutter ihn annehmen würde, denn außer zur Schule ließ sie mich nur selten allein ausgehen. Gewöhnlich hatte ich keinerlei Geheimnis vor meiner Mutter, und ich weiß nicht, welche Scheu mich bisher zurückgehalten hatte, ihr von Sara zu sprechen. Nun mußte ich alles auf einmal erzählen: von dem Vortrag des ›Britannicus‹ und von meiner Begeisterung, die ich nicht zu verbergen suchte, und schließlich von dieser einzigartigen Anziehungskraft, die zu verschweigen ich nicht imstande gewesen wäre und die ohne mein Zutun aus meiner Erzählung sprach. Als ich schließlich fragte: »Wirst du mir erlauben, daß ich hingehe?«, antworte Mama nicht gleich. Ich wußte, daß es ihr immer schwerfiel, mir etwas abzuschlagen.

»Ich möchte erst etwas mehr über deine neue Freundin und über ihre Eltern wissen. Hast du sie gefragt, was ihr Vater ist?«

Ich gestand, daß ich daran nicht gedacht hatte, und versprach, mich danach zu erkundigen. Zwei Tage trennten uns noch vom Sonntag.

»Morgen werde ich dich nach der Schule abholen«, sagte meine Mutter, »und du wirst versuchen, mir dieses Mädchen vorzustellen; ich möchte sie kennenlernen.«

An diesem Sonnabend beobachtete ich Sara und fragte mich besorgt, welchen Eindruck Mama von ihr haben würde. Mir schien, daß ihre Kleidung nachlässiger war als sonst. Und besonders ihre Haare waren sehr unordentlich.

»Bring doch deine Haare etwas in Ordnung«, sagte ich schließlich ängstlich zu ihr.

»Warum?«

»Weil Mama mich abholen wird, sie möchte dich kennenlernen.«

»Ja, ehe sie weiß, ob sie dich am Sonntag zu uns kommen lassen soll, nicht wahr?«

Ich konnte nicht widersprechen; doch wollte ich nicht den Eindruck erwecken, zu sehr unter der Vormundschaft meiner Mutter zu stehen.

»Vielleicht«, sagte ich. »Oh, ich wünschte es so sehr, daß du ihr gefällst!« Ich verbiß es mir, hinzuzusetzen: »und daß auch sie dir gefällt ...« Aber gleich machte ich mir Gedanken darüber, welches Kleid und welchen Hut meine Mutter tragen würde.

»Diese Begutachtung macht mir wenig Spaß«, sagte Sara.

Immerhin lief sie nach Schluß der Schule nicht davon, wie ich befürchtet hatte. Mama war vor der Tür. Ich glaube, daß sie selbst darauf bedacht war, meiner Freundin zu gefallen; niemals war sie mir reizvoller erschienen.

»Genoveva hat mir viel von Ihnen erzählt«, sagte sie zu Sara mit ausgesuchter Freundlichkeit. »Ich hätte Sie gern diese Verse von Racine vortragen hören. Sie sind so schön ... Doch ich glaube, daß Sie sie nicht so gut gesprochen hätten, wenn Sie sie nicht liebten.« Offensichtlich suchte sie meine Begleiterin zum Sprechen zu bringen. Sara war gewiß weit weniger verwirrt als ich.

»O ja«, sagte sie, »aber ich hätte lieber Baudelaire vorgetragen.«

Ich hatte noch nichts von Baudelaire gelesen, und ich fürchtete, daß Mama ihn ebensowenig kannte. Würde sie es merken lassen?

»Was zum Beispiel?«

»Oh, am liebsten den ›Tod der Liebenden‹.«

Ich fühlte, daß ich errötete. Sicherlich würde dieser Titel meine Mutter empören. Ich sah sie an. Sie lächelte:

»Aber das ist zweifellos keine Dichtung für das Lyzeum«, sagte sie. »Haben Sie Geschwister?«

»Einen älteren Bruder, der seinen Militärdienst in Algier absolviert.« Darauf, wie um einer Frage meiner Mutter zuvorzukommen: »Mein Vater ist Maler.«

»Wie!« rief Mama, »Sie sind die Tochter von Alfred Keller, dessen Gemälde auf der letzten Ausstellung von aller Welt bewundert wurden? Das erklärt allerdings Ihre künstlerischen Neigungen.«

Ich war begeistert, als ich erfuhr, daß Saras Vater berühmt war. Aber plötzlich verdunkelte sich Mamas Stirn, und zu meiner Bestürzung sagte sie:

»Ich weiß, daß Sie Genoveva für Sonntag eingeladen haben. Leider wird sie keine Zeit haben.«

Nachdem Sara ein wenig trocken geantwortet hatte: »Das tut mir leid«, sagte meine Mutter, indem sie ihr die Hand reichte:

»Dann auf ein anderes Mal.«

Und sobald Sara uns verlassen hatte:

»Aber du hattest mir nicht gesagt ... Das ist eine Jüdin!«

Dieses Wort bedeutete mir im Grunde nichts. Ich kannte die Biblische Geschichte. Ich wußte, was die Juden früher einmal gewesen waren, aber keineswegs, was sie heute sein konnten. Eine unmerkliche Änderung im Tonfall ihrer Stimme hatte mein Herz schmerzlich getroffen.

»Eine Jüdin«, rief ich, »woran erkennt man das?«

»Ich brauchte sie nur zu sehen. Im übrigen ist sie sehr hübsch.« Und als ob sie zwei Gedanken auf einmal verfolgte: »Außerdem gibt es viele Jüdinnen auf dem Lyzeum.«

Nun setzte ich alles aufs Spiel:

»Läßt du mich deswegen nicht zu ihr gehen, weil sie Jüdin ist? Warum hast du ihr gesagt, daß ich keine Zeit hätte? Du weißt doch, daß das nicht wahr ist!«

»Mein Kind, ich konnte ihr nicht ins Gesicht sagen, daß wir ihre Einladung ablehnen. Es ist nicht ihre Schuld, daß sie Jüdin und ihr Vater Künstler ist. Ich wollte sie nicht kränken. Im übrigen«, fuhr sie fort, als sie meine Augen voller Tränen sah, »haben die Juden viele Vorzüge und manche sind sehr bedeutend. Aber ich möchte nicht, daß du in eine Umgebung kommst, die so verschieden von der unseren ist, bevor ich nicht einige Auskünfte eingeholt habe.«

»O Mama, ich hätte so gerne gewollt ...«

»Mein Kind, nicht dieses Mal! Besteh nicht darauf! Im übrigen ist es zu spät ...« Und zärtlicher: »Wir wollen sehen, Genoveva, du weißt sehr gut, daß es mir selbst eine Qual ist, wenn ich dich quälen muß!«

Ja, das wußte ich wohl. Aber mir schien, daß es Gründe des Herkommens waren, die meine Mutter zu ihrer Ablehnung bestimmten und die weniger von ihr selbst als von unserer Umgebung, unserer Lage, unserer sozialen Stellung kamen. Das fühlte ich undeutlich; und gewöhnlich lehrte sie mich, auf diese Gründe keine Rücksicht zu nehmen. Indessen war es ganz natürlich, daß sie mich, die ich noch so jung und für alle Eindrücke empfänglich war, nicht mit unbekannten und vielleicht wenig empfehlenswerten Personen verkehren ließ. Auch das fühlte ich unbestimmt, und im Innersten billigte ich zweifellos ihre Entscheidung. Aber mir schien, daß eine Menge Konventionen mich von meiner neuen Freundin trennten, und darüber empfand ich eine schreckliche Traurigkeit.

»Im übrigen«, nahm meine Mutter nach langem Schweigen das Gespräch wieder auf, »will ich dich nicht hindern, deine Kameradin zu sehen. Vielleicht kannst du sie sogar einladen, zu uns zu kommen; das werde ich dir später noch sagen.«

Sie war gewiß sehr betrübt, daß sie mir diesen Kummer hatte bereiten müssen. Man hätte sagen mögen, daß sie sich fast dafür entschuldigen wollte und ihn zu mildern suchte. Aber es sollte bald eine noch größere Qual hinzukommen, als ich Sara am folgenden Montag wiedersah:

»Es ist schade, daß deine Mutter dich nicht hat kommen lassen«, sagte sie sogleich. Und dann mit einer Art Grausamkeit und als ob es ihr Vergnügen bereitete, der Traurigkeit, die ich empfinden könnte, das bittere Gift der Eifersucht beizumischen: »Gisela war da. Papa hat uns in den Eispalast geführt. Gisela hat sich den Fuß verstaucht. Deswegen konnte sie heute nicht zur Schule kommen. Aber wir haben uns königlich amüsiert.«

Gisela Parmentier war die beste Schülerin unserer Klasse. Ihr Vater war schon lange gestorben, er war, wie ich gehört hatte, ein bedeutender Professor am Collège de France gewesen. Ihre Mutter war Engländerin. Gisela, ihr einziges Kind, sprach Englisch ebensogut wie Französisch. Ihre Klugheit war eher tief als lebhaft. Es schien, als machte es ihr keinerlei Mühe, sich an der Spitze der Klasse zu halten. Aber es war viel mehr noch ihre enge Freundschaft mit Sara, die mich auf sie aufmerksam machte. Die beiden hatten zusammen lange Unterhaltungen, und Sara sprach fast nur mit ihr. Gisela dagegen war in den Pausen oft ganz umringt und schien mir, der »Neuen«, keinerlei Aufmerksamkeit zu schenken. Sie hatte ihren Platz am anderen Ende der Klasse, und ich konnte mich ihr nur während der kurzen Pause nähern, wo die Schülerinnen sich auf einem großen, mit Bäumen bestandenen Hof tummelten. Als ich mich eines Tages einer sehr lebhaften Gruppe näherte, deren Mittelpunkt Gisela war, wendete sich eine Schülerin plötzlich zu mir und fragte mich nach meiner Ansicht über ich weiß nicht mehr welche verzwickte Frage, über die man sich, wie es schien, nicht einigen konnte. Und als ich nicht sogleich antwortete, rief eine andere Schülerin:

»Seht ihr, das Fräulein ist viel zu gut erzogen, um seine Meinung auszusprechen. Es müßte ja befürchten, sich eine Blöße zu geben.«

Dieser Anwurf schien mir so ungerecht wie nur möglich. Ich fühlte mich sogleich zu allem fähig, um Gisela zu beweisen, daß ich die Achtung verdiente, die man mir, wie es schien, durchaus nicht zugestehen wollte, um ihr und mir selbst zu beweisen, daß die Furcht, mich zu kompromittieren, mich keineswegs hindern würde, trotz meiner Zurückhaltung und des Eindrucks von »Wohlerzogenheit«. Ich fühlte mich imstande..., aber, genau gesagt: ich wußte nicht, wozu. Ich zuckte die Schultern und murmelte:

»Die am meisten reden, sind nicht die ...«

»Was sagt sie?« schrien mehrere durcheinander.

»Sind nicht immer die, die handeln.«

Sowie ich den Satz ausgesprochen hatte, erschien er mir absurd. Zum Glück ging man über ihn hinweg.

Als Sara mir erzählte, daß Gisela sich den Fuß verstaucht hatte, empfand ich eine boshafte Freude. Ein paar Tage Frist, dachte ich. Gisela und Sara waren die einzigen Schülerinnen, mit denen ich Freundschaft zu schließen wünschte. Verschmäht durch die eine und durch meine Mutter gezwungen, das erste Entgegenkommen der andern zurückzuweisen, fühlte ich qualvoll meine Einsamkeit und vergrub mich in Schwermut, bis meine Mutter, die gewiß meine Traurigkeit bemerkte, mir mitteilte, daß sie meinen Vater dazu bestimmt hätte, dem Vater von Sara zu schreiben, um ihn mit ihr zu einer unserer Donnerstagabend-Gesellschaften einzuladen.

Meine Mutter hatte keinen »Jour« und bekundete überhaupt für alle gesellschaftlichen Verpflichtungen eine Abneigung, die mein Vater ihr immer wieder vorhielt. Er schob es ihr zu, wenn er eine Schlappe erlitt; denn wie alle Menschen ohne großen persönlichen Wert gefiel er sich in dem Glauben, daß man durch Intrigen oder Gewandtheit alles erreichen könne. Ich glaube, daß der größte Teil dessen, was er großspurig seine »Arbeit« nannte, darin bestand, Bücklinge zu machen oder entgegenzunehmen, worüber er sehr genau Buch führte. Und ich begreife nur zu gut, daß meine Mutter sich diesen Praktiken nicht beugte, bei denen sich, wie sie sagte, das Gewissen und ein bestimmtes Gefühl für moralische und geistige Sauberkeit abstumpft, das sie mir bewahren wollte. Nichts kann mich davon abhalten, meinen Vater noch strenger zu verurteilen, als sie es selbst in ihrem Tagebuch getan hat. Ich glaube, daß der Charakter eines Kindes durch nichts mehr verdorben werden kann als dadurch, daß man von ihm eine geheuchelte Achtung vor Eltern verlangt, die nicht achtenswert sind. Meine Mutter dagegen verdiente meine Verehrung, und meine Liebe zu ihr ging fast bis zur Ergebenheit. Was meinen Vater angeht, so hörte ich sehr bald auf, ihn ernst zu nehmen. Ohne Zweifel waren diese Überlegungen noch nicht die des Kindes, das ich damals war. Aber schon wurde ich ungeduldig, wenn ich hörte, wie er sich widersprach, wie er eine Meinung als die eigene hinstellte, von der ich wußte, daß er sie von anderen übernommen hatte, wie er hohe Gefühle vorgab, die er unfähig war zu empfinden, oder kämpferische Überzeugungen zur Schau stellte, die nur schlecht den schwächsten und nachgiebigsten Charakter verbargen, den man sich denken kann. Seine kleinen Verstöße gegen die Moral liebte er als »Lebensart« zu bezeichnen und verstand es auf der anderen Seite glänzend, seine Mißerfolge auf die Rechnung seines Zartgefühls, seiner »übertriebenen« Ehrlichkeit und seiner moralischen Bedenken zu setzen, und dies mit einer Arglist und Unverfrorenheit, die meine arme Mutter erbitterten. Im übrigen spricht sie darüber viel besser, als ich es könnte, und was ich darüber sage, kann dem nichts mehr hinzufügen.

Wie viele Leser werden sich darüber entrüsten, wenn sie mich so offen über meinen Vater sprechen hören! Aber ich schreibe nicht für diese Leser, und ich bin fest entschlossen, mich über alle Rücksichten auf vorgebliche Schicklichkeit, Schamhaftigkeit oder Anstand hinwegzusetzen. Meine Erzählung hat nur Daseinsberechtigung, wenn sie vollkommen offen ist; wenn diese Offenheit manchmal die Färbung des Zynismus annimmt, so glaube ich, daß das vor allem von der alteingewurzelten Gewohnheit herrührt, gewisse Dinge schief anzusehen und sie ja nicht, oder höchstens mit einer Menge beruhigender Umschreibungen, zu erörtern, während ich mir vornehme, ihnen ins Gesicht zu sehen, wie sie es verdienen.

Ich bin immer fester davon überzeugt – aber das sind meine heutigen Überlegungen –, daß die meisten unserer Übel der Unwissenheit zuzuschreiben sind und daß für sie keine Abhilfe gefunden werden kann ohne eine offene und ungeschminkte Klärung der Fragen. Die Rücksichten auf Schamgefühl und Moral haben dabei nichts verloren; sie tragen nur dazu bei, alle Probleme zu verfälschen. Und wir behandeln immer noch gewisse Fragen nur mit einer lähmenden Vorsicht, die jener Zurückhaltung zu vergleichen ist, die den Fortschritt der Medizin und jeder exakten anatomischen Kenntnis so lange verhinderte, wie auch die Untersuchung des menschlichen Körpers als unanständig und frevelhaft angesehen wurde. Die gründliche Prüfung dessen, was ist, muß jedem Fortschritt in Richtung auf das, was sein könnte, jeder gesellschaftlichen wie auch individuellen Reform und Verbesserung voraufgehen. Ich schreibe hier keinen Roman, und ich lasse mich gern zu Betrachtungen hinreißen, die zwar meine Geschichte unterbrechen, die mir aber, wie ich gestehen muß, weit wichtiger sind als diese Geschichte selbst. Die Erfahrung, die ich im Leben gemacht habe, gebe ich nur wieder, weil ich hoffe, daß sie eine Belehrung oder eine Hilfe sein könnte. Ich werde deswegen keineswegs mit Erläuterungen zurückhalten, auch wenn der »künstlerische Wert« dieser Seiten darunter leiden müßte. Ich sagte bereits, daß ich nicht sehr viel Sinn für die Literatur habe. Ich glaube sogar, daß eine gewisse Vervollkommnung, die ich mir nicht wünschen will, nur auf Kosten der Wahrheit erreicht werden kann. Die Wahrheit ist, soweit es sich nicht um Abstraktionen, sondern um das Leben selbst handelt, verwickelt, unklar, ungewiß und läßt sich nicht zur Musterzeichnung verwenden, für die ich im übrigen gar keine Begabung habe. Es macht mir nichts aus, wenn das, was ich hier schreibe, nur ein vorübergehendes Interesse hat. Ich habe durchaus nicht die Absicht, bilde mir auch nicht ein, etwas von dauerndem Bestand zu schaffen, und wenn das, was mich gestern in Angst versetzte oder was mich heute beschäftigt, bald ohne irgendwelches Interesse ist, so ist mir das nur lieb.

Damit sind wir nun sehr weit entfernt von den Überlegungen, die Ihren Büchern, sehr verehrter Herr Gide, zugrunde liegen! Wie ich mich erinnere, sagten Sie: »Ich schreibe, um *wieder*gelesen zu werden«; ich für meine Person dagegen schreibe dies, um meinem Leser oder meiner Leserin zu helfen, darüber hinwegzukommen. Alles was zum Fortschritt beitragen, alles was dem Menschen helfen kann, sich ein wenig über seinen gegenwärtigen Zustand zu erheben, muß bald darauf zurückgelassen werden, wie eine Sprosse, auf der man anfangs Halt gefunden hat.

Einmal in der Woche lud mein Vater zum Diner bestimmte Persönlichkeiten ein, deren Wohlwollen er sich zu erringen suchte. An diesen Abenden aß ich bei unseren Vettern Froberville. Das Frühstück am darauffolgenden Morgen wurde dann durch die Überreste des vorabendlichen Mahls und den Nachklang der Gespräche bereichert, die es dabei gegeben hatte, während mein Vater mehr denn je von seiner Wichtigkeit durchdrungen schien.

Außer diesen Empfängen war es zur Gewohnheit geworden, jeden Donnerstag einige gute Freunde einzuladen, unter ihnen Doktor Marchant und seine Frau, die, darüber war ich mir klar, viel mehr die Freunde meiner Mutter als die meines Vaters waren. Wie mir meine Mutter wiedererzählte, hatte sich nun die Frage erhoben: sollte man Saras Vater zu einem der feierlichen Diners oder zu einem unserer Abende im kleinen Kreis einladen? Das Diner würde ihm größeren Eindruck machen; aber man wußte nicht recht, mit wem man diesen Neuling zusammenbringen sollte . . . Denn Papa hatte große Angst, daß Keller eine schlechte Figur abgeben könnte. Papa liebte es, weitgehende Freiheit in geistigen Dingen zu bekunden; das war jedoch reine Heuchelei, denn in Wirklichkeit war er vollkommen in den herkömmlichen Vorstellungen befangen. Er sagte jedem, der es hören wollte, daß das Talent alles entschuldige, aber er, der selbst ohne Talent war, entschuldigte nichts. Es konnte ihn nichts so sehr aufbringen wie der »Mangel an Lebensart«, wie er es nannte, denn sie war das einzige, was er beherrschte. Darüber hinaus waren ihm, ohne daß er erklärter Antisemit war, alle Juden verdächtig. Lud man Keller zu einem unserer kleinen, intimen Abende ein, so verpflichtete das zu nichts, und schließlich hatte diese Einladung ja nur den Zweck, Sara und mich zusammenzubringen, trotz des unverhohlenen Verdrusses meines Vaters, seine Tochter mit Leuten Freundschaft schließen zu sehen, die nicht zu »unserem Kreis« gehörten.

Mein Vater beglückwünschte sich noch mehr zu seiner Entscheidung, als Keller uns in seiner Antwort mitteilte, daß er »niemals ohne seine Frau ausginge«. Frau Keller würde also Sara begleiten.

Dieser Abend, von dem ich mir so viel Freude versprochen hatte, wurde für mich der Anlaß zu unsäglichem Leid. Selbst mit meinen Kinderaugen sah ich vom ersten Augenblick des Erscheinens unserer neuen Gäste, daß ihre Gegenwart in unserem bürgerlichen Salon völlig fehl am Ort war. Ich erfuhr erst lange Zeit später – und meine Eltern ebenso –, daß Keller nicht rechtsgültig verheiratet war und daß Saras Mutter, von sehr niederer Herkunft – wie übrigens auch er selbst –, sein Modell gewesen war, bevor sie seine Lebensgefährtin wurde. Wenn man meinen Vater reden hörte, so schien es der Gipfel der Verworfenheit, »sein Modell zu heiraten«. Indessen nahm seine Verachtung noch zu, als er erfuhr, daß Keller sie »nicht einmal geheiratet hatte«. Davon wußten wir noch nichts, und wenn wir es gewußt hätten, erklärte mein Vater später, »so hätte man sie natürlich nicht eingeladen«. Ich erfuhr in der Folge auch, daß das Paar in sehr gutem Einvernehmen miteinander lebte. Aber mein Vater meinte später, daß »das an der Angelegenheit nichts ändere«. Frau Keller mußte sehr schön gewesen sein, sie war es sogar noch, obgleich sie geradezu aufdringlich zurechtgemacht war. Ihr für unser farbloses Milieu zu helles, zu prächtiges Kleid – »auffallend« nannte mein Vater es am nächsten Morgen – ließ sogleich die bescheidene Zurückhaltung von Frau Marchant und meiner Mutter zur Geltung kommen. Aber durch den Kontrast erschienen mir deren dunkle, hochgeschlossene Kleider plötzlich veraltet, zu eng und abscheulich »comme il faut«. Ich selbst trug an jenem Abend ein ganz einfaches helles Kleid und kam mir darin ganz unbeholfen vor neben Sara, die eine weiche dunkelrote Seide harmonisch und fast nachlässig umhüllte, deren warmer Ton den bernsteinfarbenen Glanz ihrer Haut hervorhob. Nicht, daß ich der Kleidung große Bedeutung beimaß, aber durch die Berührung mit der Ungezwungenheit und Anmut von Sara und durch die Wirkung einer außerordentlichen Sympathie, die mich unsere Einrichtung mit Saras Augen sehen ließ, erschien mir diese Umgebung, in der ich bis dahin gelebt hatte, in ihrer ganzen Bedeutungslosigkeit und herkömmlichen Leere. Der Leuchter, die Tapeten, die Sessel, die Möbel, alles wurde plötzlich entzaubert, wurde kleinbürgerlich und verlor jeden Glanz. Man konnte indessen nicht einmal sagen, daß unsere Einrichtung besonders häßlich war; weder mein Vater noch meine Mutter hatten, was man gemeinhin »schlechten Geschmack« nennt, aber der eine wie der andere huldigte dem Herkömmlichen; und selbst das Maßvolle des bürgerlichen Stils, der ihnen gemäß war – wie mittelmäßig, einfältig und dumm erschien das alles neben den Kleidern von Frau Keller und Sara.

»Wie ist das alles prächtig bei euch«, sagte Sara zu mir.

Das waren die ersten Worte, die sie an mich richtete, und zwar in einem unbestimmten Tonfall, indem sich bewunderndes Erstaunen mit einer, wie mir schien, ein wenig verächtlichen Ironie mischte, die mich sogleich erröten ließ.

Mein Vater, der sich danach erkundigt hatte, erzählte uns, daß Keller seine Gemälde sehr gut und teuer verkaufte. Aber als ich kurze Zeit darauf in das Atelier des Vaters meiner Freundin kam, bemerkte ich dort kein Anzeichen von ausgesprochenem Reichtum. Bei uns dagegen schien alles aufdringlich von der Höhe unseres Einkommens zu sprechen.

Daß die Kellers bei meinen Eltern einen schlechten Eindruck machten, daran konnte ich nicht zweifeln; so sehr ich noch ein Kind war, so sah ich das doch ganz klar. Aber ebenso deutlich wurde mir die Bemühung meiner Eltern, davon nichts merken zu lassen. Überhaupt waren an diesem Abend alle besorgt, vollkommen froh und zufrieden zu scheinen, und ich glaubte wirklich, daß ich die einzige war, die unter dem Mißverhältnis litt; das rührte zweifellos auch von der Aufrichtigkeit meiner Gefühle für Sara her. Ich hatte sie sehr bald beiseite genommen, während einige an den Wänden hängende Bilder als Anlaß für die Unterhaltung unserer Eltern dienten. In der Mehrzahl waren das Gemälde unseres Freundes Bourgweilsdorf, die mein Vater nach dem kürzlichen Tode des Malers wieder aus seinem Schrank hervorgeholt hatte, denn den Händlern wie dem Publikum war plötzlich ihr Wert aufgegangen. Papa, der sich damals mit einer Kunstzeitschrift befaßte, hatte übrigens, wie er sagte, viel getan, um ihn zu »lancieren« und ihm nachträglich den Ruhm zuteil werden zu lassen, der ihm zu Lebzeiten verweigert wurde.

»Weißt du«, sagte Sara zu mir, »Papa tut so, als ob er das gut fände, aber im Grunde hat er einen Abscheu gegen diese Malerei.«

»Und du?« fragte ich ängstlich.

»Oh, mich interessiert die Malerei nicht, ich sehe zuviel davon. Ich liebe nur die Musik und die Dichtkunst.«

Ich wünschte so sehr, daß ich die Eltern meiner Freundin hätte »nett« finden können. Aber wie gewöhnlich erschien mir Frau Keller neben meiner Mutter und Frau Marchant! Sie lachte zu laut und bei jeder Gelegenheit, warf den Kopf zurück und barst vor Lachen hinter einem großen auseinandergefalteten Fächer. Später hatte ich Gelegenheit, sie als eine ausgezeichnete Frau kennenzulernen, die dabei allerdings sehr einfältig und von bodenloser Unwissenheit war. Und Keller, ich weiß nicht, wie er zur gleichen Zeit seiner Tochter ähnlich und so häßlich sein konnte. Ich erinnere mich keiner seiner Äußerungen, die er mit größter Sicherheit vorbrachte, wohl aber der ganz offensichtlichen Gereiztheit, in die der Doktor Marchant dabei geriet.

Als man uns Erfrischungen brachte, nahm Marchant die Ablenkung wahr, um Sara zu fragen, ob sie uns nicht etwas vortragen wollte.

»Genoveva hat uns von Ihrer ungewöhnlichen Begabung erzählt«, sagte er. »Ich glaube, daß wir hier die von Ihnen gesprochenen Verse weit besser zu würdigen wüßten, als es Ihre Schulkameradinnen konnten.«

Sara ließ sich nicht lange bitten. Als sie aber zögerte und fragte, was wir zu hören wünschten, sagte meine Mutter freundlich:

»Nun, warum nicht den ›Tod der Liebenden‹, da Sie mir neulich sagten, daß Sie dieses Gedicht ganz besonders lieben.«

»Einer der Höhepunkte der französischen Dichtkunst«, erklärte Papa wichtig. »Wollen Sie das Buch, Fräulein Sara?«

Dann setzte er noch hinzu, daß Baudelaire sein Lieblingsdichter sei und daß er stets die ›Blumen des Bösen‹ bei sich hätte. Darauf zog er aus einem kleinen drehbaren Bücherständer auf dem Flügel einen Band, bei dem es ihm zweifellos darum zu tun war, daß man den Einband bewunderte, denn er mußte sehr gut wissen, daß Sara auswendig vortragen würde. Sie lehnte mit dem Rücken gegen den Flügel, nahm einen zugleich schmerzlichen und lächelnden Gesichtsausdruck an, der sie noch schöner machte, und trug mit gleichmäßiger, reicher, aber dabei ungewöhnlich sanfter und verschleierter Stimme dieses bewunderungswürdige Gedicht vor, das ich noch nicht kannte. Ich bin nicht sehr empfänglich für die Dichtkunst, wie ich zugeben muß, und zweifellos wäre ich bei diesen Versen gleichgültig geblieben, wenn ich sie selbst gelesen hätte. So von Sara vorgetragen, drangen sie mir bis ins Herz. Die Worte verloren ihren genauen Sinn, den ich nur ungefähr zu verstehen suchte. Jedes von ihnen wurde Musik, die unmerklich und fein ein verborgenes Paradies heraufbeschwor; und ich hatte plötzlich die Offenbarung einer anderen Welt, von der die äußere nur der blasse und trübe Abglanz war.

»Sara«, sagte ich später zu ihr, »wir leben nicht in dieser dichterischen Welt, so schön sie auch sein mag, und können nicht nach ihr handeln. Warum erweckt man in uns das Heimweh danach?«

»Aber es liegt nur an uns, darin zu leben«, antwortete sie.

Ich erfuhr am gleichen Abend, daß Sara sich dem Theater verschrieben hatte. Ich werde noch erzählen, wie sie in der Folge angenommene Personen die Herrschaft über sich gewinnen, sie von sich Besitz ergreifen ließ bis zum Verlust jedes individuellen Charakters. Ich glaube heute, daß es nicht gut ist (ich wollte schon sagen: anständig), auf diese Art das Elend von unserer Erde zu verbannen, wie es gewisse Mystiker in ihrem Traum vom künftigen Leben tun. Dieses Ausweichen vor dem Wirklichen scheint mir eine Art Fahnenflucht. Aber an diesem Abend versuchte ich nicht, dagegen anzugehen. Ich unterwarf mich dem Reiz von Saras Stimme wie einem Zauberspruch.

Auf die Bitte meines Vaters trug Sara noch die ›Einladung zur Reise‹ und den ›Wasserstrahl‹ vor. Ich war sehr angenehm überrascht, meinen Vater einige Würdigungen Baudelaires formulieren zu hören, die mich verwunderten; Meinungen anderer, die er zu den seinen machte, wie immer.

»Diese Kleine ist jetzt schon eine Schauspielerin. Die Komödianten sind mir recht auf der Bühne. Aber ich mag es nicht, daß du mit diesen Leuten verkehrst«, erklärte mein Vater am nächsten Morgen.

Indessen wagte er es nicht, mir die Annahme der Kellerschen Einladung zu verbieten, denen daran lag, unsere Höflichkeit zu erwidern.

»Das hat man nun davon, daß man sie bei uns eingeführt hat«, sagte er. »Jetzt können wir es ihnen nicht abschlagen.«

Mein Vater, der immer ängstlich auf einwandfreie Umgangsformen bedacht war, hielt es für ungehörig, sich dem, was er als gesellschaftliche Verpflichtungen ansah, zu entziehen. Wenn sie ihm jedoch zu lästig waren, so wälzte er sie auf meine Mutter ab. So fügte er auch jetzt hinzu:

»Ihr beide werdet allein hingehen. Ich werde verhindert sein.«

Mehr konnte ich mir nicht wünschen.

Die Gesellschaft bei den Kellers war sehr zahlreich. In der Mehrzahl waren es Künstler und Schriftsteller, und bei unserem Erscheinen in dem Atelier gab es etwa ein Dutzend Vorstellungen. Die Atmosphäre des großen, seltsam ausgestatteten

Raumes war für mich so fremd und unheimlich wie nur möglich; für Mama war es zweifellos das gleiche, denn sie sagte mir am nächsten Tag, daß sie sich dort ein wenig verloren gefühlt habe und daß sie entschieden nicht in fortgesetzte Beziehungen zu den Eltern meiner Freundin zu treten wünsche. Ihr »Genre« läge ihr nicht. Es muß erwähnt werden, daß meine Mutter trotz ihrer geistigen Großzügigkeit äußerst zurückhaltend blieb.

»Indessen scheint mir deine Freundin reizend zu sein«, fügte sie hinzu, »und ich will dich nicht daran hindern, mit ihr zusammenzukommen. Sie ist wirklich klug und auffallend begabt. Aber ihre Gaben scheinen mir so verschieden von den deinen, daß es mich sehr wundern würde, wenn ihr euch für lange Zeit verstehen könntet. Du wirst ihr auf ihrem Weg nicht folgen können, und wenn du dich an sie hängst, so werden daraus später für dich traurige Erlebnisse entstehen. Die andere – wie heißt sie noch? – scheint mir deinen Neigungen viel näher zu stehen.«

Diese »andere« war Gisela Parmentier, über deren Unnahbarkeit ich so lange Zeit betrübt gewesen war. Ich sagte schon, daß sie keine andere Freundin außer Sara hatte. Und ich hätte nicht sagen können, auf welche von beiden ich eifersüchtig war, da ich, wenn auch auf ganz verschiedene Art, in die eine ebenso verliebt war wie in die andere. Bei Gisela handelte es sich durchaus nicht um eine körperliche Anziehung wie bei Sara, sondern um etwas Tiefes, Unerklärliches. Nein, worauf ich eifersüchtig war, das war ihre Freundschaft selbst. An diesem ersten Abend, wo ich ihnen zum erstenmal nahekam, fühlte ich mich gehemmt wie ein Eindringling und fand nichts, was ich ihnen sagen konnte, obgleich mir das Herz überlief. Ich hoffte, Sara Verse vortragen zu hören, aber ein Mädchen, das kaum älter war als wir, setzte sich an den Flügel und begann zu singen, wobei sie sich selbst begleitete. Sara zog Gisela und mich in einen anderen leeren und erleuchteten Raum, den ein Vorhang von dem Atelier trennte.

»Meine Eltern fordern sie auf zu singen«, sagte sie zu mir, »damit sie dadurch vielleicht Schülerinnen bekommt. Sie verdient ihren Lebensunterhalt durch Klavier- und Gesangsstunden. Aber ich kann weder ihre Stimme noch die Art ihres Spiels ertragen. Papa im übrigen auch nicht; aber er ist so gut... Und du«, fügte sie, sich zu mir wendend, hinzu, »bist du gut?« Es schien mir unvorsichtig, mit »ja« zu antworten. Außerdem wußte ich durchaus nicht, ob ich »gut« war. Zum Glück wartete sie meine Antwort nicht ab, sondern fuhr fort:

»Gisela bemüht sich, alle zu lieben. Ich bin der Ansicht, daß das keine Liebe mehr ist; das ist das, was Vedel (einer unserer Lehrer) ›Philanthropie‹ nennt.«

»Nein, ich bemühe mich nicht«, protestierte Gisela. »Aber Mama sagt immer . . .«

»Oh, Frau Parmentier«, unterbrach Sara, »das ist die Güte selbst. Jedesmal, wenn man vor ihr über jemand etwas Schlechtes sagt, protestiert sie und will nur das sehen, was seine Fehler entschuldigen kann. Also, was sagt deine Mutter?«

»Daß es viel mehr liebenswerte Menschen gibt, als man glaubt, und daß es oft, um besser lieben zu können, genügt, besser zu verstehen, und daß man oft besser verstehen würde, wenn man besser hinsähe.«

Gisela hatte diesen Grundsatz ohne jede steife Gelehrsamkeit, jedoch mit einem reizenden Ernst ausgesprochen. Es schien mir, daß ich, wenn ich nicht gleich spräche, für den Rest des Abends zum Schweigen verurteilt sein würde. Der Ton meiner Stimme machte mir im voraus Angst. Ich fühlte sie ganz zusammengepreßt, und nur mit größter Anstrengung brachte ich heraus:

»Ich glaube, daß ich nicht von Natur aus gut bin, aber daß ich fähig bin, stark zu lieben.«

Ich wollte hinzufügen, daß ich glaubte, daß die Liebe um so stärker sein müßte, je ausschließlicher sie wäre und wenn sie sich nicht auf alle erstreckte. Ich hätte vor allem gewollt, daß Gisela und Sara fühlten, daß sie gemeint waren, wenn ich davon sprach, daß ich nur einige liebte. Aber welche Form sollte ich meinem Gedanken geben, die nicht anmaßend und geschwollen erschienen wäre. Diese Erklärung, die ich so gern geben wollte und die mich fast erstickte, ließ mich erröten, als ob ich sie schon ausgesprochen hätte. Gisela und Sara sahen mich an. Aber da kein Wort mehr aus meinem Munde kommen wollte, nahm Sara das Gespräch wieder auf:

»Es gibt viele Arten zu lieben. Ich glaube, daß ich zum Beispiel für die eheliche Liebe durchaus nicht tauge.«

»Wie kannst du darüber etwas wissen«, sagte Gisela. »In dem Augenblick, wo du einem begegnest . . .«

Sara unterbrach sie:

»Oh, ich will nicht sagen, daß ich mich niemals verlieben werde. Aber dem Betreffenden meine Neigungen und mein

Eigenleben opfern, mich nur noch damit beschäftigen, ihm angenehm zu sein, ihn zu bedienen ...«

»Was für eine komische Vorstellung du dir von der Ehe machst!«

»Aber nein, ich versichere dir, daß es fast immer wirklich so ist. Ist man einmal verheiratet, so hat man für nichts mehr Zeit, was einen vorher interessierte. Es ist nur noch Zeit da für den Haushalt und für die Kinder, wenn man welche hat. Sieh dir Emilie N. an (das war die ältere Schwester einer ehemaligen Schülerin unseres Lyzeums): sie lebte nur für die Musik. Auf dem Konservatorium hat sie den ersten Preis bekommen. Seit sie verheiratet ist, hat sie ihr Klavier nicht mehr aufgemacht.«

»Schließlich konnte sie es nicht mit auf die Hochzeitsreise nehmen.«

»Nein, nein! Sie hat es mir gesagt, und sie hat es Mama gesagt: aufgegeben für immer ... und daß sie jetzt viel zuviel zu tun hätte und daß ihr nichts daran läge, sich in einer Kunst zu vervollkommnen, die sie von ihrem Manne trennte. Das sind ihre eigenen Worte.«

»Sie hätte nur einen Musiker zu heiraten brauchen«, wagte ich einzuwerfen. Und dieses Mal brachte mich die Dummheit meiner Bemerkung von neuem zum Erröten.

»Jedenfalls ist es wohl vorsichtiger, niemand zu heiraten«, erwiderte Sara.

Und da ich sagte, daß es nicht sehr angenehm sein müsse, allein zu leben, fuhr sie fort:

»Man muß deswegen nicht unbedingt allein sein.«

Ich hätte diesen Satz zweifellos überhört, wenn Gisela nicht sofort laut protestiert hätte, worauf Sara erwiderte: »Als ob du nicht genau wie ich dächtest. Du sprichst jetzt nur Genovevas wegen dagegen.«

Ohne recht zu wissen, wohin mich das, was ich sagen wollte, führen würde, und aus dem übermächtigen Wunsch heraus, nicht abseits zu stehen und meine Sympathie zu bezeugen, rief ich:

»Aber auch ich denke wie Sara. Ihr dürft keine Angst vor mir haben. Ich kann mich nicht gut ausdrücken, weil ich bisher mit niemand habe sprechen können. Wenn ihr mich aber richtig kennt, würdet ihr verstehen, daß ich eure Freundin sein kann.«

Ich hatte das alles unter ungeheurer Anstrengung in einem Zuge herausgebracht. Ganz erstaunt und verwirrt über das, was ich eben zu sagen gewagt hatte, ergriff ich mit klopfendem

Herzen zugleich eine Hand von Gisela und die Schulter von Sara, gegen die ich meine Stirn preßte, wie um meine Scham zu verbergen. Ich fühlte, wie Gisela mit der anderen Hand sanft mein Haar streichelte. Als ich die Stirn wieder hob, standen mir Tränen in den Augen, aber es wurde schließlich doch ein Lächeln daraus.

»Hört zu«, sagte Sara, »wenn es so ist, können wir drei einen Bund gründen; einen Geheimbund: den Bund für die Unabhängigkeit der Frau. Man müßte mit dem Versprechen anfangen, von dieser Sache zu niemandem zu sprechen. Gisela, schwöre sofort, daß du deiner Mutter nichts davon erzählst.«

»Aber was sollte ich ihr denn sagen? Es gibt ja gar nichts zu erzählen.«

»Was? Nichts? Du nennst das ›nichts‹, wenn wir drei uns zusammentun und uns feierlich versprechen, unserm Programm treu zu bleiben?«

»Aber welchem Programm denn?«

»Wir werden uns später damit beschäftigen, das aufzustellen. Aber zuerst müssen wir schwören, von der Sache zu niemandem zu sprechen.«

Bisher hatte ich niemals Geheimnisse vor meiner Mutter gehabt, nun war ich damit einverstanden, daß dieses das erste sein sollte.

»Nur«, sagte ich, »bevor ich schwöre, möchte ich wissen, wozu wir uns verpflichten.«

Jetzt konnte ich lachen, und ich fing an, mich vollkommen wohl zu fühlen. Sara sagte:

»Unser Bund wird sich IF nennen, die Anfangsbuchstaben von Indépendance Féminine. Unser Zeichen wird ein Eibenzweig (IF – die Eibe) sein. Da wir die Gründerinnen sind, wird niemand Mitglied des IF werden können, ohne von uns dreien angenommen zu sein. Die Neuen werden einen Beitrag bezahlen.«

»Wozu?« fragte Gisela.

»Um anzugehen gegen ... Man kann nicht im voraus wissen, wogegen. Die Vereine haben immer eine Kasse. Zum Beispiel, um den unehelichen Müttern zu helfen ...«

Gisela brach in lautes Gelächter aus, und nichts schien mir reizender, als den Ernst ihres Gesichtes sich plötzlich aufhellen zu sehen.

»Das hatte ich erwartet«, rief sie. »Das ist eine fixe Idee bei Sara. Nein, meine Liebe, ich will mich nicht verpflichten, niemals zu heiraten. Ich behaupte, daß eine Frau auch in der Ehe ihre Freiheit bewahren kann und daß sie sie im übrigen auch in den freien Verbindungen nicht unbedingt bewahren muß, wo die Kinder nicht weniger eine Belastung sind als in den gesetzmäßigen Ehen.«

Dieser Protest klärte mich etwas auf. Ohne ihn hätte ich nicht begriffen, welches Saras fixe Idee sein könnte. Aber ich wagte es nicht, Erklärungen zu verlangen, aus Furcht, zu unwissend oder zu dumm zu erscheinen. Ich hörte zum erstenmal den Ausdruck »uneheliche Mutter«; er hatte keine klare Bedeutung für mich, und wenn er mich etwas erschütterte, so hätte ich doch nicht sagen können, warum. Ich hatte lange in voller Unschuld geglaubt, daß die Ehe, wenn man Kinder haben wollte, eine Conditio sine qua non sei. Dabei wußte ich wohl, daß sie das natürliche Ergebnis einer engen Beziehung der beiden Geschlechter sind. Meine Mutter hatte es für richtig gehalten, mich darüber aufzuklären und mir zu sagen, daß in dieser Hinsicht der Mensch sich durchaus nicht von den Tieren unterscheide. Aber diese intimen Beziehungen brachte ich in so enge Verbindung mit der Ehe, daß ich nicht daran dachte, daß sie auch außerhalb der Ehe zulässig sein könnten. Und dabei wußte ich sehr gut, daß es vorkam, daß Männer und Frauen zusammenlebten, ohne verheiratet zu sein. Die einfache Überlegung hätte mich belehren können; aber ich hatte nun einmal gerade darüber niemals nachgedacht. Die wenigen theoretischen Kenntnisse, die ich besaß, blieben ohne Beziehung zum Leben.

Die Gegenwart von Gisela und Sara lähmte mein Denken, so verschob ich die Prüfung der Frage auf später. Nur das erschien mir klar: Sara wollte nicht heiraten, behauptete jedoch nicht, daß sie deswegen allein bleiben wollte. Ich verschanzte mich hinter Giselas Widerstand.

»Ehe ich mich verpflichte, werde ich warten, bis du dich entschieden hast«, sagte ich.

Sie wandte sich zu Sara:

»Siehst du, Sara, wir können sehr gut einen Bund schließen, aber man würde sich dabei nur verpflichten, nichts gegen sein Gewissen oder aus Nachahmung zu tun.«

»Oder um sich dem Herkommen anzupassen«, sagte Sara.

»J-a«, sagte Gisela etwas zögernd. Dann wendete sie sich zu mir: »Ich glaube, daß wir das versprechen können. Jetzt wollen wir unsere rechten Hände zusammenlegen wie zum Rütlischwur und sagen: ich schwöre, der IF treu zu bleiben.«

So geschah es mit großem Ernst.

Darauf gab es ein ziemlich langes Schweigen, wie nach der Kommunion. Plötzlich Sara zu Gisela:

»Woran denkst du?«

»Ich denke«, antwortete sie, »daß im Englischen ›if‹ ›wenn‹ bedeutet und daß unsere Abmachung ein wenig bedingt bleibt.«

»Oh, wenn du jetzt schon anfängst, dich zurückzuziehen ...«

In diesem Augenblick hob Saras Mutter den Vorhang, der das Zimmer, in dem wir waren, vom Atelier trennte. »Meine Kinder, ich komme euch holen. Wir brauchen junge Mädchen, die die Erfrischungen reichen.«

Ich glaube, daß ich unsere Gespräche getreu wiedergegeben habe. Sie scheinen mir heute sehr kindlich. Aber damals waren sie für mich von höchster Wichtigkeit, und an den folgenden Tagen mußte ich immerzu daran denken.

Als es Zeit wurde, sich von unseren Gastgebern zu verabschieden, ging Mama zu Gisela und sagte zu meiner Überraschung:

»Ich hörte, daß Sie hier in der Nähe wohnen, aber es liegt auf unserem Wege. Ist es Ihnen recht, wenn wir Sie nach Hause bringen?«

Ich hatte Mama schon von Gisela erzählt, und sie wußte, welche Freude mir dieser Vorschlag machen würde. Auch sie wollte sich mit Gisela unterhalten, so wie sie Sara hatte kennenlernen wollen.

»Ihre Mutter läßt Sie allein ausgehen«, sagte Mama, als wir draußen waren. »Sie zeigt Ihnen ein Vertrauen, das Sie gewiß verdienen.«

»Ich wünsche so sehr, es zu verdienen, daß ich niemals irgend etwas Falsches zu tun wage«, sagte Gisela lächelnd. »Ich glaube, daß ich es weit weniger verdienen würde, wenn man mich strenger hielte.«

Gisela drückte sich auf eine reizende Art aus, mit vollkommener Ungezwungenheit und einer heiteren Anmut, die meiner Mutter sicherlich gefallen mußten. Ich fühlte es und war entzückt darüber. Sie fuhr fort: »Aber auch Sie, gnädige Frau, sind nicht streng mit Genoveva. Sie begleiten sie niemals. Sie kommt allein zur Schule.« (War es möglich, daß sie das bemerkt hatte?)

»Ich begleite sie soviel wie möglich«, sagte meine Mutter, »aber nicht aus Mangel an Vertrauen, sondern weil ich mit ihr zusammensein möchte. Sie wird mir sehr fehlen, wenn sie einmal nicht mehr bei mir sein wird.«

»Das sage ich mir auch immer über Mama.«

Giselas Tonfall war wieder sehr ernst geworden. Ich begriff, daß Gisela ihre Mutter zärtlich liebte, und warf mir plötzlich vor, daß ich meine Mutter nicht genug liebte. Wir gingen einige Zeit, ohne etwas zu sagen. Ich wußte nicht, wo meine neue Freundin wohnte, und war betrübt, als ich Mama plötzlich sagen hörte:

»Ich glaube, daß wir hier schon bei Ihrem Haus angelangt sind, Fräulein Gisela. Wollen Sie so freundlich sein, Ihrer Mutter zu sagen, daß ich sie sehr gern kennenlernen möchte?«

In dem Augenblick, als Gisela uns verlassen hatte, drückte ich Mama an mich.

»Was hast du denn, meine kleine Genoveva? Du wirst mich ja umwerfen!« sagte sie, indem auch sie mich umarmte.

»Ich glaube, daß ich erst heute abend begreife, wie lieb du bist.«

Sie tat so, als ob sie lachte, um ihre Bewegung zu verbergen. Dann, als wenn nichts gewesen wäre:

»Ach, tut das gut, ein bißchen zu gehen, nach dem Rauch in diesem Atelier.«

Ich habe bisher noch nicht von meinem Bruder gesprochen. Obgleich er nur zwei Jahre jünger war als ich, nahm er keinen großen Platz in meinem Leben ein. Da er von zarter Gesundheit war, hatte man ihn mehr gehegt als mich. Ich glaube aber nicht, daß ich aus diesem Grunde gegen ihn eingenommen war, sondern vielmehr deswegen, weil er eine bestimmte Art hatte, meinem Vater zu schmeicheln, um von ihm alles zu erreichen, was er wollte. Und er hatte damit immer Erfolg. Niemals hat mein Vater die Hand gegen ihn erhoben; während ich nicht vergessen konnte, daß er mich einmal geohrfeigt hat. Wie Salomo hatte er meinem Bruder und mir geraten, uns ein Beispiel an der Ameise zu nehmen; ich war damals erst neun Jahre alt und hatte es gewagt, ihm zu antworten: »Aber Papa, du sagst uns sonst immer, wir sollten nicht den Tieren gleichen.«

Oh, ich nehme ihm die Ohrfeige nicht übel (meinen Sohn habe ich oft körperlich gestraft), aber ich fühlte zu genau, daß Papa mich ohrfeigte, weil er nichts zu erwidern wußte und um mich dafür zu bestrafen, daß ich seine Inkonsequenz bemerkt hatte. Gustav dagegen störte die Inkonsequenz nicht; wie mein

Vater und nach seinem Beispiel nahm er allmählich die Gewohnheit an, seine Ansprüche, seine Neigungen, seine Gedanken zu ändern, wie es der Augenblick erforderte. Ich sagte, daß er meinem Vater schmeichelte, und zwar tat er das, indem er den Anschein erweckte, als bewundere er alles, was aus seinem Munde kam. Aber ich glaube, was er am meisten bewunderte, das war diese Leichtigkeit, mit der mein Vater seine Meinung wechselte wie andere ihre Kleidung.

Das ermöglichte es Gustav, ihn bei jeder Gelegenheit zu zitieren und sich hinter einem »Papa sagt ...« zu verschanzen, dessen er sich um so häufiger bediente, als er wußte, daß mich das erbitterte. Er hörte bald auf, seine Gedanken auf Dinge zu richten, die ihm nicht nützlich erschienen und aus denen er keinen Gewinn ziehen konnte, ich meine damit den gewöhnlichsten und unmittelbarsten Gewinn. Obgleich wir zusammen lebten, sprachen wir selten zueinander; er teilte keine meiner Neigungen. Ich setzte von seiner Seite Gleichgültigkeit voraus und vermutete nicht die versteckte Feindseligkeit, die langsam gegen mich anwuchs. Sie brach plötzlich aus, kurz nach dem Zeitpunkt, bis zu dem ich mit meiner Geschichte gekommen bin. Eine Sonderausstellung der neuesten Werke von Keller war soeben eröffnet worden. Die Zeitungen berichteten darüber und lobten besonders das bedeutendste Gemälde ›Die Lässige‹, von dem die ›Illustration‹ eine Wiedergabe brachte: auf einen Diwan hingestreckt, betrachtete sich eine junge, unbekleidete Frau in einem Handspiegel, der ihr Gesicht verbarg.

Ich hatte Keller sagen hören, daß der Gegenstand eines Bildes für ihn ohne jede Bedeutung sei, wichtig sei für ihn nur die Art der Malerei. Man war sich darüber einig, diese hier »wunderbar« zu finden, und ich war Saras wegen glücklich darüber. Ich sagte schon, daß mein Vater meine Freundschaft mit ihr ungern sah. Gustav fand das Mittel, meinem Vater zu schmeicheln, indem er meiner Freundin einen gemeinen Streich spielte. Er wußte, daß ich sie häufig außerhalb der Schulzeit sah und daß ich mich ihr immer mehr anschloß. Schließlich hatte ich die Unvorsichtigkeit begangen, sie vor ihm zu loben; daher rührte sein Verlangen, sie zu erniedrigen.

Der Auftritt ereignete sich gleich nach dem Frühstück, das in drohendem Schweigen stattgefunden hatte. Mein Vater hatte die Gewohnheit, während der Mahlzeit die Zeitung zu lesen. Gewöhnlich unterbrach er seine Lektüre durch Betrachtungen über die Politik, wie um damit die Unhöflichkeit, die diese Lektüre gegenüber meiner Mutter darstellte, abzuschwächen oder zu entschuldigen. Die Zeitung lag jeden Tag neben seinem Teller. An diesem Morgen aber hatte er sie liegenlassen, ohne sie anzurühren. Wie er die Stirn runzelte, mit hartem Augenausdruck, fühlte man, daß er nicht schwieg, weil er nichts zu sagen gehabt hätte, sondern weil er nichts sagen wollte, und daß er es auf später verschob. Ein Gewitter zog auf, und es drohte mir, daran konnte ich nicht zweifeln; denn Gustav, der ohne Zweifel wußte, was er von der Sache zu halten hatte, sah mich höhnisch an. Wir tranken den Kaffee im Arbeitszimmer meines Vaters. Ich sage »wir«, weil Papas Kaffee eine gemeinschaftliche Zeremonie war, wobei er der einzige war, der Kaffee trank.

»Laß uns allein«, sagte er beim Verlassen des Speisezimmers zu Gustav, der, das wurde mir nachher klar, sich im Nebenraum aufhielt, mit dem Ohr an der Tür, damit ihm ja nichts von dem Auftritt entging, den er hinterhältig vorbereitet hatte.

Mein Vater wußte sehr gut, daß er gar keinen Einfluß auf mich hatte. Da er meinen Widerstand voraussah, suchte er Stärkung bei meiner Mutter, um ihn zu überwinden, und so wandte er sich an sie. Plötzlich brach er los und schlug, nicht mit der Faust, das wäre gewöhnlich gewesen, sondern mit der flachen Hand auf den Tisch, an den er sich gesetzt hatte.

»Ich dulde nicht länger, daß Genoveva mit der kleinen Keller verkehrt.«

Das hatte er in einem Ton gesagt, der keinen Widerspruch zuließ. Mama jedoch fragte mit der größten Ruhe:

»Du bestehst jedoch nicht darauf, sie vom Lyzeum zu nehmen?«

Papa fühlte sich nicht stark genug, gegen uns beide zugleich zu kämpfen. Ich wußte Mama auf meiner Seite, und das gab mir großen Mut. Er aber antwortete, wie um sie auf seine Seite zu ziehen:

»Wir werden sie vom Lyzeum nehmen, wenn es nötig ist. Inzwischen erkläre ich mich in aller Form (das war einer seiner Lieblingsausdrücke) dagegen, daß sie mit diesem Mädchen außerhalb der Schulstunden zusammenkommt.« Und wieder schlug er mit der flachen Hand auf den Tisch, aber diesmal so unglücklich, daß ihm ein Kaffeelöffel ins Gesicht sprang:

»Das ist klar, ja?«

Wie eine boshafte Fee verdarb ihm der Löffel die Wirkung. Ich hatte Mühe, ein unsinniges Lachen zu unterdrücken. Papa wußte im übrigen, daß ich ihn nicht ernst nahm. Aber dies brachte seine Wut auf den Gipfel.

»Das ist kaum der rechte Augenblick für Scherze«, sagte er. Ich stürzte hinzu, um den Löffel aufzuheben, richtete mich wieder auf und sagte dann, ohne ihn anzusehen, um nicht noch mehr den Eindruck zu erwecken, daß ich ihm trotzte, und vielmehr mit dem Wunsch, meine Unverschämtheit abzuschwächen:

»Ich habe nicht die Absicht, dir zu gehorchen.«

Es gab ein peinliches Schweigen. Ich konnte sehen, daß Mama sehr bleich war und daß Papas Hände zitterten.

»Genoveva«, sagte er endlich, »nimm dich in acht! Du wirst uns zwingen, Zuflucht zu nehmen zu ...« Aber da er zweifellos nicht wußte, wozu er Zuflucht nehmen sollte, verbesserte er sich: »Du wirst uns zwingen, streng mit dir zu werden!«

Dann wendete er sich zu meiner Mutter, die er bei großen Anlässen, um sie noch feierlicher zu machen, siezte: »Lesen Sie das.« Und Papa zog aus der Innentasche seiner Jacke ein Zeitungsblatt oder, genauer, die Seiten einer Revue hervor, die er auseinanderfaltete und ihr reichte.

»Lesen Sie das, bitte, laut vor.«

»Hat Gustav dir das gegeben?« fragte Mama, ohne das Blatt zu nehmen. Und leise fügte sie hinzu: »Der Elende.«

»So ist es richtig«, rief Papa aufbrausend, »ihn willst du jetzt beschuldigen.«

Mama, die nach außen immer noch sehr ruhig war, dabei aber so bleich, daß ich darauf gefaßt war, daß sie ohnmächtig werden würde, sagte darauf:

»Übrigens habe ich diesen schmutzigen Artikel schon gelesen.«

»Und warum hast du uns dann nichts davon gesagt?«

»Weil ich fand, daß man sich nicht darum kümmern sollte.«

»Aber worum handelt es sich eigentlich?« fragte ich und nahm das Blatt, das zur Erde gefallen war.

Da las ich in der Spalte »Man erzählt ...«:

»Fräulein Sara Keller, die eigene Tochter des berühmten Malers, soll zu diesem ›großartigen Akt‹, der auf der Ausstellung von allen bewundert wird, Modell gestanden haben. Unsere Glückwünsche für den Maler und das Modell! Es ist ein ganz besonders genußreiches Stück, und wir danken dem Künstler dafür, daß er uns auf diese Art in die Intimität seiner Familie einführt. Und wenn die bürgerliche Moral sich darüber entsetzt, so sagen wir Herrn Alfred Keller mit Baudelaire:

›Wenn der alte Platon auch die gestrenge Stirn kraust, male unbeirrt das Geheimnis dieser blühenden Jungfrau.‹

Die Kunst hat sich noch nie gut mit der Schamhaftigkeit vertragen.« Ich zuckte die Schultern:

»Und darum willst du nicht, daß ich mit Sara zusammenkomme?«

Papa wandte sich von neuem meiner Mutter zu:

»Darf man es zulassen, frage ich Sie, daß Genoveva weiterhin mit einem Mädchen ohne Schamgefühl verkehrt, das sich nicht scheut, sich unbekleidet den Blicken der Öffentlichkeit auszusetzen?«

»Wenn dieser schmutzige Journalist geschwiegen hätte, wäre niemand auf den Gedanken gekommen, daß sie es ist«, sagte ich; eine unvorsichtige Bemerkung, die mich in eine ungünstige Lage versetzte und meinem Vater zu erwidern gestattete:

»Wenn es niemand gewußt hätte, wäre an der Tatsache doch nichts geändert. Nicht die Meinung der anderen, sondern die Sache selbst ist für mich von Bedeutung, das weißt du sehr gut.«

Ich wußte genau das Gegenteil: mein Vater kümmerte sich sehr um die Meinung der anderen, er kümmerte sich fast nur um sie; aber ich hatte ihm das Übergewicht gegeben. Er fuhr fort:

»Gestatte mal ... du wußtest es also?«

»Nein, ich wußte es nicht. Und wenn ich es gewußt hätte, so hätte das an meinen Gefühlen für Sara nichts geändert. Außerdem hätte ich mich gehütet, es dir zu sagen, wenn ich es gewußt hätte.«

»Genoveva!« sagte meine Mutter streng.

Papa tat erstaunt:

»Wie, du nimmst nicht Partei für sie?«

»Ich habe es noch nie gutgeheißen, wenn sie frech war.«

»Sie sucht jedoch immer bei dir Unterstützung gegen mich. Aber darum handelt es sich nicht ... Also, Genoveva, du bist fest entschlossen, mir nicht zu gehorchen?«

»Ganz fest entschlossen.«

Er schien einen Augenblick zu zögern, dann sagte er, nachdem er sich wieder gefaßt hatte, in wahrhaft überlegenem Ton:

»Es ist gut. Ich weiß, was ich zu tun habe.«

Er wußte es ganz und gar nicht; und, alles in allem, tat er gar nichts. –

Als ich meinem Vater sagte, daß meine Gefühle für Sara sich nicht geändert hätten, wenn ich gewußt hätte, daß sie ihrem Vater nackt Modell gestanden hatte, hatte ich gelogen. Das begriff ich, sobald ich wieder allein war. Das Herz bedrückt von einer Angst, die ich mir noch nicht erklären konnte, lief ich zum Salon, um dort die Nummer der ›Illustration‹, die eine Reproduktion von Kellers Bild gebracht hatte, zu suchen. Das Bild selbst hatte ich nicht gesehen, ich kannte es nur durch diese Photographie. Nun, da ich wußte, daß diese nackte Frau Sara war, wollte ich es wiedersehen; ich hatte es nicht genug betrachtet. Die Nummer der ›Illustration‹ lag auf dem Tisch, aber als ich sie öffnete, stellte ich mit Bestürzung fest, daß die Reproduktion herausgenommen, und zwar sorgfältig herausgeschnitten war ... von Gustav, dachte ich sofort. Ich lief in sein Zimmer. Ohne Zweifel hatte er sich eben erst an seinen Tisch gesetzt, aber er tat, als wenn er in die Arbeit vertieft wäre.

»Du könntest auch anklopfen, bevor du hereinkommst«, sagte er, ohne die Nase von einem Atlas zu heben.

Ich zwang mich zur Ruhe, aber meine Stimme zitterte vor Empörung!

»Hast du die Photographie aus der ›Illustration‹ genommen?«

»Welche Photographie?« sagte er mit gespielter Naivität und einem ungewöhnlich herausfordernden Lächeln.

»Spiel nicht den Unschuldigen! Du weißt sehr gut, was ich meine! Wer hat dir erlaubt, die Photographie herauszuschneiden?«

Er sah mich mit höhnischer Herausforderung an.

»Sollte ich dich vielleicht um Erlaubnis fragen?«

»Gustav, du gibst mir die Photographie sofort zurück!«

»Die Photographie! Die Photographie! Zunächst einmal gehört sie nicht dir, diese Photographie!«

Außer mir, stürzte ich mich auf ihn. Bevor er Zeit hatte auszuweichen, hatte ich den Atlas hochgenommen. Das Bild war darunter, ich riß es an mich. Aber Gustav, der sich plötzlich aufgerichtet hatte, riß es mir aus den Händen und zerriß es in kleine Stücke:

»Da hast du sie, das Fräulein Sara Keller, deine schöne Freundin.«

Wir blieben einen Augenblick stehen, keuchend, einander starr in die Augen sehend und bereit, aufeinander loszugehen. Gustav war nicht stärker als ich. Ich glaube, daß ich in einem Kampf überlegen gewesen wäre. Was aber dann? ... Im übrigen ließ er mir keine Zeit zum Überlegen; wie von Angst gepackt, lief er zur Tür und begann zu schreien: »Zu Hilfe!«

Ich hörte, wie die Tür zum Arbeitszimmer meines Vaters geöffnet wurde, und hatte nur noch Zeit, auf mein Zimmer zu laufen, schloß mich dort ein und warf mich schluchzend auf mein Bett. Ich hatte furchtbares Kopfweh und versuchte, an nichts zu denken. Worunter ich am meisten litt, war, daß ich mich nicht ehrlich gegen das Urteil meines Vaters auflehnen konnte, daß ich mich gegen meinen Willen selbst entrüstete bei dem Gedanken, daß Sara sich so hatte zur Schau stellen, daß sie sich unbekleidet hatte zeigen können, und das vor ihrem Vater. Bezeichnete nicht schon der Name, den der Maler dem Bild gegeben hatte, die ›Lässige‹, daß er das Bild der Badenden aus den ›Orientalinnen‹ heraufbeschwor, jene Sara, »schön und lässig«, an die mich, wie ich sagte, meine Freundin erinnerte?

Ich lag im Dunkeln, ich hatte die Vorhänge zugezogen und die Augen geschlossen. Aber unaufhörlich wirbelten um mich die Bilder des schönen, bernsteinfarbenen Körpers.

Ich hörte leise an die Tür klopfen und Mamas sanfte Stimme:

»Meine kleine Genoveva, mein Kind ... Mach auf.« Sie nahm mich in ihre Arme, legte mir die Hand auf die Stirn und beruhigte mich wie ein Kind.

Sie sei gekommen, sagte sie, weil sie fürchtete, daß ich nicht wohl sei. Sie sagte nicht ein Wort von dem vorhergegangenen Auftritt, legte aber Wert darauf, mir mitzuteilen, daß mein Vater mit Gustav ausgegangen sei. Dies alles ereignete sich an einem Donnerstag, der Tag war schulfrei.

»Es ist sehr schönes Wetter, wir sollten auch ausgehen. Weißt du ... wenn wir uns die Ausstellung von Keller ansähen? Wir könnten zu Fuß hingehen, der Spaziergang würde dir guttun.«

Ich umarmte sie von ganzem Herzen, wusch meine geröteten Augen, machte mich fertig und flüsterte ihr dann ins Ohr:

»Sara sagte, daß es keine Bessere gäbe als Frau Parmentier; aber das kommt daher, weil sie dich nicht kennt.«

Vor dem Eingang zu der Kunsthandlung, wo die Gemälde Kellers ausgestellt waren, blieb Mama plötzlich stehen und sagte:

»Trotzdem ... ich wünschte, ich wäre sicher, daß wir nicht die Kellers dort träfen ... und auch nicht deinen Vater.«

Sie hatte mitunter solche kleinen furchtsamen Anwandlungen. Es schien dann, als ob ein Teil ihres Wesens sich von ihrer angeborenen Kühnheit lossagte, aber diese bekam dann schnell wieder die Oberhand. Als wenn sie einen Entschluß faßte, sagte sie mit einer Art fröhlichen Mutwillens:

»Und wenn ... um so schlimmer! ... Wir werden ja sehen. Komm!«

Zum Glück war niemand aus unserer Bekanntschaft in der Ausstellung. Und zum Glück lenkten eine Reihe von Landschaften, Stilleben und Porträts die Aufmerksamkeit der Besucher ab und erlaubten, daß man sich nicht nur vor dem »prachtvollen Akt« aufhielt. Dieser hatte einen Ehrenplatz und zog zuerst die Blicke auf sich, Mama betrachtete ihn ohne jede Verlegenheit, und das beruhigte auch mich. Ich hörte sie leise sagen:

»Das ist sehr schön.«

Ich kannte Aktdarstellungen von den Museen her und bewunderte ohne Hintergedanken die ›Odaliske‹, die ›Quelle‹, die ›Olympia‹ oder das ›Frühstück im Freien‹. Aber ich mußte unaufhörlich daran denken, daß diese junge Frau, die ich da vollkommen entkleidet sah, Sara war, meine Sara, und das war zweifellos der Grund, warum mir dieses Gemälde äußerst unschicklich schien.

Ich hätte allein in dem Raum sein mögen; die Blicke der anderen Besucher störten mich. Ich meinte, daß sie mich beobachteten, sobald ich das große Gemälde betrachtete. Und doch wurde ich trotz meines Leides und meiner Qual angezogen von der außergewöhnlichen Schönheit dieser ›Lässigen‹, die mich seltsam und auf eine Weise verwirrte, wie ich es bis dahin noch nie empfunden hatte.

Jemand hatte sich mir lautlos von hinten genähert, und plötzlich fühlte ich, wie sich zwei frische Hände über meine Augen legten. Ich wendete mich um. Es war Gisela!

»Wie lustig, daß man sich hier wiederfindet!« rief sie. Sie bemerkte meine Mutter.

»Ich habe Ihre Bestellung an Mama ausgerichtet, sie sagte mir, daß auch sie glücklich sein würde, Sie kennenzulernen. Jetzt begleitet sie mich gerade. Nur kann ich gar nicht gut vorstellen.« Dann nahm sie ihre Mutter am Arm, führte sie zu uns und sagte etwas unbeholfen:

»Mama ... Frau X, die Mutter meiner neuen Freundin, und richtig, du kennst Genoveva noch nicht ... hier ist sie.«

Giselas Mutter war reizend, und ich fühlte sofort, daß sie meiner Mutter gefiel. Sie sprach sehr gut französisch, jedoch mit einem deutlichen Akzent, der im übrigen nicht ohne Reiz war und ihre natürliche Vornehmheit zu vergrößern schien. Wir waren vor dem großen Gemälde.

»Man muß zugeben, daß Herr Keller großes Talent hat«, sagte Mama nach dem Austausch einiger herkömmlicher Höflichkeiten.

»Er schreckt jedenfalls nicht davor zurück, sich schöne Modelle auszusuchen. Die Maler heuzutage scheinen oft Angst vor der Schönheit zu haben.«

Ich fragte mich sehr beunruhigt, ob Frau Parmentier über den Skandal auf dem laufenden sei. Aber der Ton ihrer Stimme beruhigte mich. Er erlaubte keinen Verdacht auf Ironie oder Hintergedanken in ihren Worten. Und Sara auf dem Bild wiederzuerkennen, nein, das war nicht möglich. Auch Mama schien mir beruhigt; denn sie hatte sicherlich meine Unruhe geteilt.

»Und es scheint auch, als ob sie Angst hätten, Bilder zu malen, die wirklich etwas darstellen«, sagte sie. »Man möchte meinen, daß die heutigen Maler es vor allem darauf abgesehen haben, uns zu verwirren.«

Ich hörte nicht mehr auf unsere Mütter. Während sie ihre so glücklich begonnene Unterhaltung fortsetzten, zog ich Gisela ein wenig beiseite. Was wußte sie? Mit zitternder Stimme und ganz verwirrt fragte ich sie aufgeregt:

»Wußtest du, daß Sara ...?« – Aber sie ließ mich nicht ausreden:

»Ich bin sogar dabeigewesen, als sie Modell saß«, sagte sie, als ob das die natürlichste Sache von der Welt gewesen wäre.

Dieser kurze Satz drang mir wie ein Messerstich ins Herz. Zwischen meinen beiden einzigen Freundinnen bestand also eine Vertraulichkeit, von der ich nichts geahnt hatte. Warum schob Sara mich beiseite? Oh, zweifellos wäre ich beschämt gewesen, sie nackt zu sehen. Aber sie hatte keine Rücksicht zu nehmen auf eine Schamhaftigkeit, die ich selbst zu verleugnen bereit war. Und ich war noch weit mehr beschämt bei dem Gedanken, daß sie sich Gisela nackt gezeigt hatte. Aber das war keine Schamhaftigkeit mehr, nein, das war Eifersucht.

»Kein Wort zu Mama, sie ahnt nichts davon«, sagte Gisela.

Und als ich ihr sagte, daß meine Mutter durch einen üblen Artikel auf dem laufenden sei:

»Ich hoffe wenigstens, daß sie nicht darüber spricht!« Ich beruhigte sie schnell.

Als wir die Ausstellung verließen, machte Frau Parmentier den reizenden Vorschlag, in einer nahen Konditorei zusammen eine Tasse Tee zu trinken. Meine Mutter und sie schienen sich sehr gut zu verstehen und unterhielten sich ununterbrochen. Gisela und ich aber blieben schweigsam. Als wir uns trennten, wollte ich Frau Parmentier den Katalog der Ausstellung, den sie mir geliehen hatte, zurückgeben. Sie wollte ihn jedoch nicht zurücknehmen:

»Nein, Genoveva, behalte ihn als Erinnerung an diesen schönen Tag.«

Ich war glücklich darüber, daß ich ihn behalten konnte, wegen der sehr guten Reproduktion des Bildes, die er enthielt, und sobald wir wieder zu Hause waren, schloß ich mich in mein Zimmer ein, um sie ungestört zu betrachten. Meine Einbildungskraft bemühte sich, diesen schönen, geschmeidigen Körper mit dem Kleid zu bedecken, das Sara gewöhnlich in der Schule trug; dieses Alltagskleid, in dem ich sie am nächsten Morgen wiedersah, und wobei es mir viel leichter fiel, sie mir davon entblößt vorzustellen. Ja, gegen meinen Willen entkleideten sie meine Blicke, und ich sah sie als die ›Lässige‹. Eine unbegreifliche Angst verwirrte mich, von der ich nicht ahnte, daß es Begierde war; denn ich glaubte, daß man Begierde nur zum anderen Geschlecht empfinden könnte. Und ohne mein Zutun, denn ich hatte jede Herrschaft über mich verloren, näherte sich für Augenblicke meine Hand auf dem Pult vor mir der Hand Saras und zog sich schnell zurück, als Sara meine Annäherung bemerkte. Diesen ganzen Freitagmorgen sprach ich kein einziges Wort mit ihr, ebensowenig übrigens mit Gisela, die ich nach dem Verlassen des Lyzeums zusammen mit Sara davongehen sah. Das zerriß mir das Herz, und ich empfand eine furchtbare Traurigkeit: denn hatte Mama mir nicht am vorhergehenden Abend gesagt, daß ich nicht mehr außerhalb der Schulstunden mit Sara zusammenkommen sollte?

Ja, an diesem Donnerstagabend, kurz nach unserer Rückkehr von der Ausstellung, hatte Mama mich in meinem Zimmer aufgesucht.

»Meine kleine Genoveva, mein liebes Kind«, begann sie mit ihrer zärtlichen Stimme, die mir das Herz schmelzen und meine

Widerstandskraft schwinden ließ, »ich habe viel nachgedacht über das, was ich dir sagen will. Es fällt mir sehr schwer, dich quälen zu müssen . . .«

Sie zögerte einige Augenblicke, aber schon wußte ich, was folgen würde, und begann zu murmeln:

»Ich kann nicht, ich kann nicht.« Sie fuhr fort:

»Ich möchte nicht, daß du dich verirrst. Zu deinem Guten muß ich dich darum bitten. Deine Freundschaft für Sara beunruhigt mich. Ich fürchte, daß sie dir später viel Leid bringen würde und daß sie dich weiter treibt, als du selbst gehen möchtest.«

Sie hatte sich gesetzt und mich wie früher auf ihr Knie genommen. Jetzt legte ich den Kopf an ihre Schulter und schluchzte:

»Oh, Mama, du verstehst das nicht. Das kannst du nicht verstehen!«

Aber sie täuschte sich sicher nicht über die Heftigkeit meiner Leidenschaft; und das war es gerade, was sie beunruhigte:

»Meine kleine Genoveva, ich glaube, daß ich dich nur zu gut verstehe, und vielleicht besser als du selbst. Gerade deswegen muß ich dich warnen. Ich fürchte, daß du dich auf einen gefährlichen Weg begibst, den zu verlassen dir später viel schwerer werden würde als jetzt.«

Sicherlich wagte sie es nicht, sich vollständig auszusprechen, und ich mußte ihre Gedanken zwischen ihren Worten verstehen. Dann brachte ich, da ich kein anderes Argument fand, einen unsinnigen Satz vor, den ich sogleich bereute:

»Aber Mama, wenn ich sie nicht mehr sehe, wird es so aussehen, als ob ich Papa gehorchte.«

»Oh, Genoveva, dieser häßliche Gedanke ist deiner nicht würdig. Ich bin sicher, daß du dich schon darüber schämst.«

»Und dann, und dann . . .«, fuhr ich schluchzend fort, »wie soll ich das denn machen. Du weißt, daß ich sie jeden Tag im Lyzeum sehe, sie sitzt neben mir . . . Was soll ich ihr denn sagen . . .?«

»Ich kann die Lehrerin bitten, dir einen anderen Platz zu geben.«

»O nein, Mama, tu das, bitte, nicht, ich bitte dich darum, daß ich sie wenigstens sehen kann!«

»Aber das macht dir ja gerade solche Pein, mein Armes, Kleines! Ach, ich möchte dir so gern helfen, gegen dich selbst . . .«

Wie der folgende Morgen verlief, habe ich erzählt. Ich konnte dem Unterricht keinerlei Aufmerksamkeit widmen. Als ich zum Essen nach Hause kam, war ich so aufgeregt, daß ich sah, wie Mama darüber erschrak. Was Papa betraf, so hatte er das Mittel, mich zu strafen, gefunden: und zwar dadurch, daß er anscheinend meine Gegenwart nicht bemerkte. Was konnte ich mir Besseres wünschen? Nach der Mahlzeit suchte Mama mich in meinem Zimmer auf, in das ich mich zurückgezogen hatte:

»Bist du krank, meine arme Genoveva? Du zitterst am ganzen Körper und konntest nichts essen . . .«

Krank, ja, mein Herz war es gewiß. Indessen beruhigte ich meine Mutter, bat sie jedoch, mich nicht mehr auf das Lyzeum zu schicken. Sara weiterhin zu sehen und ihr mit Kälte zu begegnen, während ihr mein ganzes Wesen entgegenflog, das ging wahrhaft über meine Kräfte. Die Gefahr mußte meiner Mutter sehr groß erscheinen, denn sie willigte ein, mich bei sich zu behalten. Mein Vater hatte einen leichten Sieg davongetragen. Er hatte immer den Besuch des Lyzeums mißbilligt. Wenn man ihn hörte, brauchten die Frauen weniger Bildung als gute Umgangsformen, und er fügte hinzu, daß im übrigen sowohl Molière wie alle vernünftigen Leute ebenso dächten. Das entsprach durchaus nicht meiner Ansicht und zum Glück auch nicht der meiner Mutter. Ich besaß eine große Wißbegierde. Alles, was man mich auf dem Lyzeum lehrte, interessierte mich sehr; und würde mir nicht mein Wissen, so dachte ich schon damals unklar, später meine Unabhängigkeit ermöglichen? Das Abitur war erst im nächsten Jahr fällig: ich rechnete fest damit, mich daran zu beteiligen und auch dabei nicht haltzumachen. Es wurde vereinbart, daß ich das Lyzeum aus Gesundheitsrücksichten verlassen würde.

Sollte ich Gisela weiterhin sehen? Frau Parmentier hatte meiner Mutter sehr gefallen, Gisela im übrigen auch. Meine Mutter fand, daß man ihnen eine Erklärung für meine Abwesenheit schuldig wäre. Das Störende war, daß Gisela die Freundin Saras war. Einige Tage lebte ich in großer Verwirrung. Ich willigte ein, mich den Entscheidungen meiner Mutter zu unterwerfen. Ich fühlte, daß sie in ständigem Gegensatz zu meinem Vater war, und mein Widerstand gegen die väterliche Autorität verstärkte sich aus meiner töchterlichen Unterwerfung ihr gegenüber. Aber hatte die Freundschaft nicht auch ihre Pflichten, selbst ohne den feierlichen, anläßlich der Gründung der IF abgelegten Schwur? Und was würden Gisela und Sara von mir denken? Wie könnte ich mich noch selbst achten, wenn ich sie glauben ließe, ich hätte sie plötzlich aus meinem Herzen entfernt? Ich bat Mama, mich mit Gisela sprechen zu lassen. Sie selbst wollte Frau Parmentier aufsuchen, die eine heimliche Zusammenkunft mit ihrer Tochter zustande bringen sollte. Was Mama Frau Parmentier erzählte, weiß ich nicht; aber als sie von ihrem Besuch zurückkam, grub eine frohe und schelmische Miene ein Grübchen in ihre Wangen.

»Weißt du, was Frau Parmentier mir vorgeschlagen hat?« sagte sie sogleich. »Dir jeden Tag eine Stunde englischen Unterricht zu geben. Du würdest während der Schulstunden zu ihr gehen, denn sie glaubt wie ich, daß es besser ist, wenn ihr euch, Gisela und du, Saras wegen nicht so oft trefft.«

»Also hast du mit ihr über Sara gesprochen? Du hast ihr gesagt ...?«

»Meine kleine Genoveva, ich brauchte ihr nichts zu sagen. Gisela hatte ihrer Mutter alles am Tage nach unserem Besuch in der Ausstellung erzählt.«

»Und dabei hatte sie mir so sehr eingeschärft, ihr nichts davon zu sagen.«

»Du siehst also, daß das Vertrauen zu ihrer Mutter stärker war«, sagte Mama. Dann fügte sie etwas naiv hinzu: »Es ist wahr, Frau Parmentier hatte von dem häßlichen Artikel erfahren.«

»Aber Frau Parmentier hat Gisela nicht verboten, mit Sara zusammenzukommen?«

»Nein, daraus sieht man, daß wir nicht ganz die gleichen Ansichten über diesen Punkt haben. Und dann weiß sie, daß Gisela vernünftiger ist als du.«

»Oder daß sie Sara weniger liebt als ich.«

»Weniger leidenschaftlich als du; ja, zweifellos.«

Wenn ich etwas zu lange bei dieser ersten Leidenschaft meiner Jugend verweilte, so lag es an dem verworrenen Erwachen meiner Sinne. Kurz nach den geschilderten Ereignissen wurde ich krank. Der Scharlach, in dem, wie Freud sagen würde, die Verwirrung meines ganzen Wesens Zuflucht suchte, half zugleich meiner Mutter und mir selbst. Meine Mutter erzählte mir später, daß mich während des Deliriums der ersten Tage (denn ich hatte sehr hohes Fieber) oft Saras Bild heimsuchte. Aber als ich anfing, mich wieder zu erholen, hatten meine Gedanken eine andere Richtung genommen. –

II

Frau Parmentier verfügte über viel mehr Wissen als meine Mutter, die erst ziemlich spät methodisch und aufmerksam zu lesen begonnen hatte. Die Unterrichtsstunden, die sie mir gab, unterschieden sich sehr von denen auf dem Lyzeum und waren hauptsächlich mit Konversation und Lektüre ausgefüllt. In der großen Bibliothek, in der sie mich empfing, standen die englischen Autoren neben den französischen und italienischen; denn sie sprach alle drei Sprachen sehr gut. Zuerst begleitete Mama mich, aber von der dritten Stunde an ließ sie uns allein, da Frau Parmentier ihr gestanden hatte, daß sie sich mit mir allein wohler fühlte. Sehr oft ließ sie mich lesen und verbesserte dann meine schlechte Aussprache. Am liebsten hörte ich sie vorlesen, wenn ich sie auch oft nicht sehr gut verstand, aber dann wiederholte sie sich mit einer unendlichen Geduld. Der Klang ihrer Stimme entzückte mich fast ebensosehr wie der von Sara. Sie hatte eine Vorliebe für die Dichter und behauptete, sie wären besonders geeignet, mir die richtige Skandierung meiner Sätze beizubringen. Aber ich verhehlte ihr nicht lange meine geringe Neigung für den Traum und die Poesie. Da begannen wir zu diskutieren.

»Es ist wahr, die Blumen können den Menschen nicht ernähren, aber sie machen die Freude des Lebens aus. Wenn Sie aus den schönsten und duftendsten Blumenbeeten einen Gemüsegarten machen, so geben Sie mir zweifellos zu essen, nehmen mir aber im gleichen Augenblick die Lust zu leben.«

Und da ich entgegnete, daß mein Geist sich ebensowenig von Gleichnissen wie mein Körper von Blumen ernähren könnte, sagte sie mit bedauerndem Lächeln: »Oh, jetzt mögen Sie sogar schon keine Bilder mehr!« So gefiel sie sich in einer imaginären Welt, die, wie sie behauptete, von dem Augenblick an existierte, wo man anfinge, an sie zu glauben. Ebenso glaubte sie an ein ewiges Leben, und der Ausgleich, den sie dort erhoffte, half ihr, das Elend und die Unvollkommenheit dieser Erde hinzunehmen.

Schon zu dieser Zeit befaßte ich mich weniger gern mit Fiktionen als mit Tatsachen, und die Romane interessierten mich längst nicht so sehr der Schönheit ihrer Schilderungen als der Aufschlüsse wegen, die sie uns über das Leben geben können. Das erklärt auch, warum mir beim Schreiben dieser Erzählung eigentlich nur das wichtig ist, was vielleicht, und wenn es auch noch so wenig ist, aufklären oder belehren kann. Ich liebe die Zerstreuungen nicht genug, als daß ich mich selbst bemühte, zu zerstreuen. Was ich möchte, ist vielmehr warnen. Ich glaube, sehr verehrter Herr Gide, daß auch Sie sich dieses Wortes bedienten, wie ich es hier tue. Gestatten Sie, daß ich es Ihnen entlehne. Ja, ich werde zufrieden sein, wenn irgendeine junge Frau, die mich liest, in dem hier Geschriebenen eine Warnung findet und wenn dieses Buch sie dazu bringt, auf der Hut zu sein vor gewissen Illusionen, unter denen ich zu leiden hatte und die mein Leben zu verpfuschen drohten.

»Abhold allen geistigen Überfeinerungen und unbekümmert um jede Metaphysik.« Diese Worte las ich gestern in der schönen Studie von Marthe de Fels über Vauban. Sie treffen mich unmittelbar. Mit Entzücken las ich in dieser gleichen Studie noch einen anderen Satz, in dem ich mich wiederfinde:

»War dies nicht sogar die Bedingung für den Realismus seines sachlichen Geistes, wo der Dunst des Traumes keinerlei Asylrecht hatte, von dem Augenblick an, wo es sich darum handelte, tätig zu sein?« Denn ich wollte nicht zugeben, so jung ich in jener Zeit auch noch war, daß ich nicht nützlich sein könnte und müßte. Die Dichtung, die ganze Literatur sogar, erschien mir als die Frucht eines untätigen Lebens; und ich hatte einen Abscheu vor der Untätigkeit.

Nun bin ich schon dabei, gewisse Züge meines Charakters genauer zu beschreiben, die erst in der Folge deutlicher hervortraten und mir auch erst später bewußt wurden. Der Gegensatz, in dem ich mich zu Frau Parmentier, trotz der großen Zuneigung, die ich für sie fühlte, befand, war mir sehr nützlich. Wir entwickeln uns in der Zuneigung, aber wir lernen uns kennen, indem wir uns widersetzen. Diese Widersetzlichkeit hatte übrigens nichts gemein mit der Auflehnung, die mich gegen meinen Vater erfüllte und die durch Verachtung verschärft wurde. Für Frau Parmentier empfand ich nur Achtung. Trotz meiner Ablehnung verstand ich mich wunderbar mit ihr, und sie war immer wieder empfänglich für den Eifer, den ich für die Arbeit aufbrachte. Indessen brauchte ich auch noch anderen Unterricht als den ihren, und Mama nahm für Geschichte und Geographie Zuflucht zu einem Professor. Doktor Marchant, so überlastet er war, willigte ein, mir alle zwei Tage eine Stunde Unterricht in den Wissenschaften zu geben. Diese Stunden fanden abends bei ihm statt und wurden oft durch Plaudereien verlängert, aus denen ich weit größeren Gewinn zog als aus dem Unterricht selbst.

Doktor Marchant war das alles zu eigen, was meinem Vater fehlte: vor allem wirklicher persönlicher Wert, gründliche Kenntnisse und die vollkommene Verachtung von Verstellung und falschem Schein. Hinter seinem rauhen Äußeren verbarg sich eine sehr zarte Natur. Die Bewunderung, die ich für ihn empfand, hinderte mich nicht, daß ich mich ihm gleichfalls widersetzte, aber wieder aus anderen Gründen. Da die Unterhaltungen, die ich mit ihm führte, keineswegs mit der Ablegung meiner Prüfungen ein Ende fanden, sondern danach auf das schönste wieder aufgenommen wurden, ist es möglich, daß das, was ich darüber sagen werde, sich auf das Jahr 1914 oder selbst eine noch etwas spätere Zeit bezieht und daß erst meinem etwas gereiften Geist gewisse Züge seines Charakters deutlich wurden, mit denen ich mich nicht verständigen konnte. Seine völlige Aufopferung und Uneigennützigkeit, diese Art glühender Nächstenliebe, die ihn sich den Leiden zuwenden ließ, alles das beruhte auf einem verzweifelten Nihilismus. Ich selbst, bei der die religiösen Gefühle niemals sehr lebhaft gewesen waren (und die, die mein Vater vorgab, genügten, um sie mir alle zu verleiden), ich hörte sehr bald auf, an irgend etwas Überwirkliches zu glauben, was es auch sei. Aber während Doktor Marchant das tiefe Elend der Menschen hinnahm, »das wir höchstens ein wenig lindern können«, wie er sagte, konnte ich nicht zugeben, daß sich unsere Hoffnung darauf beschränken sollte. Als ich von einer möglichen Verbesserung der sozialen Zustände sprach, nannte er mich eine Phantastin, und das machte mich wütend. Ich sprach damals wie ein Kind, und was ich darüber sagte, gab offensichtlich Grund genug zum Lächeln. Ich fühlte es; aber ich stand zu meiner »Phantasterei«. Ich stand unbeirrt dazu. Diese Hoffnung, die ich in mir habe, hat mein Leben geleitet. Sie war zu jener Zeit noch sehr unklar, und ich hätte vielleicht besser daran getan, noch zu warten, bevor ich davon sprach; ich tat es aus Ungeduld.

Ich überlese, was ich eben gesagt habe, und es befriedigt mich sehr wenig. Wie kühn, ungewiß und gewagt erscheint jedes Glaubensbekenntnis, sobald man keiner Kirche mehr angehört! Ich las soeben in einer amerikanischen Revue die Antwort auf eine Umfrage: »What do you believe?« Diese Frage war an die berühmtesten Schriftsteller, Gelehrten, Staatsmänner, Bankiers, Industriellen usw. aller Länder gerichtet worden.

Mit Bestimmtheit schienen nur die zu antworten, die dem katholisch-orthodoxen Glauben anhingen. Aber die wahre Antwort der anderen ist ihr ganzes Werk, ist ihr Leben. Man kann im dunkeln tappen, wenn sich's darum handelt, zu reden, aber entschlossen sein, sobald es darum geht, zu handeln. Ich kann keine Theorie aufstellen und glaube doch sehr gut zu wissen, was ich will, obgleich ich es sehr schlecht sagen kann. Im übrigen hätte ich nicht diese lange Erzählung auf mich genommen, wenn ich es in einigen Sätzen hätte ausdrücken können.

Frau Marchant war die Jugendfreundin meiner Mutter gewesen. Bescheiden bis zum Erlöschen, fast unbedeutend, zum mindesten sah ich sie so in jenem Abschnitt meines Lebens; denn ich hatte zu jener Zeit wenig Neigung, zu entdecken, was sich unter dem äußeren Anschein der Dinge verbarg, und verachtete die Bescheidenheit. Wenn mein Vater für mich den Typ des Mannes darstellte, den ich um nichts in der Welt heiraten wollte, so stellte Frau Marchant den Typ der Frau dar, die ich auf keinen Fall sein wollte. Nichts rechtfertigte in meinen Augen die Liebe, die ihr der Doktor entgegenbrachte; sie schien mir nicht der Beachtung wert. Sie lebte in dem Schatten ihres Mannes und der Ergebenheit für ihn. Ihre Ehe war sicherlich sehr harmonisch, trotz der zynischen Aussprüche des Doktors, der die Ehe für eine »lächerliche Einrichtung« hielt. Er scheute sich nicht, diese Worte vor mir auszusprechen, so jung ich damals auch war, und trotz der erzürnten Blicke meines Vaters, der die größte Achtung für »diese geheiligte Einrichtung« bekundete.

Frühzeitig durch meine Mutter aufgeklärt, die nicht der Ansicht war, daß Unwissenheit jemals einen Gewinn irgendwelcher Art bringen könnte, wußte ich, daß die Kinder nicht die von selbst entstandenen Früchte des Sakraments der Ehe sind. Ich hatte auch begriffen, daß die fleischlichen Beziehungen, die die Zeugung ermöglichten, oft ohne Billigung durch Kirche und Gesetz bestehen. Warum aber blieben gewisse Paare, auch nachdem sie verheiratet waren, kinderlos? Diese Frage beschäftigte mich sehr, und besonders, wenn ich an die Ehe unserer Freunde Marchant dachte.

»Das ist eine schrecklich indiskrete Frage«, sagte meine Mutter, als ich sie ihr stellte. »Du weißt sehr gut, daß ich dir fast immer antworte . . . Aber zunächst gibt es viele Ehen, in denen man lieber keine Kinder haben will.«

»Warum?«

»Aber mein Kleines, aus einer Menge mehr oder weniger stichhaltiger, moralischer oder materieller Gründe.« »Wie machen sie es denn, um keine zu bekommen?« »Das brauchst du jetzt wirklich nicht zu wissen«, sagte Mama und errötete ein wenig, zweifellos nicht so sehr über meine Frage als über ihre Weigerung, darauf zu antworten.

Ich hatte indessen diese Frage vollkommen arglos gestellt und ohne im geringsten ihre Unschicklichkeit zu ahnen. Da ich von dem sexuellen Verlangen und von der Wollust nur erst die verworrenste Vorstellung hatte, beunruhigte mich die Frage der ehelichen Beziehungen viel weniger als die der Fortpflanzung.

»Du glaubst, daß die Marchants lieber keine Kinder haben wollen?« fragte ich.

»Nun, das glaube ich nicht«, sagte Mama. Und sehr schnell setzte sie hinzu: »Aber man bekommt nicht immer, was man sich wünscht.«

»Also glaubst du, daß sie wohl Kinder haben möchten, aber keine bekommen können?«

»Mein Kleines, du siehst, wie gefährlich es ist, wenn man erst anfängt, dir zu antworten«, sagte Mama, die Hand auf dem Türgriff und den Rückzug antretend. »Du willst dann immer mehr darüber wissen.«

Tatsache ist, daß diese wenigen Sätze von Mama mich sehr unbefriedigt ließen. Und da die Frage in mir offengeblieben war, beschloß ich mit der zynischen und unbefangenen Unerschrokkenheit meines Alters, sie direkt dem Doktor vorzutragen. Aber dazu mußte ich mit ihm allein sein; und Frau Marchant wohnte fast immer dem Unterricht bei. Diese Unterredung wurde daher auf die Zeit nach den Ferien verschoben.

Die Ferien, die ich bei meinen Vettern X in der Bretagne verbrachte, waren fast ganz mit Lektüre ausgefüllt.

Manche Leser werden sich wundern oder sich entrüsten, mich in dieser Erzählung so lange bei den Fragen der Sexualität verweilen zu sehen, aber sie waren es auch, die mich in den Büchern, die ich las, besonders interessierten. Im übrigen mischte sich keinerlei Sinnlichkeit in meine Neugierde. Es hatte des ganzen Zaubers von Saras Stimme bedurft, um mich Geschmack an der Dichtung Baudelaires finden zu lassen. Eine Art instinktiver Furcht hielt mich von allen ausschweifenden Bildern fern, von allem, was Begierde oder Lust ankündigte. Ich war auch nicht sentimental ... Nein, meinen Geist beschäftigte vielmehr alles das, was irgendwie mit den Vorrechten der Frau zusammenhing, wie man es hochtrabend nennt. Ich sagte, daß ich mich kaum für Romane interessierte. Die Herzensqualen schienen mir nicht der Mühe wert, die man sich machte, um sie zu schildern. Sollte aber ein Buch Gnade in meinen Augen finden, so genügte mitunter ein einfacher Satz, wie jene Erklärung, die ich in dem albernen ›Jane Eyre‹ fand und sogleich in ein Heft abschrieb, das ich für diesen Zweck bereithielt und auf das ich an Stelle eines Titels die beiden Buchstaben »IF« geschrieben hatte, als Erinnerung an den Bund für die »Indépendance Féminine« und an meine beiden ersten Freundinnen:

»Es ist eine leere Behauptung, daß die menschlichen Geschöpfe ihre Befriedigung in der Ruhe finden sollten; sie brauchen vielmehr die Tätigkeit, und sie werden sie sich schaffen, wenn das Leben sie ihnen nicht gibt. Millionen sind zu einem ruhigeren Leben verdammt, als ich es führe, und Millionen befinden sich in einem Zustand stillschweigender Auflehnung gegen ihr Schicksal. Niemand weiß, wieviel Aufruhr – ungeachtet der politischen Aufstände – in den lebendigen Massen gärt, die die Erde bevölkern. Man hält die Frauen im allgemeinen für ruhig, aber die Frauen fühlen genauso wie die Männer: sie müssen ihre Fähigkeiten anwenden können und brauchen, ebenso wie ihre Brüder, ein Tätigkeitsfeld für ihre Kräfte. Sie leiden unter einem zu strengen Zwang, unter dem völligen Stillstand, ebenso wie die Männer darunter leiden würden. Und es ist engstirnig von ihren begünstigteren männlichen Gefährten, wenn sie behaupten, daß die Frauen ihre Bemühungen auf die Küche und das Nähen, auf die geselligen Künste und das Stricken beschränken sollten. Es wäre gedankenlos, sie zu verurteilen oder über sie zu lachen, wenn sie danach streben, mehr zu tun oder mehr zu lernen, als das Herkommen beschlossen hat, ihrem Geschlecht zuzugestehen.« (Jane Eyre, 12. Kap.)[1]

Von allen Büchern, die ich damals las, beschäftigte keines meine Gedanken so sehr wie ›Clarissa Harlowe‹. Trotz meiner geringen Vorliebe für Dichtung las ich, ohne eine Zeile zu überspringen, die fünf Bände dieses früher einmal berühmten Romans, der heute, glaube ich, nicht mehr viele Leser finden wird. Zweifellos hatte der Roman einen bedeutenden Einfluß auf mich (allerdings, glaube ich, nicht ganz den von Richardson gewünschten); deswegen muß ich davon sprechen. Mir fiel zu-

[1] Englischer Text.

nächst dabei auf, daß das ganze Unglück Clarissas von ihrer Ergebenheit, ihrer Unterwürfigkeit gegenüber ihren Eltern, der Ehrfurcht vor ihrem gräßlichen Vater herrührte. Es bedurfte wirklich der ganzen Kunst Richardsons, fand ich, damit diese übermäßige Demut sie in unseren Augen nicht lächerlich machte. Indem der Autor sie mit allen Tugenden ausstattete und sie ihrem Vater unendlich überlegen zeigte, machte er die Unterwürfigkeit dieses Engels unter die scheußliche Gewalt jenes beschränkten Wesens um so empörender.

Aber weit mehr noch empörte mich die ausnehmende Wichtigkeit, die in diesem Buch der Keuschheit zugesprochen wurde. Diese Gleichstellung von Ehre und Reinheit – obwohl Clarissas Tugend sich niemals siegreicher zeigte als nach ihrer niederträchtigen Verführung – erschien mir unzulässig. Damals konnte ich nicht wissen, wie oft bei der körperlichen Hingabe auch die Seele wehrlos wird. Im übrigen beruhte meine damalige Empörung zum großen Teil auf sehr entschiedenen und vorgefaßten Grundsätzen, und bald sollte mir mein eigenes Verhalten zeigen, wie verschieden ich von der war, die zu sein ich mir einbildete. Wie es auch sei, ich behauptete, daß eine Frau auch auf andere Art tugendhaft sein könnte als durch ihre Zurückhaltung und daß das Mehr oder Weniger der Ehrbarkeit nichts mit der körperlichen Liebe zu tun hätte. Alles das trug noch sehr das Gepräge der Unterhaltungen mit meinen beiden Freundinnen, in denen wir mit unserer Verachtung des Herkommens und der Meinung der großen Mehrzahl bis zur Herausforderung gingen. Unsere Reden waren um so kühner, als sie keineswegs die Mitwirkung unserer Sinne zur Folge hatten. Alle drei waren wir der Ansicht, daß die Paarung keiner gesetzlichen Genehmigung bedürfte, und erklärten uns gern zur Mutterschaft außerhalb der Ehe entschlossen. Aber wenn ich so unbekümmert und leichthin von der Liebe sprach, so lag das daran, daß ich nur an ihre Folgen dachte und daß ich keinerlei Vorstellung von der Wollust und nicht einmal vom Vergnügen hatte, so daß ich glaubte, immer frei über mich selbst verfügen zu können. Gewiß hätte mich die durch Sara hervorgerufene Verwirrung warnen sollen. Aber wenn diese Verwirrung auch mein ganzes Wesen betäubte, so geschah dies auf zu unbestimmte Art, als daß ich darin die Begierde hätte klar erkennen können. Wenn die Begierde nicht durch frühzeitige Aufklärung in eine Richtung gelenkt wird, so kann es sein, daß sie über das ganze Wesen verstreut bleibt und zunächst nur in einer ungewöhnlichen Verwirrung zum Ausdruck kommt. Schließlich trifft dies alles nur für mich zu. Sara war, glaube ich, viel weniger unschuldig, und zweifellos kam zu dem Reiz ihrer Schönheit der einer heimlichen Verderbtheit; und ich glaube, darin lag die Ursache meiner Verwirrung.

Ich kannte Doktor Marchant seit meiner frühesten Kindheit, und es ist mir lange unbegreiflich geblieben, warum meine Mutter nicht ihn statt meines Vaters geheiratet hatte. Aber durch eine Unterhaltung mit Mama und später aus ihrem Tagebuch erfuhr ich, daß Doktor Marchant ihr durch meinen Vater vorgestellt worden war und daß der Doktor ihr zuerst gar nicht gefallen hatte. Allerdings kann er auf den ersten Blick sehr kalt erscheinen; aber ich glaube, das kommt daher, daß er sich sehr vor den Wallungen seines Herzens hüten muß. Sobald er sich gehen läßt, füllt sich sein Blick mit Zärtlichkeit. Ich hörte, wie mein Vater ihn einen »Materialisten« und meine Mutter einen »Pessimisten« nannte, lange bevor ich die Bedeutung dieser Worte kannte. Als ich später mit ihm zu diskutieren anfing, war es nur sein Pessimismus, gegen den ich mich auflehnte.

»Aber mein Kleines (er nannte mich ›mein Kleines‹ wie meine Mutter), ich tadele dich nicht für diese Ideen«, sagte er zu mir, als ich ihm erklärte, daß es besser sei, das Elend zu verhindern, als nur zu versuchen, es ein wenig zu mildern. »Das entspricht deinem Alter. Da träumt man von Gesellschaftsreformen, von einer gerechteren Verteilung der Güter. Aber die besten Systeme werden die Menschen nicht dazu bringen, weniger schlecht zu sein.« – Und er liebte es, das Wort von Chamfort anzuführen:

»Wer mit vierzig Jahren die Menschen nicht haßt, hat sie nie geliebt«, und fügte dann hinzu, daß er die Vierzig entschieden überschritten hätte.

In diesem Augenblick waren wir durch besonderen Zufall allein.

Er sagte noch:

»Für wie viele Leute setzen wir uns ein, aus dem einzigen Grund, weil wir sie leiden und im Elend sehen; wären sie gesund und vermögend, fänden wir sie sofort widerwärtig. Was? Nun weint sie tatsächlich . . .« Zu jener Zeit weinte ich noch um ein Nichts, gegen meinen Willen und so sehr ich mich auch bemühte, und ärgerte mich deswegen sehr über mich selbst. Auch dieses Mal hatte ich meine Tränen nicht zurückhalten können, aber ich weinte vor Empörung und aus Ärger darüber, daß ich nichts zu erwidern fand oder zum mindesten die Gedanken nicht ausdrücken konnte, die sich in mir drängten und, wie mir schien, eher in meinem Herzen als in meinem Kopf geboren wurden. Ich war immerhin schon alt genug, um zu ahnen, daß eine Menge von Übeln, unter denen die Menschen leiden, nicht so sehr tatsächlichen Ursachen zuzuschreiben sind – denn diese Tatbestände an sich brauchen gar kein Leid hervorzurufen – wie der allgemeinen Ansicht, die über sie besteht. Ich hatte gerade mit Frau Parmentier ›Adam Bede‹ gelesen und dachte besonders an die Not der Hetty Sorrel. Ich war durchaus nicht damit einverstanden, sie deswegen als schuldig anzusehen, weil sie sich hatte verführen lassen und weil sie in ihrer Verzweiflung ihr Kind im Stich gelassen hatte, niedergedrückt wie sie war durch die Verdammung, die sie im voraus auf sich lasten fühlte. Verdammenswert erschien mir vielmehr zuerst der Geliebte, der sie verlassen hatte, und weiter die Gesellschaft, die gegen sie allein eine Verurteilung aussprach, die vor allem ihr Verführer verdiente. Ich hätte sie als Beispiel anführen mögen, aber ich zweifelte, ob Doktor Marchant dieses Buch gelesen hatte, und so nahm ich die Diskussion mit Frau Parmentier wieder auf:

»Hätten Sie Hetty Sorrel verurteilt?«

»Ich fühle mich nicht berechtigt, irgend jemand zu verurteilen.«

»Das ist keine Antwort. Es ist von einem ganz bestimmten Fall die Rede, und Sie flüchten sich in Verallgemeinerungen.«

»Ich glaube, daß ich Mitleid mit ihr gehabt hätte, wie Dinah Morris Mitleid mit ihr hatte, obgleich sie Hetty für schuldig hielt.«

»Schuldig, weswegen?«

»Wozu danach fragen. Schuldig zunächst, weil sie sich hat verführen lassen, und dann, weil sie ihr Kind im Stich gelassen hat.«

»Sie läßt es nur widerwillig im Stich und weil sie gar nicht anders kann. Das Urteil der Gesellschaft zwingt sie dazu, dieses Verbrechen zu begehen. Sie weiß, daß weder sie noch ihr Kind in der Gesellschaft noch einen Platz finden. Das ist das Ungeheuerliche, finde ich.«

»Ich habe Mitleid mit ihr, weil sie bereut.«

»Sie bereut, weil Dinah Morris ihr Hoffnung macht, daß sie durch ihre Reue die Verzeihung Gottes erlangen wird. Aber die wahre Verbrecherin ist nicht Hetty, sondern die Gesellschaft:

und wenn man sich vorstellt, daß die Gesellschaft sie im Namen Gottes verdammt . . .!«

»Aber Genoveva, du kannst ihre Handlungsweise doch nicht gutheißen.«

»Ich bedaure sie von ganzem Herzen; aber ich verurteile die Gesellschaft . . . Frau Parmentier, ich möchte wissen . . . Finden Sie es sehr schlimm, wenn man ein Kind hat, ohne verheiratet zu sein?«

»Es ist sehr schlimm, ein Kind in die Welt zu setzen, das dazu verurteilt ist, unglücklich zu sein.«

»Warum muß es unbedingt unglücklich sein?«

»Wie sollte ein Kind ohne Vater nicht unglücklich sein?«

»Ach, Frau Parmentier, mir sollten Sie das nicht sagen. Sie würden nicht so sprechen, wenn Sie meinen Vater kennen würden. Und muß der Vater im übrigen wirklich Ehemann sein, damit er sein Kind liebe?«

Frau Parmentier fuhr fort, ohne mir zu antworten:

»Ein armes Kind, das Gefahr läuft, nirgends aufgenommen und überall angefahren und beschimpft zu werden.«

»Das empört mich ja gerade so. Finden Sie es nicht ungeheuerlich, daß . . .«

Aber sie fuhr fort, ohne auf mich zu hören:

»Zu fühlen, daß die eigene Mutter verachtet wird und, was noch schlimmer ist, sie selbst verachten zu müssen.«

»Oh, Frau Parmentier, wie können Sie das sagen? Ihrer Ansicht nach müßte also eine Frau, um das Recht auf Kinder zu haben, bereit sein, ihr ganzes Dasein an einen Mann zu ketten, den sie vielleicht einmal nicht mehr lieben wird?«

»Sie muß ihn nur gut wählen.«

»Und wenn sie es noch wäre, die wählte! Aber Sie wissen sehr gut, daß sie in den meisten Fällen sich nur wählen lassen kann.«

»Es steht ihr frei, den zurückzuweisen, der um ihre Hand anhält und ihr nicht gefällt.«

»Sie kann sich anfangs täuschen, wie ich es auch von meiner Mutter glaube.«

»Genoveva, du sollst nicht über deine Eltern urteilen. Ich kenne deinen Vater nur wenig, aber er schien mir reizend.«

»Als meine Mutter ihn heiratete, schien er ihr auch reizend.«

»Ich halte deine Mutter für eine untadelige Gattin.«

»Das bedeutet, daß sie sich immer geopfert hat. Rechnen Sie es jemandem als großes Verdienst an, wenn er sich, wie meine

Mutter, immerzu einem anderen opfert, der das Opfer gar nicht wert ist?«

»Eine harmonische Ehe wird niemals ohne kleine gegenseitige Opfer sein, die den größer und schöner machen, der sie bringt.«

»Frau Parmentier ... Warum spricht man nur dann davon, daß man seinen Gatten betrügt, wenn man ihm untreu ist. Das kann man im übrigen auch ohne Betrug. Und betrügt man ihn nicht schlimmer und ebenso sich selbst, wenn man ihm treu bleibt, ohne ihn zu lieben?«

»Gewiß nicht. Was für Fragen du da stellst! Es kann sein, daß man sich nicht mehr so liebt wie in den ersten Tagen. Der Betrug jedoch beginnt, wenn man einen anderen Mann liebt. Ich selbst konnte es mir nie als Verdienst anrechnen, wenn ich treu war, denn ich habe nie aufgehört, meinen Mann zu lieben. Aber selbst wenn man etwas weniger liebt, so beruht die Ehe doch weiterhin auf dem einmal gegebenen Gelübde, einander treu zu bleiben.«

»Daher werde ich lieber gar nichts geloben.«

Zweifellos habe ich diese lange Unterhaltung sehr vereinfacht. Sie fand im Frühjahr des Jahres 1914 statt. Ich erinnere mich eines riesigen Fliederstraußes auf dem großen Tisch der Bibliothek, in der wir uns aufhielten. Er verbreitete einen so starken Duft, daß Frau Parmentier mich bat, das Fenster zu öffnen, obgleich die Luft draußen noch kalt war. Ich hätte vielleicht unsere Umgebung wie auch Frau Parmentier und mich selbst näher schildern sollen, aber ich schreibe keinen Roman und lege keinen Wert auf Schilderungen; ebensowenig in den Büchern anderer übrigens.

Im November hatte ich den zweiten Teil meines Abiturs bestanden, denn im Juli war ich dummerweise zurückgestellt worden. Die Freude meines Vaters, als er von meiner Niederlage erfuhr, war für meine Eigenliebe wie ein Peitschenhieb gewesen, und ich verdoppelte meinen Eifer. Gisela, die sich für die gleiche Prüfung vorbereitete, war sofort angenommen worden. Ich sah sie mitunter, aber Frau Parmentier schätzte unsere Begegnungen nicht. Die Freiheit meiner Ansichten konnte ihr selbst Vergnügen machen, erschreckte sie jedoch, wo es um ihre Tochter ging. Dabei ließ sich Gisela kaum beeinflussen, und zwar weder von mir noch von ihrer Mutter, obgleich sie diese anbetete. Aber wenn es nötig war, wußte sie ihr auch die Stirn zu bieten, ohne dabei jemals die Stimme zu erheben, hartnäckig und mit entwaffnender Sanftheit, so daß stets Frau Parmentier die Nachgebende war.

Gisela und ich hatten in vielem die gleichen Gedanken, und es waren gerade die gewagtesten, die uns gemeinsam waren. Das machte mich sehr sicher, denn ich hatte großes Vertrauen in ihre Klugheit, von der ich wußte, daß sie der meinigen weit überlegen und sicher war vor den Ausschweifungen, zu denen mich meine Stimmungen hinrissen. Gisela zeigte in allem, was sie unternahm, ein einzigartiges Gleichgewicht; ihre Intelligenz dominierte sehr überlegen und mäßigte die Wallungen ihres Herzens. Ich erlebte nie, daß sie der Eitelkeit Zugeständnisse machte. Und gerade weil ihre Schönheit und ihr Geist ihr jeden Erfolg in der Welt gesichert hätten, lehnte sie diesen Weg ab und erklärte, daß sie ihre Studien fortsetzen wollte. Die Philologie zog sie besonders an, »und wenn es auch vielleicht nur in Erinnerung an meinen Vater ist, dem ich, glaube ich, sehr ähnlich bin«, sagte sie zu mir. Ich war gleichfalls entschlossen, mich weiter auszubilden, und lehnte es, ebenso wie Gisela, ab, untätig zu bleiben. Und immer mehr entstand in uns die Absicht, unsere Unabhängigkeit zu sichern, so daß wir weder auf die Unterstützung unserer Eltern noch eines Gatten angewiesen wären; »noch eines Geliebten«, fügten wir hinzu. Denn das Entehrende bestand unserer Ansicht nach nicht darin, einen Geliebten zu haben, sondern darin, sich »aushalten zu lassen«.

»Gegenwärtig steht den Frauen eine Reihe von Berufen offen, in denen ich auf Erfolg hoffen könnte«, sagte ich zu Gisela. »Aber das sind alles Berufe, in denen die Frau bestenfalls erreichen kann, daß man darüber hinwegsieht, daß sie kein Mann ist. Ich möchte aber ... Ich suche eine Stellung, die nur durch eine Frau ausgefüllt werden kann. Ich bin überzeugt, daß die Frau zu viel mehr und ganz anderen Dingen befähigt ist, als man allgemein annimmt und sie selbst weiß ... Bis jetzt hat man ihr nie die Möglichkeit gegeben, ihren Wert zu zeigen. Weißt du, ich möchte einen Beruf erfinden, der es mir ermöglicht, den Frauen zu helfen, indem ich sie dazu bringe, sich selbst zu kennen und sich ihres Wertes bewußt zu werden.«

»Aber wie? Mit welchen Mitteln?«

»Das weiß ich noch nicht. Wenigstens lachst du nicht über mich. Das erscheint dir also nicht albern?«

»Ganz und gar nicht. Nur glaube ich, daß die meisten Frauen vollkommen zufrieden sind mit der Abhängigkeit, in der sie die schmeichlerische Zuvorkommenheit der Männer hält. Man müßte zunächst dahin kommen, daß sie selbst anders zu werden verlangten.«

»Findest du nicht, daß diese Huldigungen, die die Männer dem ›schönen Geschlecht‹ erweisen, etwas Erniedrigendes haben?«

»Ja, etwas Erniedrigendes für die Männer.«

»Und daß es für eine Frau Erstrebenswerteres gibt, als Begierde zu wecken, angebetet zu werden und sich einen Mann – oder Männer – zu erobern?«

»Ganz abgesehen davon, daß diese Anbetung furchtbar lästig sein muß. Wenn ich nicht genauso dächte wie du, würde ich nicht die Absicht haben, etwas zu lernen.«

»Hör zu, Gisela: ich glaube bestimmt, es gibt viele tüchtige und viel mehr wertvolle Frauen, als man glaubt, und dieser ganze Wert bleibt ungenutzt, weil man ihn nicht kennt, weil man sich seiner nicht bewußt ist und weil man bis heute noch nie an ihn appelliert hat, sich zu zeigen und zu erweisen.«

»Ja, aber ich glaube, auch in der Unterwerfung kann viel Wert und Tugend sein.«

»Gerade gegen diese Unterwerfung lehne ich mich auf. In der Unterwerfung wird dieser Wert herabgewürdigt. Die weiblichen Eigenschaften können von denen des Mannes verschieden sein, ohne deswegen geringeren Wert zu haben. Warum soll man die einen den anderen unterordnen?«

»Wenn die Frauen gar nicht schön wären und sich nicht begehrt fühlten, würden sie nach Besserem streben, als zu gefallen.«

»Wie sehr ich dich dafür liebe, Gisela, daß du dich nicht auf deine Schönheit verläßt und dich damit zufrieden gibst!«

»Ich weiß nicht, ob ich schön bin; ich will mich nur mit den Vorzügen und Fehlern meines Geistes befassen. Allerdings muß ich gestehen, daß ich sehr darunter leiden würde, wenn ich häßlich wäre, und ich würde mit weniger Freude an die Arbeit gehen, wenn sie für mich nur ein Ausgleich wäre.«

»Ich wünsche der Frau nicht nur eine weitergehende Ausbildung, sondern auch mehr Initiative, mehr Mut und Entschlossenheit.«

»Die Gesetze lassen da sehr wenig Raum.«

»Übrigens . . . Ich möchte Jura studieren. Wenn das nur ein wenig mehr bedeuten würde, als einfach Vorlesungen zu hören. Ich möchte dahin gelangen, die Rechte der Frau vollkommen zu kennen, und nicht nur, wie sie in Frankreich sind; um dann einer Menge Frauen das Bewußtsein ihrer Rechte vermitteln zu können.«

»Und ihrer Pflichten vermutlich.«

»Natürlich. Wer mehr Rechte hat, hat auch mehr Pflichten, ja, das weiß ich. Aber wie schön wäre es, neue Pflichten auf sich zu nehmen und auch bei anderen Frauen den Wunsch zu wecken, sie zu übernehmen. Ich glaube, daß wir in uns viele Möglichkeiten und Bedürfnisse tragen, die wir nicht kennen, die in der Erwartung schlummern und für die es oft nur eines Anrufes bedürfte, um sie zu erwecken. Ich möchte jeder Frau zurufen, was ich mir selbst seit einiger Zeit jeden Morgen sage: Es liegt nur an dir!«

»Was zu tun?«

»Oh, ganz gleich. Ich denke an die Erzählung im Evangelium, wo Jesus zu der gelähmten Frau sagt: ›Steh auf, nimm dein Bett und wandle.‹ Und die Frau stand sogleich auf und wandelte.«

»Ach, Genoveva, leider bist du nicht Jesus und kannst keine Wunder tun: du wirst die Gelähmten nicht zum Gehen bringen.«

»Ich kann nicht und ich will auch nicht an Wunder glauben. Wenn die Frau aufstand, so deswegen, weil sie aufstehen konnte. Sie konnte es, aber sie hatte nicht gewußt, daß sie es konnte. Es bedurfte dieses Befehls, und er genügte, um ihr das Bewußtsein von ihrem Können zu geben. Ich möchte zunächst herausbringen, wie weit es reicht, dieses Können der Frau, um nicht Gefahr zu laufen, sie zu etwas aufzufordern, etwas von ihr zu verlangen, von dem ich nicht sicher bin, daß sie es erreichen kann. Und natürlich will ich zuerst an mir selbst die Kraft und die Wirksamkeit dieser Forderung erproben.«

Gisela zog mich an sich und küßte mich auf die Stirn: »Ich kann dir nur die Worte Jesu wiederholen, die du anführtest: ›Steh auf und wandle!‹ Es liegt nur an dir.«

Erst nach einigen Monaten hatte ich Gelegenheit zu der bedeutungsvollen Unterredung mit Doktor Marchant, die ich mir vorgenommen hatte. Unterrichtsstunden und regelmäßige Unterhaltungen waren nach meinen Prüfungen wieder aufgenommen worden. Frau Marchant war dabei immer zugegen; nun aber war sie gerade zu einer älteren Verwandten nach Bayonne gerufen worden; und der Doktor wartete nur auf seine kurzen Ferien, um ihr nachzufahren. Dies war also im Juli.

Ich fürchte, daß man die Unterhaltung, die ich wiedergeben werde, sehr gewagt für ein siebzehnjähriges Mädchen finden wird; aber ich wiederhole, daß alles, was ich damals dachte und sagte, vollkommen theoretisch war. Mein Gedanke allein ging vorwärts, und das um so verwegener, als er sich durchaus nicht um die Nichtbeteiligung meiner Sinne bekümmerte. Der Zynismus, den ich zur Schau trug, war mir an sich nicht gegeben; ich zwang mich dazu, und es kostete mich große Überwindung, so zu sprechen, wie ich es tat. Dann beglückwünschte ich mich zu dem Sieg, den ich über mich selbst davongetragen hatte, als ich meine Zurückhaltung, Schüchternheit und mein Schamgefühl überwand. All das erscheint mir heute wie eine Art Komödie, bei der ich gleichzeitig Regisseur, Schauspieler und applaudierender Zuschauer war. Eines Abends also, an dem ich mich allein mit Doktor Marchant in seinem Sprechzimmer befand, in dem er mich wie gewöhnlich empfing, wartete ich auf den geeigneten Augenblick. Ich war um halb neun mit dem festen Vorsatz gekommen, mit ihm zu sprechen. Die Zeit verrann. Ich machte es wie Julien Sorrel: ich gab mir eine Frist bis fünf Minuten nach neun und wiederholte mir unaufhörlich:

»Wenn ich den Minutenzeiger diesen Punkt überschreiten lasse, ohne daß ich die Frage angeschnitten habe, die mir am Herzen liegt, so weiß ich, daß ich feige bin und daß ich in Zukunft nicht auf mich zählen kann.«

Ich erinnere mich, daß der Doktor damals gerade über Vererbung sprach, mir die Mendelschen Gesetze erklärte und die erblichen oder nichterblichen Charaktermerkmale nannte. Ich wartete darauf, daß er sich unterbrechen sollte, was um neun Uhr und vier Minuten geschah.

Bevor er Zeit hatte fortzufahren, nahm ich schnell einen Anlauf, mit geschlossenen Augen und geballten Fäusten und solchem Herzklopfen, daß ich zweifelte, ob ich meinen Satz würde zu Ende führen können; als ob ich mich von einem hohen Sprungbrett stürzte, ohne richtig schwimmen zu können, brachte ich heraus:

»Onkel Marchant (so nannte ich ihn), ich möchte wissen, ob ihr keine Kinder haben wolltet oder ob ihr keine bekommen konntet.«

Er lachte, wie mir schien, ein wenig gezwungen.

»Nun, eine ›plötzliche Mutation‹ . . .«, sagte er mit Anspielung auf das, was er mich gerade gelehrt hatte.

Und da nichts weiter folgte:

»Ich sehe, Sie antworten mir lieber nicht; oder wagen Sie es vielleicht nicht?«

Er nahm plötzlich einen ernsten Ton an:

»Mein Kleines, ich kann dir gestehen, daß die Betrübnis über unsere Kinderlosigkeit für deine Tante wie auch für mich der einzige Schatten in unserer Ehe war. Der einzige«, wiederholte er etwas feierlich, »aber er ist lastend genug. Die Jahre gehen vorüber; alle beide sehen wir, wie die Kinder der anderen geboren werden und heranwachsen, und können uns nicht damit abfinden, meine Frau ebensowenig wie ich, daß wir keine haben. Du siehst, daß ich keine Bedenken habe, offen mit dir zu sprechen. Was die Ursachen dieser ...« – er zögerte ein wenig, als ob er ein Wort suchte; er fand: »Unfruchtbarkeit«, das er wie gegen seinen Willen und mit etwas verzerrten Gesichtszügen anwandte –, »was die Ursachen dieser Unfruchtbarkeit angeht, so wirst du wohl gestatten, daß ich sie dir nicht sage. Und im übrigen nützte es dir nichts, wenn du sie wüßtest.«

»Mir ist es nur wichtig«, erwiderte ich, »zu erfahren, daß es also nicht genügt, zu wollen, um zu können.«

Das Schwerste mußte noch gesagt werden. Einen Augenblick glaubte ich, daß mir das Herz versagen würde; dann nahm ich meinen ganzen Mut zusammen:

»Onkel Marchant, ich muß Ihnen etwas sagen ... Ich möchte ein Kind haben.«

»Du bist noch etwas jung für die Ehe«, sagte er und lächelte wieder. »Aber bald werden sich, hübsch wie du bist und bei den Beziehungen deines Vaters (dies etwas ironisch, wie immer, wenn er von Papa sprach), die Männer von selbst einstellen, und du hast dann nur die Qual der Wahl.«

»Vielleicht ... aber ich will nicht heiraten.«

»Oh!« sagte er beinahe spöttisch und zündete sich eine Zigarette an, um sein Unbehagen zu verbergen, denn offensichtlich war ihm die Wendung, die das Gespräch nahm, nicht angenehm, »das ist Anarchie.« Er machte einige Züge an seiner Zigarette und sagte dann:

»Aber schließlich wundert mich das von dir nicht.« Da er nichts mehr hinzufügte, fragte ich:

»Sie finden das sehr schlimm?«

Nach einiger Zeit:

»Um die Wahrheit zu sagen: nein. Ich finde es sehr unbesonnen, was nicht das gleiche ist. Du hast zweifellos noch nicht über die ungeheuren Schwierigkeiten nachgedacht, die das fast . . .«

Ich ließ ihn nicht aussprechen und sagte so ruhig ich konnte:

»Es gibt keine ernsthafte Schwierigkeit, wenn man entschlossen ist, wie ich es bin.«

Darauf erwiderte er in völlig verändertem Ton und als ob er damit das Gespräch abbrechen wollte:

»Hör mal, mein Kleines, du bist noch ein Kind. Wir werden uns in einigen Jahren wieder darüber unterhalten, wenn du deinen Entschluß bis dahin nicht geändert hast.«

Er stand auf, da er wohl der Ansicht war, die Unterredung hätte lange genug gedauert und ich sollte nun gehen. Aber ich blieb sitzen. Darauf begann er, im Zimmer auf und ab zu gehen, um dann plötzlich vor mir stehenzubleiben:

»Darf man aber wissen, warum du es ablehnst, zu heiraten? Das wäre immerhin sehr viel einfacher.«

Es war auch einfacher, darauf nicht zu antworten. Ich konnte nicht alle meine Gründe anführen, dann wäre es nötig gewesen, Rede und Antwort zu stehen . . . Ich schwieg. Er machte wiederum einige Schritte nach der Tiefe des Zimmers hin und kam dann wieder auf mich zu:

»Aber zunächst sind zwei dazu nötig, um ein Kind zu zeugen, das weißt du.«

»Ich weiß es.«

»Liebst du jemand?«

»Ich weiß auch, daß dafür nicht unbedingt Liebe erforderlich ist.«

»Immerhin hast du jemand im Auge?«

Er stand wieder vor mir. Er sah mich an. Ich hob die Augen zu ihm auf und murmelte unter großer Anstrengung:

»Ja, Sie!«

Er brach in lautes und, wie mir schien, sehr gekünsteltes Lachen aus und rief:

»Oh, zum Donnerwetter!« Dann erhob er sich und durchmaß das Zimmer mit großen Schritten und wiederholte noch zweimal: »Zum Donnerwetter!« und zuckte die Achseln. Zu mir gewandt, fragte er:

»Und seit wann hast du dir diese Verrücktheit in den Kopf gesetzt?«

Ich blieb sehr ruhig und fragte nur:

»Verrücktheit . . . warum?«

Er wiederholte sehr laut:

»Warum? Warum?« Dann leiser, aber deutlich und trokken:

»Weil ich meine Frau liebe. Ich glaube, das genügt, ja?« Damit ging er hinaus, ohne mir Adieu zu sagen. Mein Herz schlug. Das Gesicht brannte mir, und ich hatte plötzlich heftige Kopfschmerzen. Ich ging nicht sofort weg und tat gut daran, denn Onkel Marchant kam nach wenigen Augenblicken zurück. Er kam auf mich zu und legte mir zärtlich die Hand auf die Schulter. Als ich ihn ansah, erkannte ich, daß er sich das Gesicht mit Wasser gekühlt hatte.

»Sieh, mein Kleines«, sagte er mit fast zärtlicher Stimme, »du solltest immerhin verstehen, daß ich deiner Tante keinen Kummer bereiten will. Begreifst du das? Daß ich ein Kind hätte, das nicht von ihr wäre, nachdem sie schon so bedauert, mir keines geben zu können, das würde ihr das Herz brechen.«

Seine Hand streichelte meine Schulter. Aber jetzt hatte ich den Kopf gesenkt. Ich stand auf.

»Also«, sagte er, »gehen wir trotzdem als gute Freunde auseinander. Aber . . . nein, heute abend hast du keinen Kuß verdient.«

Ich drückte die Hand, die er mir reichte; und plötzlich, unwiderstehlich, preßte ich meine Lippen auf diese Hand. Dann lief ich davon.

Um die Wahrheit zu sagen, begann ich erst von diesem Augenblick an, Doktor Marchant zu lieben oder, genauer gesagt, mir einzubilden, daß ich ihn liebte. Ich glaube, daß ich ihn ganz im Gegenteil sofort verabscheut haben würde, wenn er mir recht gegeben hätte. Auf jeden Fall wäre meine Verlegenheit außerordentlich groß gewesen und ich hätte mich entsetzlich überwinden müssen; denn mein Körper war mit diesem Ausfall meines Geistes durchaus nicht einverstanden. Und ebenso war mein Geist aufgebracht über diese Zurückhaltung und wollte weitergehen. Ich war wütend darüber, daß ich gegen meinen Willen fühlen mußte, wie keusch und zurückhaltend ich war. Was für ein Kind war ich doch noch! Ganz naiv davon überzeugt, daß man nach Belieben über seinen Körper und sein Herz verfügen könnte, verachtete ich die unfreiwillig Verliebten und behauptete, niemand zu lieben, den ich nicht lieben wollte. Ebenso vergeblich und sinnlos hätte ich meinen Brüsten verbieten können, zu reifen. Das Leben mußte mich noch alles lehren und besonders das eine: daß man nur dann frei über sich verfügen kann, wenn man gar nicht liebt.

Ich sah Doktor Marchant kurze Zeit darauf wieder. Frau Marchant war aus Bayonne zurückgekehrt, aber nach wenigen Augenblicken zog sie sich, entgegen ihrer sonstigen Gewohnheit, zurück; das ließ mich glauben, daß der Doktor sie gebeten hatte, uns allein zu lassen.

»Hör zu, mein Kleines«, sagte er sogleich, »ich möchte nicht, daß unsere Unterhaltung von neulich abends den geringsten Schatten zwischen uns hinterläßt. Das ist aber nur möglich, wenn du damit einverstanden bist, daß ich das, was du mir sagtest, nicht ernst nehme.«

Er saß an seinem Tisch und sprach, ohne mich dabei anzusehen. Die Lampe beleuchtete voll seine schöne Stirn; ich betrachtete sein Gesicht, seine Hände, seine ganze Gestalt und fragte mich: habe ich den Wunsch, ihn zu küssen, ihn in meine Arme zu schließen, von ihm umarmt zu werden? ... Gegen meinen Willen war ich gezwungen, mit Nein zu antworten. Er nahm ein elfenbeinernes Papiermesser vom Tisch und glitt mit der Schneide über die Lippen; und ich wünschte entschieden nicht, an der Stelle des Papiermessers zu sein. Gleichviel! Ich entschied dennoch, daß ich den Doktor liebte. Er fuhr fort:

»Nein, vielleicht nicht alles, was du mir sagtest, aber das Letzte ... es ist unnötig, deutlicher zu werden ... Hör ein wenig zu, mein Kleines: es ist mir oft, sehr oft in meinem Beruf vorgekommen, daß ich mich mit armen Mädchen befassen mußte, die schwanger geworden waren, sei es aus Schwäche, aus Ungeschicklichkeit oder aus Liebe; bei einigen war es freiwillig gewesen und dann meist mit der vergeblichen Hoffnung, einen Geliebten an sich zu binden. Fast alle waren weit mehr zu beklagen, als du glaubst. Aber bis jetzt habe ich noch niemals eine Frau getroffen, eine junge Frau, die daran dachte, ein Kind zu bekommen, ohne zuerst an die Liebe zu denken. Ein Kind ist die gewünschte oder nicht gewünschte und nicht unvermeidliche Folge von etwas, was zunächst weit wichtiger ist als das Kind, von etwas, worauf du anscheinend keinen Wert legen willst. Um das nicht widernatürlich zu finden (und als ich eine Bewegung wagte, wiederholte er: ja, widernatürlich!), muß ich mir sagen, daß du noch viel zu jung bist, um ...«

Ich unterbrach ihn:

»Immerhin nicht zu jung, um ein Kind zu bekommen?«

»Nein, zum Donnerwetter! (Ich hätte sagen sollen: leider!) Aber um darüber zu sprechen!«

Der Doktor war aufgestanden und einige Schritte im Zimmer hin und her gegangen. Es trat ein langes Schweigen ein, das zu unterbrechen ich mich hütete.

»Immerhin möchte ich wissen, was dich anzieht«, fuhr er endlich in einem Ton aggressiver Ironie, vor mir stehenbleibend, fort: »Ist es die Schwangerschaft? oder die Entbindung? Ich kann dir versichern, daß das kein besonderes Vergnügen ist.«

Ich schwieg, schüttelte jedoch bei jeder seiner Fragen zum Zeichen der Verneinung den Kopf. Er fuhr fort: »Ist es das Kind selbst? Das Stillen? Das Vergnügen, seine Windeln zu wechseln? Mit der Puppe zu spielen?«

Die Fragen des Doktors erschienen mir absurd. So vernünftig er gewöhnlich war, man hätte meinen können, er habe den Kopf verloren. Um die Wahrheit zu sagen, so habe ich niemals die Gründe für meinen Entschluß untersucht, aber ich glaube, daß in meinem besonderen Fall noch und vor allem die Auflehnung hinzukam, ja, die Auflehnung gegen die herrschende Ordnung, die anzuerkennen ich mich weigerte, gegen das, was mein Vater »die guten Sitten« nannte, und ganz besonders noch gegen ihn selbst, der in meinen Augen diese »guten Sitten« verkörperte; das Bedürfnis, ihn zu demütigen und zu kränken, es fertigzubringen, daß er meinetwegen erröten müßte und mich verleugnete; das Bedürfnis, meine Unabhängigkeit und Freiheit zu bestätigen durch eine Handlung, die nur eine Frau vollbringen könnte, für die ich die volle Verantwortung übernehmen wollte, ohne allzu klar ihre Folgen zu erkennen. Alles das versuchte ich sehr verwirrt Marchant ein wenig zu erklären. Aber die schönen Argumente, die ich für unumstößlich hielt, solange ich sie für mich behielt, erschienen mir immer erbärmlicher und kindlicher, je eingehender ich sie vortrug. Ohne Zweifel verdienten sie nur ein Schulterzucken. Ich war fast überrascht durch den versöhnlichen Ton, den Marchant annahm, um mir zu sagen:

»Hör zu, mein Kleines, bist du dir klar darüber, welche Last ein Kind für eine Frau bedeutet, die die Freiheit sucht? Welche Abhängigkeit? Welches Joch?« Und da ich nicht antwortete, sagte er:

»Halsstarrig wie ein Maulesel, entschieden!« und zuckte die Schultern.

»Ich muß gestehen, ich erhoffte von Ihnen etwas anderes als einen Tadel«, sagte ich nach einem ziemlich langen Schweigen.

»Was hast du erwartet? ... Einen Rat ... Ich will dir einen sehr einfachen geben: nämlich an etwas anderes zu denken.«

In diesem Augenblick hörte man meine Tante. Zweifellos wollte sie uns warnen, denn sie machte viel mehr Lärm, als nötig war, und bat uns sogar mit sehr lauter Stimme, ihr die Tür zu öffnen, denn sie hätte die Hände voll. Befürchtete sie denn, uns zu überraschen? Plötzlich erschien mir ihre ständige Anwesenheit in der Unterrichtsstunde des Doktors in einem anderen Licht.

Auf einem Tablett brachte sie Gläser und Orangeade, die wir drei fast schweigend tranken oder indem wir höchstens noch abgeschmackte Plattheiten vorbrachten, wobei ich glaubte, daß sie sich dahinter verschanzte, weil ich selbst hinter ihnen vor ihr Schutz suchte.

Wie ich schon sagte, sah ich Gisela nur noch selten, aber ich legte immer noch größtes Gewicht auf ihre Meinung. Ich erzählte ihr von meinem Entschluß.

»Nein, ich verurteile ihn nicht gerade«, sagte sie, »aber wir sind tatsächlich sehr verschieden voneinander. Zweifellos deinetwegen habe ich mich lange Zeit geprüft. Siehst du, ich glaube, daß ich zu den Frauen gehöre, die nur zu einer einzigen Liebe fähig sind. Und ich sage mir: warum soll ich dann nicht denjenigen heiraten, den ich liebe?«

Ich antwortete:

»Ich für meine Person muß es ablehnen, mich irgendeinem ganz zu schenken. Ich empöre mich bei dem Gedanken, daß ich mein Leben demjenigen unterwerfen sollte, von dem ich ein Kind haben werde; und ich will, daß auch er frei bleibe. Fändest du es nicht richtig, anstatt sich einer dem anderen zu schenken, sich gegenseitig zu ›leihen‹!«

»Wie wolltest du für den, der sich zu diesem für die Frau so folgenschweren Spiel ›ausliehe‹, noch Achtung haben?« Und da ich nicht antwortete, fuhr sie fort:

»Weißt du, Genoveva, alle deine schönen Theorien – ich glaube, das Leben wird sie über den Haufen werfen ... Und das wird gut sein«, fügte sie lächelnd hinzu und trällerte leise:

»Daß man sich beständig täuscht,
gehört zu unserem Geschäfte.
Des Morgens mach ich Projekte
und den ganzen Tag dummes Zeug.«

»Ist das von dir, dieser hübsche Vers?«

»Meinst du«, sagte sie spitzbübisch. »Das ist ein kleiner Vierzeiler von Voltaire, den ich mir gern wiederhole und der gut für dich passen würde. Meine arme Genoveva, eines Tages wirst du dich verführen lassen, genau wie eine andere und trotz deiner schönen Vorsätze; oder, was noch schlimmer ist, du wirst glauben, in deinem Verführer eine außergewöhnliche Intelligenz und einen Haufen Tugenden zu entdecken, die nur in deiner Einbildung existieren werden. Du weißt ja schon sehr gut, was es heißt, sich zu verlieben, und daß man dann durchaus nicht mehr Herr seiner selbst ist.«

»Was willst du damit sagen?«

»Ich glaube, daß es jetzt sowohl für dich als auch für mich nicht mehr gefährlich ist, darüber zu sprechen. Du bist dir nicht darüber im klaren gewesen, nicht wahr, daß auch ich vernarrt war in Sara? Ja, trotz meiner so gerühmten Klugheit, vollständig vernarrt. Meine einzige Klugheit war die, daß ich es weniger merken ließ als du. Aber ich schlief deswegen nicht mehr. Oh, erschrick nicht! Es hat niemals irgend etwas zwischen uns gegeben. Aber in ihren Armen wäre ich zergangen wie Zucker. Zum Glück hat Sara nichts davon geahnt. Wenn ich jetzt zu dir darüber spreche, und, wie du siehst, mit größter Ruhe, so nur, um dich zu fragen: angenommen, Sara wäre ein Mann, hättest du nicht ein Kind von ihr haben wollen?«

Giselas Bekenntnis hatte mich sehr bewegt. Ich brauchte etwas Zeit, bevor ich, mit Sicherheit, antworten konnte:

»Nein.«

»Warum nicht?« fragte Gisela und fuhr sogleich fort: »Es ist selbstverständlich, daß wir hier von jeder ›Menschenfurcht‹, jedem Schamgefühl und jeder erlernten Moral absehen. Aber je mehr man sich davon freimacht, desto größere Ansprüche muß man, glaube ich, an sich selbst stellen. Das glaubst du auch, nicht wahr?«

»Sicherlich, und wenn ich mich zum Zynismus zwinge, so durchaus nicht, um mir mehr Vergnügen zuzugestehen, das weißt du.«

»Also antworte: kein Kind nach dem Bild Saras, warum nicht?«

»Weil der physische Reiz für mich von geringerer Wichtigkeit ist als bestimmte Eigenschaften des Geistes oder des Herzens, und zwar gerade diejenigen, die Sara nicht hat, die ich aber in dir finde.«

»Schade, daß ich keinen Bruder habe«, rief sie lachend.

Um nichts Unklares zwischen uns zu lassen, erzählte ich ihr

dann von meinen beiden Unterhaltungen mit Marchant. Sie war wieder sehr ernst geworden.

»Hör mal«, sagte sie, »du solltest über alles das mit deiner Mutter sprechen. Wie ich sie kenne, wird sie dich sehr gut verstehen.«

»Ja, ich denke seit langem daran, und ich habe mir vorgenommen, eines Tages mit ihr zu sprechen, bald einmal. Aber nicht über das, was ich dir eben von Doktor Marchant sagte...«

»Warum nicht?«

»Ich glaube, daß es besser ist.«

Eine Art Instinkt warnte mich.

Im Oktober 1916 in Chatellerault, wo ich meine Mutter kurze Zeit vor ihrem Tode besuchte, führte ich mit ihr diese Unterredung, die ich mir seit langem vorgenommen hatte. Wie ich es mit wenigen Sätzen in dem kurzen Vorwort zu dem unter dem Titel ›Schule der Frauen‹ erschienenen Tagebuch meiner Mutter erwähnte, hatte meine Mutter sich der Pflege von ansteckenden Kranken in einem Lazarett hinter der Front gewidmet, das in seiner Art ebenso gefährlich war wie das vorderste Frontlazarett. Ich hatte sie zuerst begleiten wollen; das hatte sie abgelehnt. Aber sie willigte ein, daß ich einige Tage zwischen zwei Lazarettdiensten, die ich mir zur Aufgabe gemacht hatte, bei ihr zubrachte. Als ich sie wiedersah, war sie daher in Schwesternkleidung, die sie nicht mehr ablegen sollte. Das Lazarett war voll von Kranken. Aus Furcht vor Ansteckung hatte sie mich nicht hereinkommen lassen wollen. Und als ich einwandte, daß sie ja auch dort sei, sagte sie lachend:

»Ja, wir Schwestern sind immun. Bedenke doch, nach fünf Monaten . . . !« Ich sagte schon, daß das wenige Tage vor ihrem Tode war. Sie schien mir sehr erschöpft durch Überarbeitung und Nachtwachen. Aber als ich ihr sagte, daß sie sich ein wenig Ruhe gönnen sollte, erwiderte sie, daß sie sich niemals so gut gefühlt hätte wie jetzt, da sie keine Zeit mehr habe, an sich selbst zu denken, und daß es den Soldaten genauso ginge. »Und ich bin sicher, daß es auch dir so geht«, fügte sie hinzu.

Es ist gewiß, daß es auch mir viel besser ging, seitdem ich durch den Dienst bei den Verwundetentransporten völlig beschäftigt war. Meine Verwirrung, meine Unruhe von früher schienen mir schon fern. Ich dachte gar nicht mehr daran, oder höchstens, um darüber zu lächeln; und so war ich vollkommen ruhig, als ich mit meiner Mutter über Doktor Marchant zu sprechen begann:

»Ich möchte wissen, was du über ihn denkst«, sagte ich.

»Ich glaube, daß er ein sehr bemerkenswerter Arzt und darüber hinaus ein ausgezeichneter Mensch ist.«

»Ja, das sagen alle von ihm. Was ich hören möchte, wäre ein persönlicheres Urteil.«

Sie schwieg lange Zeit, sah auf ihre Füße und lächelte. Wir befanden uns in dem öffentlichen Stadtpark. Es war sehr schönes Wetter an diesem Tag, und trotz der vorgeschrittenen Jahreszeit war die Luft fast lau. In unserer Nähe suchten Tauben die Brotkrumen auf, die ihnen ein Spaziergänger hingeworfen hatte, und flogen davon. Sie sah mich an und lächelte stärker, mit einer leichten Verzerrung der Gesichtszüge, die sie nicht beherrschen konnte.

»Hast du jemals geahnt, daß ich Doktor Marchant liebte?« begann sie endlich mit ein wenig zitternder Stimme. »Ein solches Bekenntnis von seiten einer Mutter ihrer Tochter gegenüber ist zweifellos sehr ...« Sie fand nicht das Wort, um ihren Satz zu vollenden, und fuhr fort: »Das ist ein kleines Geheimnis, das ich niemand mitgeteilt habe und das ich auch dir niemals mitgeteilt hätte, wenn ich darüber erröten müßte ... Ein Geheimnis, das keine Folgen nach sich zieht, da ich niemals seine Liebe gesucht habe ... Aber als ich keinen Wert mehr auf die Achtung deines Vaters legen konnte, das heißt, als ich aufhörte, ihn zu achten (ich glaube, daß ich dir da nichts Neues sage) ... nun, da verlangte mich nach der Achtung des Doktor Marchant, und sie war es, die mich in gewissen traurigen und schweren Stunden aufrechtgehalten hat.«

»Und du hast nie mit ihm gesprochen? ... Warum nicht ...?« (Sie hatte den Kopf geschüttelt, antwortete aber nicht auf mein »warum nicht?«) »Und du bist ganz sicher, daß er nichts geahnt hat?«

Sie schwieg wieder einige Augenblicke und sagte dann: »Es gibt jemand, der allerdings etwas geahnt hat ... Das ist seine Frau.«

»Frau Marchant?«

»Ja. Meine Freundin. Und ihretwegen habe ich nie etwas gesagt. Ich wollte ihr kein Leid verursachen.«

»Kennt sie wenigstens dein Opfer?«

»Aber Genoveva, da war kein Opfer. Es war alles besser so.«

Etwas ungeduldig fragte ich nochmals:

»Und du bist ganz sicher, daß er nichts geahnt hat?«

Sie hörte auf zu lächeln:

»Fast nichts.« Sie küßte mich auf die Stirn und sagte wieder lächelnd und mit einer Handbewegung, als ob sie diese Erinnerung verscheuchen wollte: »Mein liebes Kleines, warum erzähle ich dir das alles heute? ... Habe ich dich sehr überrascht? Erinnerst du dich, wie du dir in den Kopf gesetzt hattest (ich weiß wirklich nicht, warum), daß ich in diesen armen braven Bourgweilsdorf verliebt wäre?«

»Ja, das war lächerlich, aber ich brauchte die Vorstellung, daß du einen anderen liebtest als Papa.«

»Pst!« machte sie, als ob sie mich sanft schelten wollte. »Du hast mir damals furchtbare Sachen gesagt.«

»Ich erinnere mich nur, daß ich wütend war, weil ich glaubte, daß du dich für mich opfertest.«

»Und wenn es so gewesen wäre, Genoveva?« fragte sie ungewöhnlich ernst.

»Ich habe ein Grauen vor Opfern.«

»Du sprichst wie jemand, der noch nicht geliebt hat. Mir ist ein wenig kalt, gehen wir. Und dann wird es Zeit, daß ich ins Lazarett zurückkehre.«

Es erhob sich ein leichter Wind, und abgestorbene Blätter fielen zur Erde.

Wir standen auf.

»Ich muß dir noch etwas erzählen«, sagte ich, von einem plötzlichen Entschluß getrieben. Und in einem einzigen Zuge brachte ich heraus: »Weißt du, was ich eines Tages zu Doktor Marchant gesagt habe? ... Daß ich ein Kind von ihm haben wollte.«

Als ob sie einen Stoß erhalten hätte, sah ich sie zwei Schritte zurückweichen.

»Aber Genoveva ...!« sagte sie in einem unbestimmbaren Ton, der zugleich entrüstet, dies aber mit ein klein wenig Verstellung, beunruhigt und ein ganz wenig belustigt war. Mit zitternden Lippen fügte sie hinzu:

»Ich verstehe dich nicht.«

»Ja«, fuhr ich brutal fort, »ich wollte, daß er mich zur Mutter machte.«

»Was fiel dir ein, mein armes Kleines?« fragte sie diesmal in einem Ton, in dem der Vorwurf überwog.

»Ich weiß nicht, das war so eine Idee, die ich hatte.«

»Und ... was hat er dir geantwortet?« Diesmal war ihr Ton voll Unruhe.

»Er hat mir gesagt, daß ich wie ein Kind redete, wie ein unanständiges und verrücktes Kind, und daß er es ablehne, mich ernst zu nehmen, daß . . .«

»Was noch?«

»Und schließlich, daß er nicht wollte, weil . . .«

»Weil was? Komm, hab keine Angst zu sprechen.«

»Weil er seine Frau liebte. Aber heute verstehe ich«, fügte ich hinzu und sah sie fest an, »daß es nicht nur deshalb war.«

»Vielleicht«, sagte sie ganz leise.

Mir schien, daß ihre Lippen zitterten. Ach, wieviel achtenswerter und vor allem wahrer als meine egoistischen Entschlüsse erschienen mir in diesem Augenblick die zarten, unausgesprochenen Gefühle meiner Mutter, die des Doktor Marchant, meiner Tante sogar, alle diese geheimnisvollen, feinen Fäden, die stillschweigend von Herz zu Herz gesponnen worden waren und in denen ich mich im Vorübergehen verfangen, indem ich unbedacht meine eigene Sache verfolgt hatte . . . Das wollte ich ihr sagen, bevor ich sie verließ. Aber sie legte einen Finger nicht auf ihre, sondern auf meine Lippen und lächelte zärtlich und mit einem Blick, der mich verstehen ließ, daß es zwischen uns keiner weiteren Worte bedürfe. Da schloß ich sie in meine Arme und drückte sie mit aller Kraft an mich. Sie sagte mir Adieu.

Ich sollte sie nicht mehr wiedersehen. –